Eine verliebte Kuh,
eine magische Karte
und ein Strauß in geheimer Mission

Julie Berry hat einen Masterabschluss des Vermont College. Ihre Kinder- und Jugendbücher wurden für verschiedene Auszeichnungen nominiert, standen auf Bestenlisten und erhielten zahlreiche lobende Pressestimmen. Sie lebt mit ihrem Mann und vier Söhnen in einem Vorort von Boston. Dort arbeitet sie als Marketingleiterin eines Start-up-Unternehmens.

www.julieberrybooks.com
www.facebook.com/julieberrybookspage/

Inge Wehrmann, geboren 1958 in Unna, studierte in Münster, Minneapolis und Bergen Anglistik, Skandinavistik und Germanistik und übersetzt seit vielen Jahren Kinder- und Jugendbücher sowie belletristische Werke und Sachbücher aus dem Englischen, Norwegischen, Dänischen und Schwedischen. Sie lebt mit ihrer Familie in Ostwestfalen auf dem Land und spielt in ihrer Freizeit Theater.

www.ingewehrmann.de

Mehr über unsere Bücher, Autoren und Illustratoren auf:

www.thienemann.de

Julie Berry

Eine verliebte Kuh eine magische Karte und ein Strauß in geheimer Mission

Aus dem amerikanischen Englisch von Inge Wehrmann

Thienemann

1

Was ein Strauß nicht träumte

Nach Mitternacht außerhalb des Palastes.

In der Voliere, auf der anderen Seite der Palastgärten, schliefen unter leisem Gepiepe und Federgeraschel die Vögel der kaiserlichen Menagerie.

Ein Strauß, ein prachtvoller, männlicher Jungvogel, wurde aus dem Schlaf gerissen. Etwas lauerte dicht an seiner Seite in der Dunkelheit, doch nicht einmal seine riesigen Straußenaugen konnten erkennen, um was es sich handelte.

»Mein Freund, ich habe eine Mission für dich«, sagte das Etwas.

Der Strauß verstand vom Sprechen genauso wenig wie vom Kuchenbacken, doch in seinem Kopf tauchte das Bild eines kleinen, dürren Wesens auf. Sogleich kam ihm ein Straußenküken in den Sinn, denn er hatte nur ein sehr kleines Gehirn zum Denken. Er konnte ihn sehen. Seine Stimme hören. Seinen Geruch riechen. Dieser Mensch gehörte jetzt zu ihm.

»Finde ihn. Pass auf ihn auf.«

Dringlichkeit. Der Strauß spürte, wie sie ihm durch die langen Glieder fuhr. Er stand auf und breitete seine schützenden Flügel aus. Er musste dieses Menschenküken finden. Es tat nichts zur Sache, dass dieser junge Straußenvogel noch keine Partnerin gefunden, geschweige denn ein eigenes Küken aufgezogen hatte. Der Beschützerinstinkt eines Straußenvaters hatte ihn ergriffen. Er war bereit, loszurennen und zu kämpfen, wenn es nötig war.

Das Etwas in der Dunkelheit war verschwunden. Der Strauß fühlte seine Abwesenheit wie einen Lufthauch. Doch die Erinnerung, die dringende Aufforderung, war noch deutlich spürbar.

Finde ihn.

Er stakste durch die Voliere, entdeckte die Tür zu seinem Gehege und die Pforte zu den Gärten, die beide aufschwangen. Das war seltsam, doch die Frage nach dem Warum war nicht sein Fachgebiet. Er schritt durch knöchelhohes, nasses Gras und lauschte.

Finde ihn.

Die Zeit verstrich, er wusste nicht wie viel, doch nicht zu finden, was er suchte, schmerzte ihn.

Ein Schrei zerriss die stille Nachtluft.

Gefahr? Ein Schakal? Ein Löwe? Ein Jäger? Eine Bedrohung für sein Menschenküken? Der Strauß fing an zu laufen. Seine kräftigen Beine wirbelten durch die Luft und trugen ihn voran.

Da, am Palastgebäude. Eins der hohen Fenster war erleuchtet. Es flog auf und eine Gestalt krabbelte nach draußen. Sie bewegte sich weg vom Fenster und balancierte den schmalen Sims entlang, rutschte ab und drohte zu stürzen, schaffte es geradeso, sich mit den Beinen strampelnd am Sims festzuhalten. Doch nicht allzu weit oben. Genau die richtige Höhe, dass der Strauß zu seinem Menschenküken rennen konnte, um es durch sein tiefes Brummen zu beruhigen. Der Mensch stieß einen Schrei aus, bevor er sich fallen ließ und auf dem Straußenrücken landete, wo er seine Beine unter die Flügel des großen Vogels schob. Als hätte eine unsichtbare Hand ihn genau dorthin platziert.

»Hiiiilfe!«, schrie das Menschenküken und hielt sich verzweifelt an dem dünnen Vogelhals fest.

Doch der Strauß störte sich nicht daran. Er galoppierte davon, ohne das geringe Gewicht seines Reiters zu spüren. Als er die Palasttore erreichte, die ebenfalls weit offen standen, stob der Strauß über den festgestampften Kies der kaiserlichen Straße davon. Die Lichter von Lotus, der Hauptstadt des gesegneten Kaiserreiches von Camellion, blinkten im Tal, doch der Strauß umrundete den Palasthügel und bog in einen dunklen Pfad ein, der in eine ländliche Gegend führte, die ihn mit beruhigendem Vogelgezwitscher und Grillengezirpe empfing. Sein menschlicher Reiter kreischte und stöhnte und zitterte vor Angst.

Der Strauß ließ das wilde Geschrei über sich ergehen. Er hatte seinen Schützling gerettet und nur das zählte. Bald würde das arme Ding sich beruhigen und einschlafen. Das Junge hatte noch alle Zeit der Welt, um zu begreifen, dass sein Straußenpapa es beschützen würde.

2

Katzen und Milch und unhöfliches Benehmen

Mitternacht im Palast. Eine Stunde vor der nächtlichen Flucht.

Die Stille war wie der sanfte Schimmer polierten Goldes, so weich wie feiner Samt. Die Sänger der Abendschicht atmeten langsam ein und sangen dann weiter in die Messingrohre, die die tiefen, beruhigenden Klänge ins kaiserliche Schlafgemach leiteten. Ihre Stimmen vermischten sich wie leises Wasserplätschern zu Liedern, die so sanft waren, dass sie einem das Herz brachen.

Der zweite Gehilfe des kaiserlichen Mundschenks näherte sich der Tür des Schlafgemachs mit einem Tablett, auf dem ein Becher stand. Die Oberfläche der aufgeschäumten, warmen Milch regte sich nicht. Kaiserliche Becherträger konnten vollgeladene Tabletts über glühende Lavafelder tragen, ohne dass die Oberfläche des Getränks für seine kaiserliche Majestät auch nur durch die geringste Erschütterung gekräuselt wurde. Das behaupteten sie zumindest.

Der zweite Gehilfe verneigte sich vor dem Türwärter. Der

Blick des Türwärters wanderte zu der Reihe von uniformierten Leibwächtern, die sich hinter den schweren roten Vorhängen bereithielten.

Der erste Wächter trat vor und gab seinem Leutnant ein Zeichen. »Die Milch des Kaisers.«

Der Leutnant verbeugte sich vor seinem Hauptmann und zog seinen eigenen, weniger prunkvollen Becher aus der Tasche. Der zweite Gehilfe des kaiserlichen Mundschenks goss einen Fingerbreit heißer Milch in den Becher des Soldaten und wischte den Rand des kaiserlichen Trinkgefäßes ab.

Langsam trank der Leutnant seinen Schluck Milch. Dann säuberte er seinen kleinen Becher und schob ihn zurück in die Tasche. Alle warteten mit gespitzten Ohren, als würden sie auf die Geräusche in seinem Magen lauschen. Nur ein einziges Mal, dachte der Leutnant, wäre es interessant, wenn tatsächlich etwas passieren würde. Doch das würde wahrscheinlich bedeuten, dass sein Herz zu schlagen aufhörte. Denn so konnte das unglückliche Schicksal eines kaiserlichen Milchvorkosters aussehen.

Der Leutnant wippte ein paarmal auf den Füßen und tat einen tiefen, unvergifteten Atemzug.

»Sehr gut«, sagte der Türwärter zu dem zweiten Gehilfen. »Mögt Ihr eintreten?«

Der Träger des kaiserlichen Milchbechers nickte. Es war freundlich von dem Türwärter, ihn nicht wie einen kleinen Jungen zu behandeln und ihn darauf hinzuweisen, dass er das kaiserliche Schlafgemach zum ersten Mal betreten würde. »Ich werde eintreten.«

Der Türwärter tippte einen Teakholzschlegel gegen ein an der Wand befestigtes silbernes Röhrchen. Ein Glockenschlag vibrierte in der Luft und verhallte. Er wurde von einem gedämpften Glockenschlag aus dem Schlafgemach beantwortet.

Der zweite Gehilfe des Mundschenks spürte, wie sich seine Beinmuskeln verkrampften. Er wackelte mit den Zehen, die in glänzenden Schuhen steckten. Der Türwärter zog einen Schlüssel aus der Tasche, entriegelte die große Schlafzimmertür und schwang sie auf.

Ein feierlicher Schritt nach dem anderen führte den zweiten Mundschenkgehilfen durch das gewölbeartige, schummerige Schlafgemach, vorbei an Marmorbecken, in denen Orchideen träumten und goldene Karpfen umherschwammen, vorbei an beeindruckenden Statuen früherer Kaiserinnen, aus bernsteinfarbenem Granit gemeißelt und täglich mit frischen Rosenblättern geschmückt. Blüten schwammen in Wasserschalen, und parfümierte Kerzen in Kristallschälchen verströmten ihren betörenden Duft. Draußen in den Palastgärten sang ein Paradiesvogel.

Zwei Lampen bei der kaiserlichen Bettstatt verliehen den weißen Laken aus feinstem Seidendamast einen warmen, rötlichen Schimmer. Der Kaiser lag in der Mitte des Bettes, kaum mehr als ein schnaufendes, rastloses, um sich schlagendes Häuflein unter all den Decken und Laken. *So viel Platz um ihn herum, und so viel Luxus,* staunte der zweite Mundschenkgehilfe, *und doch ist er ganz allein.*

»Ich habe heute Abend keine Lust auf Milch«, sagte das Häuflein.

Der Becherträger verneigte sich und schickte sich an zu gehen.

»Ach, gib mir doch ein wenig, wo du schon einmal hier bist.« Der Kaiser setzte sich ächzend auf und der Diener beugte sich vor und presste den Becher an die Unterlippe seiner Hoheit.

Selbst im Schummerlicht des Schlafgemachs war der Becherträger wie geblendet von dem edlen Schimmer des seidenen, kaiserlichen Schlafgewandes und den funkelnden, goldenen Ohrringen. Rubine scharten sich wie glühende Verehrer auf seinen kaiserlichen Fingern, und sein Gesicht schimmerte, wo seine Haut nach der kaiserlichen Waschung von den Kammerdienerinnen mit Haselnussöl gesalbt worden war. Die langen Enden seines kaiserlichen Schnurrbarts kringelten sich zu kunstvollen, pechschwarzen Locken. Dieser lange Schnauzbart war der ganze Stolz des Kaisers. Manch älterer Mann konnte von dieser Schönheit nur träumen, die er mit nicht einmal zweiundzwanzig Jahren sein Eigen nannte!

Doch trotz all des prunkvollen Glanzes konnte der junge Becherträger einen weniger ehrfürchtigen Gedanken nicht unterdrücken: *Er ist nur ein Mensch. Noch dazu ein jämmerlicher Wicht.*

Der Kaiser schnupperte an der wohlriechenden, warmen Milch und zog die Nase kraus. »Schon gut, stell sie auf diesen Tisch. Nein. Da wird sie verschüttet. Stell sie auf jenen Tisch. Nein, lass es sein. Ich will sie nicht. Gib sie der Katze.«

Der Becherträger drehte sich bei jeder neuen Anweisung

hier- und dahin, achtete darauf, dass weder seine Gesichtszüge, noch die Oberfläche der Milch die geringste Regung zeigten. Während all der Zeit, in der er gelernt hatte, wie die kaiserlichen Getränke zu tragen, einzuschenken und anzubieten waren, hatte der zweite Gehilfe des Mundschenks nicht geahnt, wie schwer es sein würde, die Gegenwart des Kaisers zu ertragen.

»Gewiss freuen sich Eure Kaiserliche Hoheit auf Euren Geburtstag«, traute er sich zu sagen und bedauerte augenblicklich seine Kühnheit, doch seine Zunge war nicht mehr im Zaum zu halten. »Zweiundzwanzig ist ein verheißungsvolles Alter für einen Herrscher ...« Entsetzen ließ seine Stimme verstummen. *Ein Becherträger durfte nur reden, wenn er gefragt wurde!*

Zeit hing in der Luft, wie ein zitternder Tautropfen an den Blütenblättern der Palastgärten.

Der Kaiser beugte sich vor. »Wer bist du«, fragte er langsam mit ach so sanfter Stimme, »dass du dich erdreistest, das Wort an mich zu richten?«

Der Becherträger zitterte. Was würde als Nächstes kommen? Würde er den Henker rufen lassen? Mit angehaltenem Atem erwartete er sein Schicksal.

»Gib die Milch der Katze.«

Der zweite Becherträger ging zu der Elfenbeinschale, auf die der Kaiser gezeigt hatte, und fragte sich beklommen, ob es zu spät für ihn war, auf den Schweinehof seines Onkels zurückzukehren und seine Tage dort zu verbringen, wo man seine Dienste mehr zu schätzen wüsste. Doch zumindest roch der Kaiser nicht wie ein Schwein. Er kniete sich vor die Elfenbeinschale der kaiserlichen Katze, um die Milch hineinzugießen. Die Katze, ein großer grauer Perser, thronte auf einem samtenen Diwan und beobachtete die Vorgänge mit gelangweilten, gelben Augen.

Der zweite Gehilfe neigte den Becher.

»Nein!«

Der Becherträger fing den Tropfen auf, der in die Schale zu fallen drohte.

Die kaiserliche Brust hob sich. Er schlug sich die Hand gegen die Stirn, dass seine Fingerringe klirrten. »Warum habe ich nie daran gedacht? Warum haben die Priester mich nicht darauf hingewiesen? *Katzen stehen mit Dämonen im Bunde!*« Er griff nach dem Schlegel, der neben dem Bett hing, und drosch auf eine silberne Röhre ein – das Gegenstück zu der Röhre, die der Türwärter ertönen lassen hatte. Verrücktes Geläute gellte durch den Raum. »Wieso kommst du hierher und störst mich mit der elenden Milch?«

Der Becherträger stellte das Tablett ab und warf sich mit dem Gesicht nach unten auf den Teppich. Er hatte nur zwei Möglichkeiten: um Gnade zu winseln oder davonzulaufen, so schnell seine Füße ihn trugen. Diener waren schon für geringere Vergehen gestorben, als einem wankelmütigen Herrscher Milch zu bringen, der um Milch gebeten hatte. Oder ihm alles Gute zum Geburtstag zu wünschen. »Wer den Kaiser erzürnt, braucht keine grauen Haare zu fürchten«, pflegten die älteren Palastdiener zu sagen. Der Becherträger hatte immer gedacht, sie wollten ihm nur Angst machen.

Sämtliche Türen flogen auf und Diener, Wachen, der Kanzler, ein Priester, eine Tänzerin, eine Masseurin und ein Zuckerbäcker waren in Sekundenschnelle mit ihrem Handwerkszeug bewaffnet zur Stelle. Die Katze sprang von ihrem Diwan und verschwand mit einem eleganten Sprung unter dem kaiserlichen Bett.

»Die Katze«, zischte der Kaiser. »Verscheucht die Katze. Katzen stehen mit Dämonen im Bunde. Warum hat keiner von euch daran gedacht?«

Geleefrüchte erzitterten auf dem Teller des Zuckerbäckers. Das Tamburin der Tänzerin klingelte verzagt. Der Priester versteckte sich hinter dem Koch.

Nur der zweite Becherträger lag noch auf dem Teppich und sah die unter dem gewaltigen Bett hockende Katze, in deren goldenen Augen sich entferntes Kerzenlicht spiegelte. Oder waren es die Flammen der Hölle, fragte sich der Becherträger.

Der alte Kanzler ergriff das Wort. »Glorreicher Herrscher«, sagte er mit einer Stimme, die fast vermuten ließ, dass er sich über diese Anrede amüsierte, »seit Generationen gehören Katzen zum Leben Eurer kaiserlichen Familie. Eure erhabene Frau Mutter besaß drei Katzen und betrachtete sie als Glücksbringer. Ich erinnere mich daran, wie Ihr als kleines Kind an Eurem geliebten Kätzchen gehangen habt …«

»Genug von der Zeit, als ich ein Kind war!«, kreischte der Kaiser. »Ich bin kein Kind mehr. Ich bin jetzt der Kaiser.« Die Diener zogen die Brauen hoch, was im Beisein seiner

Majestät äußerst leichtsinnig war. »Ähäm. Beziehungsweise in einer Woche werde ich der gekrönte Kaiser sein. Also sagt mir nicht, was ich tun soll, Kanzler. Ihr wisst, wie sehr mich das verdrießt. Und nun schafft mir diese widerwärtige Katze vom Leib!«

Der Becherträger schlängelte sich unter das Bett. Im schwärzlichen Dämmerlicht unter der Matratze starrten ihm die leuchtenden, gelben Katzenaugen entgegen. »Komm her, Miez, Miez«, flüsterte er. Das Tier regte sich nicht. Er streckte die Hand aus und packte die kaiserliche Katze am Nackenfell. Sie jaulte auf und versuchte, ihn mit den scharfen Krallen ihrer Hinterpfoten zu attackieren. Aber er ließ nicht los. Er zog die Katze unter dem Bett hervor und hielt sie in die Luft. Seine Schweinezüchter-Cousins hatten ihm den Trick mit ihren eigenen Rattenfängerkatzen beigebracht. Es sah zwar brutal aus, fügte der Katze jedoch keinerlei Schaden zu.

Der Kaiser hörte auf, den Kanzler zu beschimpfen und wandte sich dem Becherträger und seiner wutschnaubenden Beute zu. Unter den Locken seines makellosen kaiserlichen Schnurrbartes trat ein wunderschönes Lächeln auf seine Lippen.

»Ich danke dir, Diener«, sagte er. Eine heilige Freude ließ den Becherträger erschauern. »Von nun an ernenne ich dich zum Mundschenk. Jetzt kann ich ruhen. Scheuch die Katze fort, scheuch alle Katzen fort, und bring mir einen neuen Becher warme Milch. Diese Milch ist jetzt kalt.«

Der bisherige Mundschenk zog sich zurück, genau wie

alle anderen, die auf Befehl des Kaisers herbeigeeilt waren. Der alte Kanzler trottete zu seinen Papieren, die bearbeitet werden mussten, um ein Reich zu regieren. Der frisch ernannte kaiserliche Mundschenk übergab die Katze der kaiserlichen Katzenpflegerin, einer älteren Dame, die aus dem Zimmer floh, bevor der Kaiser auf die Idee kommen konnte, die kaiserliche Katze oder sämtliche Katzen seines Reiches exekutieren zu lassen.

Im kaiserlichen Schlafgemach kehrte wieder Ruhe ein.

Der ehemalige zweite Gehilfe des Mundschenks kam mit einem frischen Becher warmer Milch zurück, der erneut von der Wache vorgekostet worden war.

Der Kaiser trank seine Milch und schloss die Augen.

Ein Karren voller äußerst verärgerter Palastkatzen rumpelte in die Nacht hinaus. Die Dorfbewohner entlang des Weges träumten von heulenden Teufeln und fragten sich, welchen Fluch ihre Albträume verkünden mochten.

Die Leibwachen traten leise von einem Fuß auf den anderen und beobachteten, wie sich die roten Samtvorhänge von ihren Atemzügen ein wenig wölbten.

Der frischgebackene kaiserliche Mundschenk packte seine wenigen Habseligkeiten, um seine Schlafstätte mit seinem degradierten Vorgänger zu tauschen, und erwog, seiner Mutter einen Brief über die stolze Wende in seinem Leben zu schreiben. Onkel Monds Schweinehof, also wirklich!

Die exotischen Vögel der Palastgärten zogen sich in ihre Nester zurück und steckten ihre vornehmen Schnäbel unter die grellbunten Flügel.

Es herrschte wieder Ruhe und Frieden.

Und dann …

Irgendwann kurz nach Mitternacht zerriss ein gequälter Schrei die nächtliche Stille des Palastes.

Zu ihrem Entsetzen konnten weder Wächter noch Tänzer noch Bäcker oder Mundschenk die Türen des kaiserlichen Schlafgemachs öffnen, um zu helfen.

Die Gucklöcher, die es den Wächtern ermöglichten, sich der kaiserlichen Sicherheit zu vergewissern, waren verschlossen.

Wer auch immer es wagte, die Türklinke des kaiserlichen Gemachs zu berühren, zog sich schlimme Verbrennungen zu, die nur sehr langsam verheilten.

Wächter droschen fluchend auf Tür und Wände ein. Diener liefen betend auf und ab. Dunkle Mächte mussten am Werk sein.

Wie dunkel diese Mächte waren, erfuhren sie erst am nächsten Morgen, als die Schlösser endlich nachgaben und der neue Mundschenk die kaiserliche Bettstätte leer und mit zerwühlten Laken vorfand. Der Kaiser selbst war nirgends zu sehen. Sein goldener Ohrschmuck und die Rubinringe lagen neben dem Bett auf dem Boden.

Ein Fenster stand offen, und der Mundschenk rannte hin und schaute nach, was es dahinter zu sehen gab. Draußen in den Palastgärten war keine Blume zertrampelt, kein Tier aufgescheucht.

Bis auf eines, wie sie später erfahren würden. Nachdem

Horden von Dienern jeden Winkel des Schlosses und der kaiserlichen Gärten abgesucht hatten, nahm kaum jemand Notiz davon, als der kaiserliche Vogelwart meldete, dass einer der Straußenvögel fehlte.

3

WAS EIN PFAU GEHÖRT HABEN KÖNNTE

Wenn bei den Himmelsteichen in den Gärten vor der heiligen Ahnenhalle eine halbe Stunde vor dem plötzlichen Verschwinden des Kaisers – wer wusste schon, ob Zeit in der heiligen Ahnenhalle überhaupt eine Rolle spielte? – ein Pfau herumstolziert wäre, um das Spiegelbild seines leuchtend blauen Gefieders im glasklaren Wasser zu betrachten, hätte er, wenn er gelauscht hätte, folgende Unterhaltung mit anhören können.

Ein Großvatergeist hockte gefährlich weit oben auf dem Kopf einer Drachenstatue und starrte mit gerunzelter Stirn in das stille Wasser. »Habt Ihr das gesehen? Habt Ihr *das gesehen?*«

Der Pfau, in der Annahme, dass der Großvatergeist ihn nicht direkt ansprach, mochte seinen geschnäbelten Kopf hin- und hergedreht haben, wie es Pfauen zu tun pflegen, um die Person zu suchen, mit der der Großvater sprach, als auf dem Rücken der Drachenstatue ein mit gerüschten, perlenbestickten Gewändern bekleideter Großmuttergeist in Erscheinung trat.

»Was denn, Schätzchen? Was soll ich gesehen haben?« Sie spähte mit zusammengekniffenen Augen ins Wasser. »O. *Ihn* meint Ihr? Ihr seid der Einzige, der sich noch die Mühe macht, ihn im Auge zu behalten. Ich habe jetzt die zauberhaftesten Urururenkelinnen, und ich bin so hingerissen von all den blitzgescheiten Dingen, die sie tun. Also erst heute Morgen …«

»Er hat eine Katze fortgejagt!«

Der Großmuttergeist erschrak. »Im Ernst?«

Der Großvater nickte.

»Nun«, sagte die Großmutter forsch, »das kann wieder in Ordnung gebracht werden. Wenn er die Katze zurückholen lässt, sich angemessen entschuldigt, ihr genug Leckereien anbietet, wird ihm nach einer Weile vergeben. Das Unglück …«

»Es geht nicht nur darum. Es geht darum, wie er Menschen behandelt.« Der Großvater spuckte die Worte aus. »Er ist ein Scheusal! Er ignoriert seine Verpflichtungen. Was wird über das Reich hereinbrechen? Unsere Welt wird aus den Fugen geraten.«

Großmutter tätschelte die haarigen Fingerknöchel des Großvaters. »Aber doch sicher nicht die ganze Welt. Die lässt sich nicht so leicht erschüttern.«

»Er hat das Herz einer verfaulten Zwiebel, und das Rückgrat einer Suppennudel.«

»Mmm, Nudeln … Ich vermisse Nudeln.«

»Lenkt nicht vom Thema ab und hört auf, vom Essen zu sprechen.« Der Großvater richtete sich mühevoll auf und stellte sich auf das eindrucksvolle Drachenmaul. Dies hätte den Pfau sicher verstört, aber in der Zwischenzeit wäre wahrscheinlich eine Pfauendame vorbeigeschlendert und der Pfau hätte zu ihrer Unterhaltung sein Rad geschlagen und alles andere vergessen. Dummer, eitler Pfau!

»Die Feier seines zweiundzwanzigsten Geburtstags steht vor der Tür«, brummte der Großvater mit finsterer Miene.

Die Großmutter strahlte. »Die Kaiserkrönung! Wie schön!«

Doch der Großvater knurrte nur grimmig vor sich hin. »Er ist noch nicht so weit. Könnt Ihr Euch vorstellen, was passiert, wenn der Kanzler ihm das Zepter überreicht?«

Die Großmutter zuckte mit den Achseln. »Er wird anfangen, das Reich zu regieren und aus seinen Fehlern zu lernen, wie es alle Herrscher tun.« Sie lächelte. »Ich erinnere mich an ein Krönungsfest in meiner Jugend. Lasst mich nachdenken, wie hieß dieser Kaiser noch gleich? Der Große. Alle Mädchen waren von ihm hingerissen, weil er so gut aussah. Im ganzen Reich hingen Fahnen mit seinem Bild.«

Der Großvater wedelte mit dem Zeigefinger. »Ich habe es satt mit der kleinen Kröte. Er ist eine Schande für die Familie.«

»Habt Geduld, alter Freund. Ihr wisst doch, wozu es führt, wenn man wütend wird. Chaos. Es führt zu Chaos!«

»Meine Geduld ist am Ende. Das Schicksal des Reiches steht auf dem Spiel. Es wird Zeit, dass jemand dieser armseligen, selbstsüchtigen, weinerlichen Ratte die Leviten liest.«

Die Großmutter zupfte an seinen in Sandalen steckenden Füßen. »Setzt Euch. Eine Kröte, eine Ratte … Er ist ein Sterblicher. Ihr dürft nicht zu viel von ihm erwarten. Außerdem ist es nicht Eure Sorge. Überlass das Leben den Lebenden, sage ich immer. Habt Ihr heute schon Eure Gelassenheits-Übungen gemacht?«

»Ständig mäkelt Ihr an mir herum. Es gibt eine Zeit für Gelassenheit und eine Zeit zum Handeln.«

Sie inspizierte seine Zehen. »Bereiten Eure Ballenzehen Euch wieder Probleme?«

»Ihr wisst ganz genau, dass ich schon seit Jahrhunderten keine Probleme mit meinen Ballenzehen habe. Schweift nicht vom Thema ab!«

Die Großmutter seufzte. Sie zwinkerte sich außer Sichtweite, bevor sie Sekunden später wieder auftauchte und sich in nachdenklicher Pose auf einem Lilienblatt über den Teich treiben ließ.

»Was habt Ihr vor? Ihr habt wieder diesen Blick, der mir Angst macht.«

Stille.

»Ihr wisst, dass wir nicht einschreiten dürfen.«

»Aber wir *können* einschreiten.« Mit einem Fingerschnippen war der Großvater verschwunden und ließ die Großmutter mit ihren sorgenvollen Gedanken und zwei verliebten Pfauenvögeln allein.

»Wenn ich nicht längst tot wäre, würdet Ihr mich ins Grab bringen«, murmelte sie ihrem abwesenden Gefährten zu. »Ihr wisst genau, wie ich es hasse, wenn Ihr mich dazu bringt, die Regeln zu brechen.« Nachdenklich schaute sie in den

Teich, bis ein kleines Lächeln auf ihre Lippen trat. »Jetzt werde ich ebenfalls eingreifen müssen und einen Helfer auf den Weg schicken. Ich kenne genau das richtige Mädchen für diese Aufgabe.« Und damit war auch sie verschwunden.

Das war es, was ein Pfau hätte hören können, wenn er das Gespräch in den Palastgärten vor der Ahnenhalle belauscht hätte. Doch da Pfauen nicht imstande sind, auch nur ein einziges Wort, das gesprochen wird, zu verstehen, spielt es keine Rolle, was einer von ihnen gehört haben könnte.

4

Ein Milchmädchen und ihre wanderlustige Kuh

Fünf Tage später an einem sonnigen Morgen.

»Alfalfa ist schon wieder verschwunden, Begonia.«

O, diese Kuh!

Ihre andere Kuh, eine griesgrämige alte Dame namens Wiederkäu, wurde gerade von Begonia gemolken und dankte es ihr, indem sie dem Mädchen mit dem Schwanz übers Gesicht fuhr. Dann spreizte die Kuh die Hinterläufe ein wenig weiter auseinander, wodurch ihr Euter schlechter zu greifen war. Begonia stemmte sich gegen ihre Flanke und molk entschlossen weiter.

»Hast du mir zugehört?«, fragte Begonias kleine Schwester Lilia, die von allen Lilly genannt wurde. »Mummelchen hat gesagt, du musst Alfalfa suchen und zurück nach Hause holen. Großmutter Flummox ist schon wieder krank, deshalb kocht Mummelchen ihr eine Suppe.«

Das Milchmädchen seufzte und sah ihre jüngere Schwester an. »Ich höre dich, Lilly. Meine Ohren funktionieren noch.«

Die roséfarbenen Strahlen der Morgensonne drangen durch die Spalten der Scheunentür. Die Frühlingsluft duftete nach frischem Morgentau, süßem Heu und warmem Kuhatem.

Lilly streichelte Sprössling, Alfalfas junges Kälbchen, über sein weiches Fell. »Mummelchen sagt, du sollst sie schnell finden, bevor sie noch eine von Frau Lydias Birnentorten frisst.«

»Such sie doch selbst«, rief Begonia. »Und miste ihren Stall aus!«

Lilly streckte ihr die Zunge raus und überließ den Kuhmist wie immer der gewissenhaften Begonia. Lilly hatte wahrscheinlich in ihrem ganzen Leben noch keine Kuhkacke an den Stiefeln gehabt. Ihre schwarzen Locken schwangen über ihren Rücken, als sie die Scheune verließ. Wozu ein junges Bauernmädchen Haare bis zum Hintern haben sollte, war Begonia schleierhaft. Die Kühe könnten auf die Idee kommen, solche Haare zu fressen. Vor allem eine Kuh wie Alfalfa.

Alfalfa war ein sonderbares Exemplar. Es stimmte; einmal war sie tatsächlich zum Dorftempel gewandert und hatte den Nachmittagskuchen der Priesterin gefressen. Doch es war merkwürdig, dass Alfalfa ausgerechnet jetzt davongelaufen war, wo doch ihr Kälbchen Sprössling noch so klein war und ihre Milch brauchte.

»*Ich* habe schon mit neun ausgemistet und gemolken«, murmelte Begonia vor sich hin. »Und schon mit sechs den Gemüsegarten gejätet.«

Wiederkäus Kälbchen Strohhalm kommentierte ihre Worte mit einem Muhen. Strohhalm und Sprössling hatten Begonias Klagelied schon des Öfteren gehört.

»Sie sollte selbst losgehen und diese dumme Kuh suchen«, fuhr Begonia fort, während die Milch in den Eimer floss. »Mummelchen sollte sie schicken.«

Doch Lilly war zu jung, um über Berg und Tal zu wandern und eine entlaufene Kuh zu suchen, und Begonia wusste das. Ihre Mutter Mummelchen, die nach der gelben Teichmummel-Blume benannt worden war, hätte davon nichts hören wollen. Es war zum Verrücktwerden, wie Mummelchen ihre jüngere Tochter verwöhnte, doch Lillys Locken und Grübchen waren einfach unwiderstehlich.

Begonia machte sich in Gedanken eine Liste von all den Dingen, die sie als Nächstes tun würde: ein Tuch suchen, eine Feldflasche mit Wasser füllen, ein Stück Brot und vielleicht etwas Käse einpacken. Alfalfa nachzujagen konnte dauern. Das war nicht die Liste, die sie für den heutigen Tag im Sinn gehabt hatte. Eigentlich hatte sie vorgehabt, die Gemüsebeete mit Mist zu düngen und die Erde umzugraben, die Setzlinge zu wässern, die Hühner zu füttern und Eier zu suchen. Ein weitaus lohnenderer Tagesplan.

Sie hievte den Milcheimer hoch, um zur Tür zu gehen. Doch sie hatte kaum einen Schritt in diese Richtung getan, als etwas Hartes mit der Wucht einer Kanonenkugel gegen ihr Hinterteil prallte. Sie purzelte ins Stroh und landete mit dem Gesicht in einer Milchpfütze.

Ihr Eimer lag auf der Seite und mit der Gelassenheit

einer Kuh, deren Tritt ins Schwarze getroffen hat, käute Wiederkäu in aller Ruhe ihr Futter wieder.

Begonia rappelte sich auf und schüttelte sich die Milch aus dem Haar. Die wüsten Schimpfwörter, die ihr für Wiederkäu in den Sinn kamen, schluckte sie herunter. Warum sollte sie ihre Energie für ein übellauniges Viech verschwenden, das sowieso nichts verstand? Es war ihre eigene Schuld gewesen. Sie war abgelenkt. Begonia wusste sehr wohl, dass man sich von den ausschlagenden Hufen fernhalten sollte. Obwohl sie Wiederkäus Hinterhältigkeit so schnell nicht vergessen würde.

Sie rieb sich den schmerzenden Po und humpelte ins Haus.

Minzi, die Katze, lag dösend auf der Fensterbank. Mummelchen schaute von dem Brotteig auf, den sie gerade knetete, und erblickte den leeren Eimer. »Hatte Wiederkäu wieder schlechte Laune?« Sie kicherte. »Albernes altes Rindvieh.«

Begonia nahm einen nassen Lappen und wischte sich die Milch aus dem Gesicht. »Albern? Die *alberne* alte Kuh hat mir einen Bluterguss am Hintern verpasst, der vielleicht nie wieder weggeht.«

Mummelchen strich sich mit mehliger Hand das Haar aus der Stirn. »Dann ist es ja gut, dass er da versteckt ist, wo keine Sonne hinscheint. Rührst du bitte die Suppe um, Begonia?«

Begonia rührte mit einer Hand und rieb sich mit der anderen das Hinterteil. »Und sie hat auch noch die ganze Milch umgestoßen.«

Mummelchen winkte ab. »Morgen ist auch noch ein Tag. Dann gibt es wieder einen Eimer. Außerdem hast du heute früh eine schöne Portion von Alfalfa gekriegt, bevor sie zu ihrem kleinen Spaziergang aufgebrochen ist.«

Begonia machte ein finsteres Gesicht. Mummelchen konnte leicht unbesorgt daherreden, aber sie brauchten die Milch. Wenn sie nicht genug Butter und Käse auf dem Wochenmarkt in Zweimühlen verkaufen konnten, mussten sie hungrig zu Bett gehen. Nicht heute Abend, aber schon bald. Es würde noch Monate dauern, bis sie im Garten Gemüse ernten konnten. In nächster Zeit gab es höchstens Salat und von Salat allein konnten sie nicht leben. Schließlich waren sie keine Kaninchen.

Lilly kam die Leiter vom Schlafboden heruntergeklettert und hielt eine Bürste in der Hand. »Kämmst du meine Haare, Mummelchen?«

»Gleich, mein Liebling«, antwortete ihre Mutter.

Liebling! Haare kämmen. Pah! Begonia beneidete Lilly nicht. Nicht wirklich. Für kein Geld der Welt hätte sie wie ihre eingebildete, verwöhnte Schwester sein wollen. Sie war viel lieber ein tüchtiges Bauernmädchen als eine Porzellanpuppe. Doch manchmal war das schwärmerische Getue zwischen Lilly und Teichmummel schwer zu ertragen.

»Ich muss den Teig gehen lassen und noch mehr Gemüse für die Suppe klein schneiden. Arme alte Oma Flummox! Ihre Erkältung wird und wird nicht besser. Aber so ist das, wenn man alt wird.«

Begonia beugte sich über den Wassereimer und drückte

die letzte Milch aus ihren glatten Haaren. Dann strich sie Butter auf einen alten Brotkanten und knabberte daran herum. Sie wusste, dass es richtig und anständig von ihrer Mutter war, der alten Nachbarin einen Topf Suppe zu bringen. Großmütig und freigiebig wie Mummelchen war, würde sie es nie versäumen, anderen zu helfen. Doch insgeheim wünschte Begonia sich, dass Mummelchen nicht immer so viel arbeiten würde. Wenn sie nicht ständig so beschäftigt wäre, oder wenn Lilly auf dem Hof mithelfen würde, wie man es von einem Mädchen in ihrem Alter erwarten sollte, könnte Mummelchen sie bei der Suche nach Alfalfa begleiten, und das wäre so schön gewesen.

»Lilly könnte das Gemüse klein schneiden«, schlug Begonia ihrer Mutter vor.

»O, ich mach das schon«, erwiderte Mummelchen.

Begonia schaute weg. Wieder einmal wurde Lilly die Arbeit abgenommen.

Hinter Alfalfa herzujagen, könnte vielleicht die Abwechslung sein, die Begonia heute brauchte. Und wenn sie lange genug wegblieb, würde Lilly vielleicht gezwungen sein, ihre zarten kleinen Hände zum Arbeiten zu benutzen. Obwohl sie daran zweifelte.

»Vergiss nicht, Alfalfa zurückzubringen, Begonia«, rief Lilly ihr zu. »Mummelchen, hast du meine neuen Haarbänder für den Geburtstag des Kaisers gestickt?«

Begonia stürmte zur Tür hinaus, bevor sie Mummelchens Antwort hören konnte.

5

SELTSAME BEGEGNUNGEN UND GESCHENKE

Es war ein frischer, funkelnder Morgen, der ein junges Mädchen milchgetränkte Haare und ein schmerzendes Hinterteil vergessen lassen konnte. Feiner Dunst schwebte über den blühenden Wiesen, und Vögel zwitscherten und jagten sich zwischen den Hecken. Die aufsteigenden Sonnenstrahlen tauchten taubenetzte Spinnweben in schimmerndes Licht. Es war ein Tag, der von hoffnungsvollen Erwartungen übersprudeln sollte.

Die Gegend nach Alfalfa abzusuchen stand nicht auf Begonias Liste mit hoffnungsvollen Erwartungen.

Als Erstes steuerte sie Alfalfas übliche Lieblingsplätze an und fragte herum. »Herr Kartenmeister, habt Ihr unsere weiße Kuh Alfalfa gesehen? Sie hat sich heute Morgen schon wieder davongemacht.«

Der alte Landkartenzeichner streckte den Kopf aus seinem winzigen Häuschen und blinzelte durch seine riesige runde Brille, die ihn glupschäugig aussehen ließ. Begonia beugte sich herab, um ihn zu begrüßen.

»Welche Blume bist du noch gleich?«

»Begonia.« Kein Mensch konnte sich den Namen Begonia merken.

Der Kartenmeister trug einen grauen, sorgfältig geflochtenen Bart, dessen spitz zulaufendes Ende bis zu seiner silbernen Uhrkette hing, die sich über seinen in einer blauen Weste steckenden runden Bauch spannte.

»Vor einer Weile habe ich tatsächlich eine umherstreifende Kuh gesehen, Fräulein Begonia«, sagte der Kartenmeister. »Sie ging Richtung Westnordwest über die Straße, auf der du gekommen bist. Weiß, sagst du? Mit einem schwarzen Fleck auf der Stirn, wie ein Kompass geformt?«

Begonia nickte, obwohl sie sich wegen des Kompasses nicht sicher war. Mummelchen fand, dass Alfalfas Stirnfleck wie eine Blume aussah, aber in ihren Augen sah sowieso alles wie eine Blume aus. Auch ihre Töchter. Der Kartenmeister musste Alfalfa gesehen haben. Welche andere Kuh hätte es gewesen sein sollen?

»Dann ist deine Kuh also vor Kurzem hier vorbeigekommen, Jungfer Begonia. Vielleicht vor einer halben Stunde. Sie geht wohl gern auf Wanderschaft? Und du willst wirklich ganz allein nach ihr suchen?«

Eigentlich wollte Begonia das nicht, aber es hatte keinen Sinn, es dem Kartenmeister einzugestehen, und es war sonnenklar, dass Mummelchen es sich nicht anders überlegen und sie begleiten würde. »Das ist schon in Ordnung«, ließ sie ihn wissen, bevor sie ihm dankte und sich verabschiedete.

»Warte!«, rief der Kartenmeister ihr zu und sah die Pergamentbögen durch, die auf seinem Schreibtisch lagen. »Nimm diese hier mit«, sagte er und reichte ihr eine kleinere Landkarte. »Für den Fall, dass du sie brauchst.«

Begonia betrachtete die Zeichnung. Es war eine Landkarte von der Gegend um ihr Dorf Zweimühlen (obwohl es mittlerweile nur noch eine Mühle gab). Nie zuvor in ihrem Leben hatte sie eine Landkarte gesehen. Wozu brauchte sie eine Karte von dem Ort, an dem sie ihr ganzes Leben verbracht hatte? Sie kannte jedes Haus, jedes Feld und jedes Flüsschen im Umkreis von vielen Meilen. Doch die Zeichnung ließ alles irgendwie anders aussehen. Kleiner und merkwürdiger. Sämtliche Wohnstätten, Scheunen und Tempel waren mit bunten Farben und naturgetreuen Details gezeichnet worden. Die Karte wies keine Beschriftungen auf, doch ihre Abbildungen waren gestochen scharf und lebendig. Schnell entdeckte Begonia die Mühle bei dem kleinen Wasserfall und die Überreste der eingestürzten Mühle. Sogar Pfauen, Kühe, Panther, Schweine und andere Tiere waren auf der Karte zu sehen. Sie würde sie übers Bett hängen, beschloss sie, und sich an ihrem Anblick erfreuen. Obwohl es nur eine Landkarte war, erinnerte sie Begonia an die heiligen Gemälde, die sie im Tempel gesehen hatte. Sie hatte noch nie ein eigenes Kunstwerk besessen. Es brachte sie zum Träumen und sie malte sich aus, eigene Gemälde zu schaffen.

»Es ist nur eine Skizze«, erklärte der Kartenmeister. »Ich wollte mir die Zeit vertreiben. Aber man weiß nie, wann man eine Karte gebrauchen kann.«

»Vielen Dank, Herr Kartenmeister«, rief Begonia. Sie schob die kleine Pergamentrolle in die Tasche und eilte in Richtung Westnordwest.

Wie weit konnte eine umherstreifende Kuh in einer halben Stunde gekommen sein? Und wie lange würde ein kräftiges junges Mädchen für diese Strecke brauchen? Sie beschleunigte ihre Schritte und bewunderte die tiefblaue Farbe des Himmels. Wenn sie alle Farben und Tintenfässer hätte, die der Kartenmeister besaß, würde sie versuchen, ein Blau zu malen, das diesem Himmel glich, mit verschiedenen Grünschattierungen für Bäume und Felder.

Grün war überall. Zum Glück waren Kühe nicht grün, sonst würde sie Alfalfa niemals wiederfinden. In der sprießenden Frühlingslandschaft gab es tausend Plätze, wo sich etwas Grünes verstecken konnte. Doch das Aufspüren einer weißen Kuh dürfte nicht allzu schwierig sein.

Aber Alfalfa erwies sich als Nadel im Heuhaufen.

Die Sonne war ein Stück höher gewandert und Begonia stieg den langen, steilen Hang hinauf, der zum Dorfzentrum und zur Mühle am Fluss führte. Hühner pickten und gackerten vor Bauernhäusern, und magere Kinder mit zerzausten Haaren kamen auf den Hof gelaufen, um sie anzustarren. Es machte Spaß, in der weiteren Umgebung umherzustreifen, dachte Begonia. Ein bisschen Freiheit war sehr erfrischend. Trotz all ihrer Locken und all der Küsse, die sie von Mummelchen bekam, kriegte Lilly längst nicht so viel von der Welt zu sehen wie Begonia.

Eine kleine Karre rumpelte herbei und verströmte

einen würzigen Duft. Dahinter ging eine kleine, faltige alte Frau mit einem violetten Schal und einem spärlichen Haarknoten, aus dem sich einige dünne, weiße Strähnen gelöst hatten.

Begonia verbeugte sich vor der alten Dame. »Werte Frau Senfmüllerin«, sagte sie. »Ich suche nach meiner weißen Kuh, Alfalfa. Sie ist fortgelaufen.«

»Blumenmädchen!«, rief die alte Frau. »Probierst du meine neue Mischung und sagst mir, ob sie schmeckt?«

Bevor Begonia protestieren konnte, hatte die gekrümmte Person schon ein Stück von ihrem langen Brot gerissen, ein Stück Käse abgeschnitten und die ganze Kreation mit einem Klecks braun gesprenkeltem Senf bestrichen. Begonia war so wohlerzogen, dass ihr gar nicht in den Sinn gekommen wäre, diese Einladung einer angesehenen älteren Dorfbewohnerin abzulehnen. Schließlich gehörte die beliebte Senfmüllerin praktisch zum Inventar des Ortes. Begonia nahm einen Bissen.

Ein Feuer flammte in ihrem Mund auf. So schien es zumindest. Tränen schossen ihr in die Augen. Ihre guten Manieren vergessend, riss sie hechelnd den Mund auf, um ihre brennende Zunge zu kühlen.

Die Senfmüllerin beobachtete sie gespannt. »Vielleicht eine Spur zu scharf? Oder was meinst du?«, fragte sie.

Begonia besann sich wieder auf ihre guten Manieren. »O, nein«, stammelte sie, bevor ihr die Schärfe wieder den Atem nahm. »Schmeckt köstlich.«

Die Senfmüllerin strahlte. »Ich wusste, dass heute ein

guter Tag zum Senfmachen ist. Hab es in meinen Ellbogen gespürt.«

Begonia hätte sich fast verschluckt.

Die Senfmüllerin zog ein kleines Tontöpfchen aus der Karre hervor, füllte es mit der klebrigen, braunen Senfmischung, verschloss es mit einem Korken und wickelte es in einen alten Lappen. »Für dich, Blumenmädchen«, verkündete sie. »Hält dich gesund.« Sie drückte Begonia das Töpfchen in die Hand. »Deine Kuh. Die mit dem Löffel auf der Stirn. Sie ist erst vor einer Stunde durch den Ort marschiert.«

Begonia wagte es nicht, das Senfgeschenk abzulehnen. Sie dankte der alten Frau und schob das Töpfchen in ihre Schürzentasche. *Löffel?*, wunderte sie sich. *Vor einer Stunde?* Sie war ganz schön ins Hintertreffen geraten. Es sah so aus, als würde Alfalfa diesen langsamen Wettlauf gewinnen.

Die Senfmüllerin schickte sich an weiterzugehen, doch dann hielt sie inne und schlang ihren violetten Schal um Begonias immer noch etwas klebrigen Kopf.

Begonia war so erschrocken, dass sie vergaß, ihr zu danken. Die Senfmüllerin zwinkerte ihr zu und rumpelte mit ihrer Karre davon. Begonia begutachtete den Schal. Ein wenig abgetragen, war er dennoch mit Abstand das farbenfrohste Ding weit und breit. Jetzt wurde er von einer Windböe erfasst und wirbelte wie ein Drachenschwanz hinter ihr her, als sie die Straße hinunterging.

Sie erreichte das Dorfzentrum und eilte durch die gewundenen Gassen. Von einer herumstreunenden Kuh war nichts zu sehen. Bald gelangte sie zu der Rasenfläche in der Mitte des Dorfes, wo Kinder spielten und Erwachsene schwatzten und Händler Silber, Suppen und Sandalen feilboten. Heute blühte der Klatsch, da Zweimühlen sich für die Feierlichkeiten zum zweiundzwanzigsten Geburtstag des Kaisers rüstete. Morgen würde die große Zeremonie stattfinden und am Tag darauf, am kaiserlichen Geburtstag, würde es ein großes Fest geben.

Inmitten all des munteren Treibens blieb die Kuh noch immer unauffindbar. Doch die Senfmüllerin hatte gesagt, sie hätte sie gesehen. Begonia beschloss, ein weiteres Mal zu fragen.

»Entschuldigt bitte«, sprach sie den fliegenden Händler an, dessen kleines Zelt von glänzenden Mobiles glitzerte, die sich im Wind hin- und herdrehten. »Ich suche nach meiner Kuh Alfalfa. Sie ist weggelaufen. Habt Ihr sie heute Morgen hier vorbeikommen sehen?«

Der fliegende Händler hängte ein Glockenspiel an einen der Zeltstricke und rieb sich das runde Kinn. »Meinst du ein weißes Tier mit einem geigenförmigen Fleck auf der Stirn?«

Mittlerweile wäre Begonia nicht überrascht gewesen, hätte jemand behauptet, der Fleck auf Alfalfas Stirn würde dem Porträt des Kaisers ähneln.

Die Glocken klingelten, während der fliegende Händler antwortete. »Ich habe diese Kuh heute durch den Ort gehen sehen. Etwa vor anderthalb Stunden. Sie sah aus, als hätte sie eine lange Reise vor sich und bewegte sich schnell vorwärts. Anders als man es von umherirrenden Kühen gewohnt ist.«

Begonia wurde bang ums Herz. Wie konnte sie hinter einer Kuh immer mehr an Boden verlieren? Und wohin mochte Alfalfa wohl gegangen sein?

Sie dachte nach. Dies konnte eine viel längere Reise werden, als sie gedacht hatte. Es dauerte vielleicht den ganzen Tag, bis sie Alfalfa eingeholt und nach Hause gebracht hatte. Sie würde Futter und Wasser brauchen, oder etwas Geld, um für beides zu bezahlen, und sie hatte weder das eine noch das andere. Ach, wäre sie doch nicht ohne Proviant aus der Tür gestürmt. Und wenn sie jetzt zurück nach Hause ging, um sich für eine weitere Tour vorzubereiten und ihren Weg zurückzuverfolgen, würde Alfalfas Vorsprung sich noch mehr vergrößern. Es war unmöglich vorherzusehen, wo die Kuh hingelangen würde. Zumindest war sie bis jetzt auf der Straße geblieben. Aber das konnte sich jederzeit ändern.

Was war zu tun? Wenn sie ihr Kalb nicht säugte, würde Alfalfas Euter immer voller werden und schmerzen. Sie musste gemolken werden. Und der arme Sprössling war den ganzen Tag allein und musste hungern!

»Warum machst du so ein trauriges Gesicht?«, wollte der fliegende Händler wissen. Die goldenen Ringe, die an seinen Ohren hingen, glänzten mit seinem kahlen Schädel um die Wette.

»Meine Kuh läuft immer weiter von mir weg«, erklärte Begonia ihm. »Ich muss sie bald finden, sonst rennt sie vollends in die Irre.« *Genau wie ich.*

Der Händler knüpfte ein Band los, an dem eine kleine Messingglocke hing. »Hier. Nimm diese Glocke. Nein, ich will kein Geld dafür haben. Wenn du deine Kuh findest, binde ihr die Glocke um den Hals. Dann wirst du sie beim nächsten Mal schneller wiederfinden.«

Alfalfa beim nächsten Mal wiederzufinden, war das Letzte, woran Begonia denken mochte. Wenn es nach ihr ginge, würde es kein nächstes Mal geben. Mummelchen sollte beim Schmied eine Kette bestellen, um Alfalfa in Zukunft auf ihrer kleinen Weide anzupflocken. Aber nein, das konnten sie sich nicht leisten. Doch sie konnten Alfalfa verkaufen und von dem Geld eine weniger abenteuerlustige Kuh erwerben.

Sie befühlte die Messingglocke. Ihre verschwitzten Hände dämpften ihr Klingeln. Doch als sie das Band hochhielt und hin- und herschwang, ertönte ein helles Klingeln über dem Platz.

Der Händler zwinkerte ihr zu. »Hast du gehört? Lauter als man glauben würde. Vielleicht ist es ja ein Zauberglöckchen.«

»Vielen Dank«, sagte Begonia. Sie versuchte zu lächeln, doch ihr Blick richtete sich auf die leere Straße, die vom Dorfplatz bergab führte, zu der Ebene im Norden von Zweimühlen.

»Trink etwas, bevor du weitergehst«, sagte der Mann und deutete auf die Schöpfkelle im Wassereimer. Begonia nahm seinen Rat an und trank mehrere Kellen Wasser. Dann zog sie den Schal der Senfmüllerin über den Kopf, steckte die Glocke zu dem Senftöpfchen in ihrer Schürzentasche, dankte dem Händler ein weiteres Mal und eilte die Straße hinab.

Sie schritt schneller und schneller voran. *Fang die Kuh ein! Fang die Kuh ein!* Geschwindigkeit war ihre größte Hoffnung.

Das Wasser hatte sie erfrischt und sie war sicher, dass sie die verlorene Zeit aufholen würde. Doch während die Morgensonne höher und höher stieg und die Straße sich weiter und weiter dahinzog und die Bauernhöfe und Scheunen ihr immer fremder erschienen, wurden Zweifel zu Begonias Reisegefährten. Bald gesellte sich noch Hoffnungslosigkeit dazu. Bei einem Unternehmen wie diesem wäre Begonia lieber ohne diese lästigen Begleiter unterwegs gewesen.

Doch so sollte es nicht sein. Die Straße verlief weiter abwärts um einen kleinen Hügel herum und war dahinter nicht mehr zu sehen. Begonia folgte der Kurve und erreichte zu ihrer Überraschung eine Gabelung. Nach links führte die Straße zu einem entfernten Wald, nach rechts durch endlose Wiesen. Sicher würde sich Alfalfa für ein solches Meer aus saftigem Gras entscheiden. Dennoch zögerte Begonia.

Eine Frau näherte sich auf der Straße, die durch das Grasland führte. Sie hielt ein kleines Kindchen in ihren müden Armen.

»Seid gegrüßt, gute Mutter«, rief Begonia ihr zu. »Darf ich Euch fragen, was Ihr auf Eurer langen Wanderung gesehen habt?«

»Das darfst du«, erwiderte die Frau, »wenn du mein Kind hältst.« Ohne auf Antwort zu warten, drückte sie Begonia das Bündel in die Arme.

Das Kind war unruhig und auf eine Weise feucht, über die Begonia lieber nicht nachdenken wollte. Sie hielt den Kleinen im Arm, der sie mit klugen, dunklen Augen anschaute und beim Anblick ihres bunten, wehenden Schals kleine Glucksgeräusche machte.

Die Mutter stöhnte, streckte die Arme aus und nahm die Schultern zurück.

»Ihr müsst schon lange unterwegs sein«, mutmaßte Begonia.

Als die Mutter sich erneut streckte, knackte ihre Wirbelsäule. »Es ist, wie es ist. Ich bin bei Sonnenaufgang losgegangen, musst du wissen. Wir wollen zu meiner Großmutter. Sie ist eine alte Witwe und ich bin eine junge Witwe.«

»Das tut mir leid.« Begonia schaute dem Kindchen erneut in die Augen. Armer kleiner Wurm ohne Papa!

Die Frau zog die Schultern hoch. »Es ist, wie es ist.«

Das Kind brabbelte und Begonia musste lächeln. Die Mutter ließ sich währenddessen ins Gras fallen und streckte alle viere von sich. Dann drehte sie sich auf die Seite und schloss die Augen.

Begonia wurde klar, dass sie den Kleinen den ganzen Morgen am Hals haben würde, wenn die müde Frau jetzt einschlief. »Gute Mutter«, rief sie laut. »Hier ist meine Frage. Seid Ihr auf Eurer Reise einer weißen Kuh begegnet, die allein umherstreifte? Ich suche schon den ganzen Morgen nach ihr.«

»Ich habe tatsächlich unterwegs eine weiße Kuh gesehen«, antwortete die Mutter. »Vor zwei Stunden würde ich sagen. Ein sanftes Tier mit einem Fleck auf der Stirn, der aussieht wie ein Babypopo.«

Begonia seufzte. Apropos Babypopo. Um den nassen Po

dieses kleinen Jungen, würde man sich dringend kümmern müssen.

»Seltsam, dass Ihr das sagt«, meldete sich hinter Begonia eine Stimme zu Wort. Sie drehte sich um und erblickte einen schlaksigen Waldarbeiter, der mit seiner Axt über der Schulter aus der anderen Richtung der Gabelung, also vom Wald her, herbeigeschlendert kam. »Ich habe heute Morgen auch eine Kuh gesehen, die durch den Wald spaziert ist. Näher an meiner Straße als an Eurer. Vor etwa zwei Stunden. Aber der Fleck auf ihrer Stirn sah aus wie ein Baumstumpf.«

»Oje«, jammerte Begonia. »Das ist nicht möglich! Sie kann doch nicht an zwei verschiedenen Orten gleichzeitig sein!«

Die Mutter stand vom Boden auf, klopfte sich den Rock ab und befreite Begonia von ihrer feuchten Last. »Was redest du da, junge Dame?«, sagte sie. »Sie haben verschiedene Flecken. Also müssen es zwei verschiedene Kühe sein.«

Es hatte keinen Sinn, der Frau zu erklären, dass Alfalfas Stirnfleck immer so aussah, wie das, was sein Betrachter am besten kannte, also sparte Begonia sich die Mühe. Doch das Ganze hatte bestimmt nichts mit Magie zu tun. Die Leute sahen einfach nur das, was sie sehen wollten. Lilly tat das ständig.

»Ich bin nur eine arme Witwe«, wiederholte die Mutter, »aber keiner soll mir nachsagen, ich hätte mich nicht bei dir dafür bedankt, dass du mein Kind gehalten hast. Hier. Nimm diese Haarnadel.« Sie zog eine lange Haarnadel aus ihrer Frisur und reichte sie Begonia. Dabei lösten sich ein paar Strähnen und fielen in hübschen Locken über ihre Schultern.

Begonia hatte einen langen Marsch hinter sich. Sie starrte die Haarnadel an. Sie hatte keine Ahnung von irgendwelchen kunstvollen Frisuren. Milchmädchen flochten sich das Haar der Einfachheit halber meist zu schlichten Zöpfen.

»Eine Haarnadel kann manchmal sehr praktisch sein. Hör zu, Holzhacker.« Die Frau wandte sich an den groß gewachsenen Mann mit der Axt und dem Bündel. »Unsere Wege scheinen eine Weile in dieselbe Richtung zu führen. Das hier ist mein kleiner Junge.« Und bevor der Waldarbeiter Nein sagen konnte, hatte sie ihm den Säugling schon in die Arme gedrückt.

Die verblüffte Begonia schob die Haarnadel in die Schürzentasche und sah den beiden Weggefährten nach, deren Gestalten mit jedem Schritt kleiner wurden. Genau wie die Chance, ihre Kuh jemals wiederzufinden und nach Hause zurückkehren zu können, dachte sie trübsinnig.

6

Mittagstunde und eine Landkarte

Ratlos stand Begonia an der Straßengabelung. Sie schaute nach links, dann nach rechts. Wald oder Feld, Forst oder Weide? Baumstumpf oder Babypopo. Wofür sollte sie sich entscheiden?

»Alfalfa!«, schrie sie lauthals. »Wo bist du?«

Ein zerzauster Kopf schob sich aus einem dicken, blühenden Busch, der ein Stückchen hinter der Gabelung stand.

»Ist Eure Alfalfa ein Ahnengeist?«, erkundigte sich der Besitzer des Kopfes.

Begonia trat erstaunt zurück. Ein sprechender Busch! Ein raschelnder Busch mit lila Blüten und einem Menschenkopf. Ein Busch mit einem struppigen Haarschopf voller Blätter und Zweige.

»Bestimmt ist sie der Geist einer Urahnin, sonst würdet Ihr nicht so verzweifelt nach ihr rufen. Aber es ist üblich, mehr Respekt zu zeigen. Versucht es mal mit ›ehrwürdige Großmutter‹ oder ›gesegnete Großtante‹. Die Toten schätzen es, wenn man sie höflich behandelt.«

Begonia hatte einen trockenen Hals und wunde Füße. Ihre Kuh war verschwunden, und jetzt hatte sie auch noch den Verstand verloren und bildete sich ein, sprechende Büsche vor sich zu sehen. Doch wenn sie schon verrückt geworden war, war nichts dagegen einzuwenden, sich auf ein Gespräch mit dem Busch einzulassen.

»Wer um alles in der Welt sollte einen Ahnengeist namens ›Alfalfa‹ haben?«, stellte sie den Busch zur Rede. »Alfalfa ist nicht tot. Sie ist meine Kuh. Und sie ist weggelaufen.«

Der Kopf im Gebüsch schraubte sich nach oben und brachte einen menschlichen Hals und Körper zum Vorschein, auf übliche Weise zusammengewachsen. Es war ein Junge, vielleicht ein, zwei Jahre älter als Begonia, in schäbige, einstmals farbenfrohe Sachen gekleidet, die an einen verblassten Flickenteppich erinnerten. Sein Gesicht war schmutzig und die Fingernägel sahen fürchterlich aus.

»Du bist ja gar kein sprechender Busch«, stellte Begonia fest.

»Hab nie behauptet, einer zu sein.« Er klaubte sich Zweige und Blätter vom Körper. »Ich bin Key, das bedeutet Schlüssel, und ich kann Euch helfen. Ich habe mich darauf spezialisiert, verloren gegangene Sachen wiederzufinden. Also, wo habt Ihr Eure Kuh zuletzt hingetan?«

»Wo ich sie hingetan habe?«

»Hingetan«, wiederholte der fremde Junge. »Leute tun Sachen irgendwohin. Sie tun Linsen in die Suppe, stecken Brillen in Pantoffeln und Geld unter die Matratze. Also, wo habt Ihr Eure Kuh hingetan?«

»Sie ist kein verlegter Fingerhut. Sie ist ein Tier.«

»Auch Tiere werden irgendwo hingetan«, erklärte Key geduldig. »Piraten setzen sich Papageien auf die Schultern. Zauberer stecken Kaninchen in Hüte. Ich habe gehört, dass Affen oft …«

»In die Scheune!«, unterbrach Begonia sein Gerede. »Gestern Abend vor dem Schlafengehen habe ich sie von der Weide geholt und sie in die Scheune gebracht. Aber das spielt keine Rolle, weil ich sie heute früh gemolken habe und weil viele Leute sie heute in der Gegend herumlaufen sahen. Hast *du* eine weiße Kuh mit einem seltsamen Fleck auf der Stirn gesehen?«

»Lenkt nicht vom Thema ab.« Key schritt auf und ab, kratzte sich versonnen am Kinn, als sei er tief in Gedanken versunken. Er sah wirklich äußerst lächerlich aus. Er war groß und mager, mit hängenden Schultern und lauter Blättern und Blüten in den zerzausten Haaren.

»Ihr habt sie also in die Scheune getan«, sagte der Junge schließlich, als sei ihm ein wissenschaftlicher Durchbruch gelungen. »Was habt Ihr in dem Augenblick zu ihr gesagt?«

Begonia hielt die Hände in die Höhe. »Gar nichts! Wieso hätte ich was zu ihr sagen sollen?«

Key hob warnend den Finger. »Jeder spricht mit Tieren.«

Sie seufzte. »Ich glaube, ich habe nichts zu ihr gesagt. Und wenn, dann war es nicht viel. Vielleicht etwas wie ›Gute Nacht, Kuh‹.«

Key fing an, Begonia zu umkreisen, als wolle er sie ganz genau von allen Seiten betrachten. »Eine Kuh mit einem gebrochenen Herzen«, murmelte er vor sich hin. »Ein Milchmädchen, das seine Kühe mit Schweigen straft. Und sie nicht einmal beim Namen nennt, wenn es doch einmal mit ihnen spricht. Nur ein kaltes ›Kuh dieses, Kuh jenes‹ von den lieblosen Lippen. Die Kuh beschließt, dass sie diesen Kummer nicht länger ertragen kann, also läuft sie in ihrer Einsamkeit fort und sucht nach einem besseren Freund.«

Teichmummel hatte zwar immer sehr auf Begonias Manieren geachtet, doch Keys Behauptungen waren einfach zu viel für sie.

»Jetzt hör mir mal zu, Key«, sagte sie. »So etwas Lächerliches habe ich in meinem ganzen Leben noch nicht gehört. Es ist unverschämt und töricht. Eine Kuh mit gebrochenem Herzen? Absurd! Kühe haben mehr Magen als Herz, und ich behandle unsere Milchkühe gut genug, vielen Dank. Offensichtlich hattest du noch nie mit Rindviechern zu tun. Und du hast übrigens Zweige und Blätter im Haar.«

Key musterte Begonia mit zusammengekniffenen Augen. »Man braucht keine Erfahrungen mit Kühen, um zu wissen, was los ist«, behauptete er hochmütig. »Das Herz sehnt sich nun mal nach Liebe und Anerkennung. Ich kenne mich aus mit Herzen, da ich Romantiker bin. Ich habe die Seele eines Poeten.«

Begonia hatte genug von seinem Geschwafel. »Du hast die Seele eines Schwachkopfs.« Jede Minute, die sie mit diesem nervtötenden Jungen verschwendete, war eine Minute zu viel. »Und hast du nicht gesagt, du wärst darauf spezialisiert, verlorene Sachen wiederzufinden?«

Key verschränkte die Arme vor der Brust und wendete beleidigt den Blick von Begonia ab. »Ich bin ein Mann mit vielen Kenntnissen«, verkündete er hochnäsig.

»Du bist ein *Junge*, der keinerlei Kenntnisse über Kühe hat«, ließ Begonia ihn wissen.

»Und wenn schon! Meine Familie versteht sich eher auf Schweine. Schweine haben empfindsame Seelen, kann ich Euch versichern. Wenn man ein Schwein beleidigt, rührt es mindestens drei Tage lang kein Futter an. Einem wahren Schweinezüchter würde es nicht im Traum einfallen, seine Tiere zu vergrämen.«

Begonia hatte es nun endgültig satt und richtete den Blick auf das Weideland zu ihrer Linken. Eine Straße war wahrscheinlich ebenso gut wie die andere, mutmaßte sie, und es wurde Zeit, ihre Suche fortzusetzen. »Leb wohl«, sagte sie mit fester Stimme. »Du bist keine Hilfe gewesen, aber es war nett, dass du es versuchen wolltest.«

»Lasst mir doch einen Augenblick Zeit, um meine Sachen zusammenzuklauben«, protestierte Key. »Es hat doch keinen Sinn, in solcher Eile loszurennen. Dann muss ich hinter Euch herjagen und es ist doch eh schon so heiß. Da würde mir nur der Schweiß ausbrechen.«

Begonia hielt kurz inne. »Wer hat gesagt, dass du mitkommen sollst?«

Key verschwand im Gebüsch und warf verschiedene Gegenstände über seine Schulter. Socken, Kamm, Becher, Knoblauchzehen. Wie Schmetterlinge kamen die Sachen aus dem Busch geflogen und flatterten zu Boden.

»Ich habe Euch gesagt«, *Schwups*, »dass ich Euch helfen werde, Eure Kuh wiederzufinden«, *Schwups*, »und meine Arbeit ist noch nicht erledigt.«

»Das ist schon in Ordnung«, entgegnete Begonia. »Ich kann selbst nach ihr suchen.«

»Und außerdem«, *Schwups*, »eine romantische Seele wie ich könnte ein junges Fräulein in Nöten niemals ziehen lassen, ohne ihm zu helfen.«

Begonia sah keinen Sinn darin, diesen Quälgeist zu ermutigen. Nicht den Geringsten. Also bog sie entschlossen in den grasigen Weg zu ihrer Rechten ein und rief über die Schulter: »Ich bin kein junges Fräulein in Nöten!«

Eilige Schritte folgten ihr. »Natürlich seid Ihr das«, japste Key mit keuchender Stimme. »Seid Ihr in diesem Augenblick glücklich?«

»Nein!«

»Seht Ihr?« Er hatte sie eingeholt und schwang sich einen schäbigen grauen Sack über die Schulter. »Ihr seid bekümmert. Und offensichtlich ein junges Fräulein. Also seid Ihr ein Fräulein in Nöten. Als Romantiker kann ich Euch erst verlassen, wenn Ihr wieder froh seid. Das besagt unser Kodex. Der romantische Ehrenkodex.«

»Was für ein Kodex …« Begonia hielt inne. »Warte mal. Du meinst, wenn ich glücklich bin, wirst du weiterziehen?«

»Ja. Tieftraurigen Herzens. Das macht es umso romantischer.«

Begonia zog die Mundwinkel hoch, zeigte die Zähne und zauberte das übertriebenste Lächeln auf ihre Lippen, das man sich vorstellen konnte. »*Tra-la-la*«, sang sie fröhlich, schwang ihre Röcke hin und her und hüpfte die Straße entlang, wie ihre Schwester Lilly es getan hätte. »*Siehst du, wie glücklich ich heute bin! Der Himmel ist blau, die Wolken sind weiß und bauschig und ich habe nicht die geringste Sorge!*«

Key verschränkte die Arme vor der Brust. »Mit dieser Vorstellung könntet Ihr nicht mal ein Schwein täuschen«, stellte er fest. »Obwohl man fairerweise zugeben muss, dass sich Schweine nicht leicht täuschen lassen.« Er beschleunigte seine Schritte. »Nein, mein Entschluss steht fest. Ich bin hier, um zu helfen.« Er wedelte mit dem Zeigefinger vor ihrem Gesicht. »Der romantische Kodex warnt davor, dass manche junge Damen aus Höflichkeit vorgeben könnten, nicht in Nöten zu sein, doch ein wahrer Romantiker sollte ihnen trotzdem helfen.«

Begonias aufgesetztes Lächeln schwand dahin. »Ich finde, Euer Kodex ist selbstsüchtig«, erklärte sie. »Ich müsste die Erlaubnis haben, unglücklich zu sein, wenn ich es will.«

Key kratzte sich den Kopf und ließ ein paar Zweiglein auf den Weg rieseln. »Ihr mögt mir verzeihen«, sagte er, »aber in Eurem Kopf stimmt etwas nicht. Wer würde jemals unglücklich sein wollen?«

Begonia schritt schneller aus. »Du machst mich schwindelig.«

»Tss, tss. Wir sollten uns miteinander bekannt machen. Ich kann Euch nicht verlassen, bevor ich eine heldenhafte Tat für Euch ausgeführt habe, und so wie es aussieht, könnte das eine Weile dauern. Also wie ist Euer Name?«

Begonia schaute zur Sonne hinauf, die ihren Weg über den Himmel stetig fortsetzte, und fragte sich, wie viel Tageslicht ihr noch blieb, um nach Alfalfa zu suchen. Den Jungen wurde man schlechter los als eine Magenverstimmung. »Ich heiße Begonia«, seufzte sie.

Key fing an zu strahlen. »Begonia? Was für ein überaus romantischer Name!«

Sie funkelte ihn böse an. »Nein, das ist er nicht. Er ist lächerlich.«

»Gestattet mir, anderer Meinung zu sein. Nun, Fräulein Begonia, woher kommt Ihr?«

»Aus Zweimühlen.«

Key musterte sie verwundert. »Ihr wohnt in zwei Mühlen? Eine für die ungeraden Tage und die andere für die geraden?«

Ungerade Tage, in der Tat. Dies war der seltsamste Tag, den Begonia je erlebt hatte. »Das ist der Name unseres Dorfes.«

»Ah. Ein Dorf mit zwei Windmühlen! Das muss ja ein sehr wohlhabendes Dorf sein.«

Begonia ließ den Blick an den Hecken entlangschweifen, auf der Suche nach irgendeinem Hinweis auf eine weiße Kuh. »Es gibt jetzt nur noch eine. Die andere ist eingestürzt.«

»Und ich nehme an, es wäre wohl zu peinlich, den Namen in Einemühle zu ändern.«

Begonia verdrehte die Augen. »Das wäre es wohl.«

»Ich habe jetzt alles vor Augen«, sagte Key. »Eine Windmühle. Ein Bauernhof. Eine Scheune. Eine Kuh. Und Ihr dort mit Eurem violetten Schal, wie Ihr sie melkt.«

»Das ist noch nicht alles«, wandte Begonia ein. »Hier. Ich zeige dir etwas.« Sie langte in die Schürzentasche und zog die Pergamentrolle hervor, die der Kartenmeister ihr geschenkt hatte. Sie blieb stehen, um die Karte zu betrachten. »Sieh mal, das ist eine Karte von unserem Dorf. Mein Zuhause ist ...«

Key spähte über ihre Schulter. »Euer Zuhause ist wo?«

Sie sah ihn erschrocken an. »Es ist nicht mehr da!« Sie breitete die Karte auseinander. »Heute Morgen zeigte die Karte unser Haus, die Scheune, die Häuser der Nachbarn und Zweimühlen. Aber jetzt zeigt sie nichts mehr von alledem. Sondern nur eine fremde Gegend, die ich noch nie gesehen habe.«

Key starrte auf die Karte. »Vielleicht habt Ihr sie heute Morgen nicht richtig gelesen.«

Sie schüttelte den Kopf. »Ich kenne doch mein Zuhause, oder?«

»Wenn das so ist, habt Ihr mehr Glück als viele andere.«

Begonia stopfte die Pergamentrolle zurück in die Tasche und trottete finsteren Mutes weiter. Dann dachte sie an Keys letzte Worte.

»Kennst du dein Zuhause nicht, Key?«, fragte sie.

Er kratzte sich an der Nase. »Ich kenne es«, antwortete er gedehnt, »besser als es mich kennt. Ich habe vor, mir ein besseres Zuhause zu suchen.«

»O.« Begonia wusste nicht, was sie sonst sagen sollte. Von zu Hause fortgehen, um ein besseres zu suchen? Machten junge Leute so etwas tatsächlich? Der Gedanke war ihr noch nie in den Sinn gekommen. Mummelchen verlassen? Lilly verlassen? Hm … nein, Begonia merkte, dass sie nicht einmal Lilly für immer verlassen wollte. Nur ab und zu für ein, zwei Tage oder so.

Sie warf Key einen kurzen Seitenblick zu. Hinter seinen rätselhaften Worten verbarg sich offensichtlich eine längere Geschichte, doch der sonst so redselige Junge wollte scheinbar nicht darüber sprechen.

Eine Weile wanderten sie schweigend weiter, doch Key war nicht der Typ, der Stille ertragen konnte.

»Habt Ihr eine Familie?«

Der Gedanke an Mummelchen versetzte Begonia einen schmerzlichen Stich. Nicht auszumalen, welche Sorgen sich ihre Mutter machen würde, wenn sie nicht vor Einbruch der Dunkelheit mit Alfalfa zurückkehrte!

»Meine Mutter und meine jüngere Schwester.«

»Eine jüngere Schwester«, wiederholte Key. »Ich habe mir immer einen jüngeren Bruder oder eine Schwester gewünscht. Ich bin der Jüngste einer sehr großen Familie.«

Begonia stellte sich eine Familie mit lauter Kindern vor, die alle so aussahen wie Key, mit Zweigen, Blättern, Blüten und so weiter. »Wie groß ist denn deine Familie?«

»Ganz genau weiß das keiner.«

Für einen kurzen Moment vergaß Begonia ihre Kuh. »Du machst Witze.«

Key schüttelte den Kopf. »Meine Eltern haben es nie geschafft, alle Kinder zu zählen. Wir haben einfach nicht lange genug stillgehalten.«

»Aber …!«

»Zwillinge, Drillinge, Vettern und Cousinen aus der Nachbarschaft … Wenn man mehr Kinder als Finger an den Händen hat und mehr Ferkel als Kinder, spielt die genaue Zahl keine Rolle mehr.« Er seufzte. »Sagt mal, schaut Eure jüngere Schwester zu Euch auf? Bewundert sie Eure Klugheit? Nimmt sich ein Beispiel an Euch?«

Das Bild der verwöhnten, eingebildeten Lilly blitzte in Begonias Erinnerung auf. Sie lachte verbittert. »Wohl kaum.«

»Wirklich nicht?« Key pflückte eine Wildbeere von einem Busch und bot sie Begonia an. »Das würde man doch eigentlich erwarten.«

»Ständig tratscht sie mit Mummelchen über mich und sagt, wie dumm ich mich bei allem anstelle.«

Key tätschelte Begonias Schulter. »Ich bin sicher, dass Ihr Euch bei allem, was Ihr tut, ganz und gar nicht dumm anstellt.«

»Danke.«

Sie marschierten weiter. An jedem anderen Tag hätte Begonia diese lange Wanderung genossen, die neuen Eindrücke auf sich wirken lassen, mit Spannung erwartet, was es hinter der nächsten Kurve zu sehen gab. Jedes Feld hätte sie erfreut mit dem zarten Grün junger Gemüsepflanzen, das aus der feuchten Erde emporwuchs. Und all die bunten Wildblumen, die bei den Hecken blühten – an jedem anderen Tag hätte sie welche gepflückt und einen Kranz für ihr Haar daraus geflochten.

Doch heute nahm sie kaum etwas von all dem wahr. Sie hatte nur das vor Augen, was sie nicht sehen konnte. Eine Kuh.

»Ich habe die falsche Straße gewählt«, sagte sie laut. »Ich hätte den Waldweg nehmen sollen. Da muss Alfalfa hingegangen sein. Vielleicht hat sie dort ein schattiges Plätzchen gesucht.« Sie deutete nach links, wo der Wald am westlichen Horizont eine dunkle Grenze bildete. »Und wenn sie von einem Panther gefressen wurde?«

»Würdet Ihr mich noch einmal auf Eure Landkarte schauen lassen?«, bat Key. Er studierte die Zeichnung, murmelte vor sich hin und blickte sich um.

»Hier«, sagte er zu Begonia. »Seht Ihr das? Der Busch mit den lila Blüten? Da bin ich gewesen … wo wir uns begegnet sind, vor einer kleinen Weile. Und das hier ist die Straße, auf der wir sind, und da«, er ließ seinen Finger zurück zur Gabelung wandern, wo die andere Straße nach Westen führte und sich durch den Wald schlängelte, »ist der Weg, den wir nicht gegangen sind.«

Begonia schüttelte den Kopf. »Ich verstehe das nicht«, wunderte sie sich erneut. »Diese Landkarte hat heute Morgen mein Zuhause und mein Dorf gezeigt und nichts von dieser Gegend. Ich sage dir, ich habe es mit eigenen Augen gesehen.«

Key spitzte die Lippen. »Seht Ihr das Bauernhaus, hinter der Kurve? Am Rand der Karte?«

»Ja, was ist damit?«

»Was damit ist? Vor einer halben Stunde, als Ihr mir die Karte zum ersten Mal gezeigt habt, war es noch nicht da.«

Begonia war nicht überzeugt. »Wie kannst du dir da so sicher sein?«

»Als Spezialist, der sich auf das Aufspüren verloren gegangener Dinge versteht«, erklärte Key mit einem Anflug verletzter Ehre, »verstehe ich mich selbstverständlich auch darauf, Dinge zu bemerken, die vorher noch nicht da gewesen sind.«

Begonia biss sich auf die Lippe. Konnte es wahr sein? Sollte sie diesem fremden Jungen Glauben schenken?

»Aber«, flüsterte sie, »das kann dann ja nur bedeuten, dass die Landkarte …«

»Sich verändert?«, ergänzte Key.

»Tinte kann sich nicht verändern!«

»Sich bewegt?«, hakte Key nach.

»Aber wie könnte das sein?«

»Es sind Mächte am Werk, über die wir kaum etwas wissen.«

»Würdest du bitte normal sprechen?«, rief Begonia.

Key sah sie verwundert an. »Also schön. Nennen wir es Magie oder Zauberei.«

7

Ein leerer Palast und eine Verschwörung

Am späten Morgen im Palast.

Fünf Tage waren seit seinem Verschwinden vergangen, und noch immer war der Kaiser nicht zurückgekehrt. Eine gespenstische Stille hatte sich über den Palast gesenkt.

In den ersten Stunden nachdem er fort war, hatte zuerst hektische Aufregung geherrscht. Suchtrupps verteilten sich im ganzen Reich und suchten nach dem Kaiser. Die Palastdiener blieben wachsam und nervös zurück.

In der Zwischenzeit weinten die Diener, die den Kaiser von Kindesbeinen an kannten. Der Palastpriester zündete vor den Schreinen der früheren Kaiser und Kaiserinnen Kerzen an und betete, dass ihr Urururenkel bald nach Hause zurückkehren würde.

Der betagte Kanzler schien über Nacht um zehn Jahre gealtert zu sein. Er diente der kaiserlichen Familie schon, seit der Großvater des derzeitigen Kaisers das Zepter geschwungen hatte, und versuchte unermüdlich den verschwundenen jungen Herrscher wiederzufinden. Er schickte Diplomaten in die Festsäle benachbarter Reiche, damit sie mit den eleganten jungen Damen jener schillernden Höfe tanzten, um ihnen Hinweise zu entlocken. War eine Verschwörung im Gange? Hatte irgendein boshafter König den jungen Kaiser entführen lassen?

Im Palast zweifelten viele an der Strategie des Kanzlers. Keine irdische Macht, sagten sie, hätte diesen markerschütternden Angstschrei auslösen oder die Türknäufe zum Glühen bringen können. Nichts, was diesseits des Paradieses geboren wurde, flüsterte das Küchenpersonal, hätte das tun können. Doch viele andere wiesen darauf hin, dass Köche und Bäcker zum Aberglauben neigten.

Weder die Suchtrupps noch die Diplomaten verrieten, wonach sie suchten oder wen sie zu finden hofften. Der alte Kanzler schärfte den Dienern ein, auf der Hut zu sein und niemandem anzuvertrauen, was geschehen war. Niemand durfte erfahren, dass der Kaiser verschwunden war. Denn wenn sich herumsprach, dass das Reich derzeit führerlos war – wenn machthungrige Monarchen auf der anderen Seite des Ozeans herausfanden, dass das große und wohlhabende Reich Camellion, dieses Juwel der drei Kontinente, dieser saftige Pfirsich vom Paradiesbaum der Welt keinen Kaiser hatte, der seine Armeen befehligte – wer konnte sagen, was dann passieren würde? Terror und Anarchie. Das Ende eines uralten Reiches und die Plünderung seiner Schätze.

Kunstgalerien. Juwelenbesetzte Säle. Schnitzereien von exquisiter, außerordentlicher Schönheit. Vergnügungsboote und botanische Gärten. Was würde aus all diesen Dingen werden? Die kaiserliche Menagerie. Würden ihre Furcht einflößenden Bestien freigelassen werden, um Kinder auf der Straße anzufallen?

Diese und andere beängstigende Gedanken quälten die Armeen von Dienern, die im Palast zurückgeblieben waren, ohne Kaiser, den sie zufriedenstellen mussten. Sie arbeiteten weiter, schrubbten und nähten und backten, als wäre er noch zu Hause. Wenn er zurückkam, musste alles bereit sein. Schließlich stand eine Geburtstagsfeier bevor. Wie ihre Herzen sich danach sehnten, seine Stimme wiederzuhören! Seine Nörgeleien und Befehle störten sie nicht. Sie gehörten zum Beruf. Schreiber waren kurzsichtig, Bäcker dick, Harfenisten angespannt und Kaiser tyrannisch. Vor allem junge Kaiser. Es lag nur daran, dass sie nervös waren. Das gab sich mit der Zeit.

Die Leibwächter des kaiserlichen Schlafgemachs standen müde auf ihren Posten. Die kaiserlichen Konditoren backten aus reiner Gewohnheit winzige Küchlein, doch sie waren nicht mit dem Herzen bei der Sache. Die Palastköche stellten Mausefallen auf und jammerten über den welkenden Salat, den der Kaiser niemals essen würde. Die Hände der kaiserlichen Masseurin wurden steif, und der Hofsänger der Abendschicht sang traurige Klagelieder in die Messingrohre, deren Tönen niemand lauschte.

Der kaiserliche Vogelwart war der einzige Palastangestellte, der sich keine Sorgen um den Kaiser machte. Er trauerte um seinen verschwundenen Strauß, ein großes, hübsches Männchen, dem er den Spitznamen Leichtfuß gegeben hatte. Der Kaiser, dachte er, konnte auf sich selbst aufpassen, aber wer würde auf Leichtfuß aufpassen? Würden freche Jungs ihm die flaumigen Schwanzfedern ausrupfen?

Nein, nichts hatte mehr seine Richtigkeit, dachte der zum kaiserlichen Mundschenk beförderte zweite Hilfsbecherträger. Nun waren schon fünf Tage seit dem spurlosen Verschwinden des Kaisers vergangen. In dieser Zeit hatte der Mundschenk den anderen Adligen im Palast Getränke serviert. Dreien, um genau zu sein: Graf Rudo, der gerissene Cousin des Kaisers; Fürst Hacheming, ein aristokratischer Nachkomme der kaiserlichen Priesterlinie; und Herzog Baxa der Gnadenlose, der Sohn des früheren kaiserlichen Heerführers.

Diese drei waren die engsten Vertrauten des Kaisers. Nicht seine Freunde, denn dieser spezielle Kaiser hatte keine Ahnung davon, wie man seine Mitmenschen freundlich behandelte. Doch er hatte Leute, die ihn beim Spielen gewinnen ließen, um ihm die Langeweile zu vertreiben, Leute, denen er etwas vorjammern und über die er sich beklagen konnte, wie es ihm gerade beliebte. Rudo, Hacheming und Baxa waren die Gefährten des Königs und residierten im Palast. Niemand konnte sich daran erinnern, sie eingeladen zu haben. Sie waren aus dem Nichts aufgetaucht und hatten sich eingenistet, ähnlich wie Termiten es tun. Jeder von ihnen war mächtig, wohlhabend und verfügte über Beziehungen. Wenn sie wollten, konnten sie sehr gefährlich für den Kaiser werden. Sie waren unter den Ersten, die von seinem

Verschwinden gehört hatten. Nichts konnte vor ihnen geheim gehalten werden.

Der kaiserliche Mundschenk betrat den kleinen Salon, in dem die drei sich nach einem späten Frühstück versammelt hatten. Er brachte eine Karaffe mit Wein und drei schimmernde Goldbecher, verziert mit silbernen Tiermustern, hübsch arrangiert auf einem Glastablett. Nach einer tiefen Verneigung schenkte er ein.

»… Führung war eine Katastrophe«, raunte Graf Rudo den anderen zu. Sonnenlicht fiel auf seine geölten, pechschwarzen Locken und den zu einer einzigen Locke gedrehten Bart.

»Schon seit Tagen verschwunden«, dröhnte der dicke, glatzköpfige Fürst Hacheming mit tiefer Ochsenfrosch-Stimme. Er erinnerte tatsächlich an eine Amphibie, mit Speckrollen am Hals, die wie Kiemen wirkten, spärlichen Schnurrbarthaaren im glatt rasierten Gesicht und hervorquellenden Krötenaugen.

»Sch.« Herzog Baxa legte den Finger an die Lippen und warf dem Mundschenk einen schnellen Seitenblick zu. Sein schmaler Schnauzbart vibrierte wie ein Dolch, der in eine Tür geschleudert wurde.

Der Mundschenk goss den restlichen Wein in Hachemings Becher, ohne einen einzigen Tropfen zu verschütten, während seine Miene die ganze Zeit so ruhig und friedlich blieb wie ein Teich im Mondlicht.

»Das ist alles.« Herzog Baxa gab dem Mundschenk ein Zeichen, worauf dieser lautlos den Raum verließ.

Doch er folgte der Anweisung sehr ungern. Irgendetwas stimmte hier nicht. Also tat er etwas, das er noch nie zuvor getan hatte. Er verstieß gegen die heiligen Mundschenkregeln, die man ihm eingeschärft hatte, seit er fünfter Hilfsbecherträger geworden war. Er blieb vor der Tür stehen, hielt den Atem an und lauschte.

»Es gibt keinerlei Hinweise, dass er jemals zurückkommen wird.« Das musste Graf Rudo sein, dessen Stimme genauso ölig klang wie sein Haar. »Ich sage Euch, je länger Ihr wartet, desto schwächer werden Eure Chancen. Und jemand anders wird auf den Thron steigen.«

Der Mundschenk hörte, wie ein schweres Glas auf den Holztisch gestellt wurde. »Geduld.« Das musste Baxa sein. *Warten worauf?*

»Was ist, wenn er nicht tot ist?«, fragte Hacheming. »Einige Diener glauben, er ist wahnsinnig geworden. Er könnte überall herumirren. Was bedeutet, dass er zurückkommen könnte.«

»Und was glaubt Ihr, wie lange er als umherstreifender Irrer in freier Natur überleben würde?«, stellte Baxa zur Diskussion. »Nein. Wir warten auf den richtigen Zeitpunkt, und dann handeln wir. Unsere Chance kann sich jeden Moment auftun.« Ein Schluckgeräusch. »Das Reich braucht einen Herrscher. Einen richtigen, nicht dieses tatterige Fossil von einem Kanzler. Bald beschaffen wir dem Volk einen Führer. Wenn ich den Thron besteige, teile ich die Herrschaft mit Euch.«

Leises Kichern und das edle Klirren der goldenen Becher. Der Mundschenk schnappte nach Luft.

»Scht! Habt Ihr das gehört?«

Der Mundschenk entfernte sich, so schnell er konnte, und behielt die Tür im Auge. Rudos glänzender Haarschopf tauchte erst dann in der Tür auf, als der Mundschenk um die Ecke verschwunden war.

In Sicherheit, dachte der Mundschenk. *Vorerst.*

8

Eine neugierige Katze und eine furchterregende Bestie

Schäumend vor Zorn stapfte Begonia die Straße entlang. Alle zehn Schritte blieb sie stehen, studierte die Karte und ging ein paar Schritte weiter. Sie wollte es nicht glauben und hätte es am liebsten geleugnet. Aber sie konnte nicht.

Die Karte bewegte sich. Ganz langsam und fast unmerklich veränderte sich die Zeichnung.

Während einer längeren Wegstrecke beobachtete sie, wie ein harmloser Felsbrocken nach und nach zum Rand der Karte wanderte und schließlich verschwand. Sie erinnerte sich genau daran, wie sie ein paar Stunden zuvor daran vorbeigekommen war.

»Es gibt keine Magie!«, zischte sie.

»Wie Ihr meint!«

»Das sind Kindermärchen«, beharrte sie. »Leute reden ständig über Magie, aber das ist nur altertümlicher Unsinn.«

»Zweifellos.«

»O, würdest du bitte damit aufhören?«

»Wir haben festgestellt, dass die Karte sich verändert. Ein

Vorgang, der eigentlich unmöglich ist. Also welche andere Erklärung könnte es dafür geben?«

»Es muss eine geben«, beharrte Begonia. »Wir haben sie nur noch nicht gefunden.«

»Vielleicht wird die Karte von einem Ahnengeist bewegt«, mutmaßte Key.

Begonia bedachte ihn mit einem vernichtenden Blick. »Daran glaubt in Wahrheit auch kein Mensch.«

Key blieb stehen und starrte sie an. »Ihr glaubt nicht an die Ahnen?«

Begonia fragte sich, womit sie es verdient hatte, diesem seltsamen Jungen über den Weg zu laufen, der sie unerbittlich aushorchte.

»Natürlich glaube ich an sie«, erklärte sie. »Ich glaube, dass sie gelebt haben und gestorben sind. Ich glaube, wir schulden ihnen Ehrerbietung und Dankbarkeit. Wir ehren sie auf viele Weisen. Mit Ritualen. Und mit unserer Art zu leben, verstehst du?« Sie hielt inne, um nachzudenken. Woran glaubte sie eigentlich wirklich?

»Und was weiß ich«, fuhr sie fort, »vielleicht beobachten sie uns tatsächlich von … wo auch immer sie sind. Wenn sie irgendwo sind. Aber sie sind fort, siehst du das nicht ein?« Sie musterte Key, um festzustellen, ob er ihre Worte nachvollziehen konnte, doch wenn es so war, ließ er sich nichts anmerken. »Dass Ahnen *etwas tun*, etwas *in der realen Welt*, das sind nichts als Märchen.«

Key machte ein Gesicht, als würde er sich um Begonia sorgen und sie bemitleiden, als hätte sie eine schlimme

Krankheit oder Dreck an der Nase. »Und was ist mit Dämonen?«

»Das ist etwas anderes«, sagte sie. »Wer sonst stiehlt die Eier aus dem Hühnerkorb, bevor ich sie finde? Dämonen sind nicht magisch. Sie sind einfach nur … Dämonen.«

»Offensichtlich.« Er hatte schon den ganzen Weg Zweige und Blätter verloren, dennoch schienen noch genauso viele in seinen Haaren zu stecken wie zu Anfang. Er deutete auf die Karte in Begonias Hand. »Glaubt Ihr, hier sind Dämonen am Werk?«

»Aber das würde bedeuten, dass Herr Kartenmeister ein Zauberer ist«, protestierte sie. »Ich kenne ihn seit Jahren. Er sitzt immer da, mit seiner lustigen Brille und den Federhaltern und kritzelt drauflos.«

»Und trotzdem hat er Euch eine Karte geschenkt, die sich bewegt.«

»Wenn sie sich doch nur an den Ort bewegen würde, an dem Alfalfa ist.« Begonia wollte die Karte zurück in die Schürzentasche stecken, doch dann besann sie sich anders. »Landkarte«, sprach sie mit lauter Stimme, »kannst du uns zeigen, wo meine Kuh Alfalfa ist?«

Das Papier regte sich nicht.

»Kannst du uns den Weg zeigen, der zu meiner Kuh führt?«

Immer noch nichts. Nur die Ecke des Pergamentbogens raschelte im Wind. Schließlich ging Begonia weiter, mit schweren Schritten und schwerem Herzen.

»Ich würde gern noch einmal darauf hinweisen«, meldete Key sich erneut zu Wort, »dass Ihr nicht an Ahnen oder

Magie glaubt und nicht davon ausgeht, dass es sich um das Werk von Dämonen handelt. Und trotzdem bittet Ihr ein Stück Pergament, Euch zu helfen.«

Sie machte ein finsteres Gesicht. »Vielleicht halte ich Ausschau nach anderen Möglichkeiten.«

»Vielleicht sprecht Ihr nicht ihre Sprache«, mutmaßte Key.

»Du bist keine Hilfe.«

»Ihr schneidet mir ins Herz«, erwiderte Key. »Ein Romantiker lebt für nichts anderes, als hilfreich zu sein.«

Im Westen senkte sich langsam die Sonne. Ihre orangefarbenen Strahlen blendeten sie, während sie direkt auf ihr brennendes Feuer zugingen. Begonia schirmte ihre Augen mit dem violetten Schal ab und richtete den Blick auf den Weg unter ihren Füßen. Sie hätte lange vor diesem Zeitpunkt umdrehen und nach Hause zurückkehren sollen, aber sie hatte immer das Gefühl gehabt, Alfalfa müsste direkt hinter der nächsten Kurve auftauchen. Und jetzt war der Tag vorbei. Wo würde sie schlafen? Sie hatte noch nie zuvor woanders als zu Hause übernachtet. Was würde Mummelchen sich für Sorgen machen! Sie war meilenweit von Zweimühlen entfernt, ganz allein, abgesehen von diesem sonderbaren Key, und sie konnte sonst wem zum Opfer fallen. Panthern? Räubern? Dämonen, die nachts auf der Straße lauerten? Dämonen, Verbrecher und Raubtiere hin oder her, Begonia hatte genug von Mummelchens Gutenachtgeschichten für Lilly mitbekommen, um zu wissen, dass ein Mädchen nachts am besten daheim in seinem Bett aufgehoben war.

Ein Stück weiter vorn hörten sie ein rumpelndes Geräusch und dann ein heulendes Gekreische, als würden tausend Dämonen zusammen singen.

Begonia schnappte nach Luft und eilte zum hohen Gras am Straßenrand.

»Was tut Ihr da?«, rief Key ihr nach.

»Schsch!«, zischte sie und bedeutete ihm hektisch, den Pfad zu verlassen. »Hörst du das furchterregende Getöse?«

»Es ist ein Wagen«, erklärte Key. »Mit einem Käfig. Was auch immer darin eingesperrt ist, macht ein schreckliches Geschrei.«

Das große, wankende Gefährt rumpelte im rötlichen Schein der untergehenden Sonne dahin. Als es sich näherte, offenbarte es seine Ladung: wütende Katzen. Dutzende.

Der kreischende Lärm schwoll an, während der Wagen auf sie zugeschaukelt kam. Das Pferd, ein kräftiger Wallach, warf schnaubend den Kopf herum und rollte die Augen. Der Kutscher saß geduckt auf dem Bock. Er hatte sich einen dicken Schal mehrmals um den Kopf gewickelt und presste dennoch jammernd und stöhnend die Hände auf die Ohren.

»Das arme Pferd«, sagte Begonia. »Der Lärm würde jedem den Verstand rauben.« Sie stand auf und eilte dem Wagen nach. Dann lief sie neben dem Kutschbock her, um Schritt zu halten.

»Entschuldigt bitte«, versuchte sie das Katzengeschrei zu übertönen. »Habt Ihr auf dem Weg hierher eine umherwandernde weiße Kuh gesehen?«

Der Kutscher hielt sich weiter die Ohren zu und beachtete Begonia nicht.

Zwischen den Latten des Käfigs konnte sie die Katzen sehen. Mit ihren spitzen Krallen attackierten sie ihr hölzernes Gefängnis. Sie sprangen einander auf den Rücken und stießen ihre Pfoten durch die Ritzen, um sich zu befreien.

»Arme Tiere«, sagte Begonia. »Was wohl mit ihnen passiert ist? Ich wünschte, ich könnte helfen.«

Eine flauschige, graue Katze, rührte sich nicht. Ganz ruhig saß sie in der hintersten Ecke des Wagens und fixierte Begonia mit ihren goldenen Augen. Als der Wagen weiter ostwärts rumpelte, in die Richtung, aus der Begonia und Key gekommen waren, streckte diese Katze eine weiße Pfote nach draußen. Sie schlug so lange nach dem Riegel, der den Käfig zusammenhielt, bis die Tür aufsprang und eine ganze Lawine fauchender, kreischender Katzen aus dem Käfig geschossen kam. Sie landeten auf dem Boden und stoben in alle Richtungen auseinander. Nur eine einzige Katze blieb im Wagen – die Graue mit den goldenen Augen. Sie saß artig da, hatte den Schwanz um den Körper gelegt und wartete.

Der Kutscher brachte das Pferd zum Stehen und sprang vom Bock. Beim Anblick des fast leeren Wagens, fiel er auf die Knie und raufte sich die Haare.

»Wer auch immer ihn mit der Fuhre losgeschickt hat, wird jetzt nicht gut auf ihn zu sprechen sein«, flüsterte Begonia. »Ich hoffe, dass diese armen Kätzchen einen sicheren Schlafplatz finden. Und ein Schälchen Milch.«

Hastig band der Kutscher das Pferd vom Wagen los, sprang ihm auf den Rücken und preschte davon.

»Er trägt die Uniform der kaiserlichen Dienerschaft«, sagte Key. »Er muss vom Palast hierhergekommen sein, vom Kaiser. Der Kaiser hat keine Gnade mit Dienern, die ihre Aufgabe nicht zu Ende führen. Der Kutscher muss jetzt aus Camellion fliehen, wenn er seinen Kopf behalten will.«

Sie verließen ihr Versteck und näherten sich dem verlassenen Wagen. Bei ihrem Anblick sprang die graue Katze mit einem eleganten Satz vom Wagenbrett und strich ihnen um die Beine. Begonia bückte sich und streichelte ihr weiches Fell. Die Katze ließ sich das Streicheln eine Weile gefallen, dann sprang sie ihr auf die Schulter und beschnupperte Begonias Kopf.

Key machte große Augen. »Was, in des Kaisers Namen, tut sie da?«

»Sie nagt an meinen Haaren«, antwortete Begonia.

Die Katze schnüffelte und knabberte liebevoll an ihrem Schopf. Es kitzelte.

»Aber warum?«

»Was Katzen tun, ist unerklärlich. Halb so wild! Sie tut mir nicht weh.«

»Kusch dich, Katze! Kusch dich!« Key versuchte, die Katze zu verscheuchen.

Begonia wich zurück. »Lass sie in Ruhe«, befahl sie. »Sie mag mich.«

»Sie mag Euch, wie ich mein Abendessen mag«, murmelte Key. »Sie will Euch *fressen*!«

»Nur meine Haare.«

»Also schön. Nur Eure Haare.« Key verdrehte die Augen und ging weiter.

»Katzen haben mich schon immer gemocht.« Begonia folgte ihm und achtete darauf, dass ihr haariger blinder Passagier nicht herunterfiel. »Meine Schwester Lilly ärgert sich schwarz, dass unsere Minzi mich lieber mag als sie. Autsch! Jetzt pikst sie mich mit den Krallen!«

Sie marschierten weiter und weiter auf die sinkende Sonne zu. Die Katze machte es sich auf Begonias Schulter bequem, indem sie ihren weichen Körper an ihren Hals schmiegte. Mit ihrer neuen Freundin erschien es Begonia nicht mehr ganz so beängstigend, die Nacht allein im Freien zu verbringen.

Begonia zog noch einmal die Karte aus der Tasche. »Wir müssen uns einen Platz zum Schlafen suchen«, sagte sie. »Es wird bald dunkel.« Sie hielt die Karte hoch, damit sie von den letzten Sonnenstrahlen erhellt wurde. Es schien so, als würden sie sich meist in der Mitte der Karte befinden. Begonia studierte weitere Einzelheiten. Straßen. Büsche. Ein Fluss.

»Key! Ist das die Stelle, wo ich dich getroffen habe?« Sie deutete auf den lilafarbenen Busch, der nun ganz unten auf der Karte zu sehen war.

»Ja. Wieso?«

Begonia zeigte auf die beiden Straßen, die sich an dem Punkt gabelten. »Sieh mal. Das ist der Weidenweg, den wir gegangen sind, und das ist der Waldweg, den wir nicht gewählt haben.« Sie deutete auf einen höheren Punkt auf der Karte. »Das da sieht aus wie ein Fluss, und er kreuzt beide Straßen. Wir haben noch keinen Hinweis auf Alfalfa entdeckt, also glaube ich, dass sie nie hier langgegangen ist. Wenn wir an den Fluss kommen, könnten wir ihm folgen, um zur Waldstraße zu gelangen. Vielleicht finden wir sie dort.«

»Ich könnte was zu trinken gebrauchen«, sagte Key.

»Alfalfa ist wahrscheinlich auch durstig. Komm schon, vielleicht finden wir sie ja endlich.«

Sie beschleunigten ihre Schritte und eilten weiter. Bald war die Sonne am Horizont verschwunden und hinterließ einen goldenen Himmel mit zarten, roséfarbenen Streifen. Doch Begonia wusste, dass dies nicht lange anhalten würde. Bald würde alles Licht verschwunden sein.

»Ist ›Key‹ eigentlich der Name, den deine Eltern dir gegeben haben?«, wollte Begonia wissen.

Sie waren ein gutes Stück weitergegangen und Begonia fragte sich schon, ob er die Frage überhaupt gehört hatte, bevor Key schließlich antwortete.

»Letzten Endes schon, glaube ich«, sagte er. »Oder meine älteren Brüder und Schwestern nannten mich so. Sie haben oft erzählt, dass ich als kleiner Junge gern mit Schlüsseln gespielt hätte. Und ich schraube gern an Schlössern herum.«

»Was meinst du mit ›letzten Endes‹?«, hakte Begonia nach und schob den Schwanz der Katze aus dem Gesicht.

Key bückte sich, um seinen rechten Schuh auszuziehen und ein Steinchen herauszuschütteln, wobei er äußerst unbeholfen auf einem Bein herumhüpfte. »Meine Eltern«, *hops,* »gehören nicht zu den Menschen, die Babys Namen geben.« *Hops.* »Sie geben auch Schweinen keine Namen. Dadurch wird es schwieriger, sie zu verkaufen. Aber früher oder später gaben wir Kinder einander Spitznamen. Ich habe eine Schwester namens Spiegel, weil sie so eitel ist.« Er wedelte mit seinem Schuh herum. »Ich habe einen Cousin, der Shoe genannt wird, weil er unbedingt schöne Schuhe ohne Schweinedreck haben wollte.« Er warf Begonia einen Seitenblick zu. »Aber wer mir wirklich leidtut, ist mein Bruder Rotz.«

Begonia wusste nicht, was sie sagen sollte. Wie schrecklich!

»Ich dachte immer, mein Mummelchen wäre sonderbar, weil sie uns nach Blumen benannt hat«, sinnierte sie. Begonia sah ihren Reisegefährten an und ihr wurde klar, wie wenig sie über ihn wusste.

»Du meintest eben, dass du dein Zuhause verlassen hast, um dir ein besseres zu suchen«, sagte sie schließlich. »Was bedeutet das?«

»Nun, dass ich mein Glück suchen will, natürlich«, antwortete Key. »Kennt Ihr keine anderen jungen Leute, die ihr Zuhause verlassen, um ihr Glück zu suchen?«

»Nein, eigentlich nicht.«

Key wirkte ein wenig verzagt. »Ich auch nicht. Vielleicht ist es aus der Mode gekommen.« Er zog seinen Schuh wieder an. »Langsam frage ich mich, ob irgendwo da draußen wirklich das Glück auf mich wartet. Ich habe unter jedem Stein nachgesehen, unter jedem umgestürzten Baum, jedem Busch und Strauch.«

»Das wäre eine Erklärung für all die Zweige und Blätter in deinen Haaren«, murmelte Begonia.

»Wie bitte?«

»Nicht so wichtig.« Sie schob die Katze auf ihre andere Schulter. »Warum bist du wirklich von zu Hause weggegangen, Key?«

»Eines Tages habe ich beschlossen, mich in der Scheune zu verstecken, um zu sehen, wie lange es dauern würde, bis jemand merken würde, dass ich verschwunden war.«

Begonia wurde schwer ums Herz. Sie fürchtete zu hören, was als Nächstes geschehen war.

»Keiner hat es gemerkt«, sagte Key. »Nach zehn Tagen bin ich dann fort.«

»Zehn Tage!«, keuchte Begonia. »Mein Mummelchen würde schon alles nach mir absuchen, wenn ich nur ein paar Stunden verschwunden wäre.« Suchte Mummelchen auch jetzt nach ihr?

Key klopfte ihr auf die Schulter. »Wie ich schon sagte, Ihr seid ein Glückspilz!«

»Was hast du denn gegessen, als du dich zehn Tage in der Scheune versteckt hast?«

Key zog die Schultern hoch. »Schweinefutter. Das war ich ja gewohnt.«

Begonia erschauerte und musterte ihren Reisegefährten von der Seite. Er war der merkwürdigste Junge, dem sie je begegnet war, anhänglicher als klebriges Kiefernharz und schlechter loszuwerden als eine Schmeißfliegenplage, doch gleichzeitig hatte sie Mitgefühl mit ihm. Die hübsche Lilly mochte zwar mehr Aufmerksamkeit von Mummelchen bekommen, dennoch wusste Begonia, dass sie geliebt wurde.

Nach einer Weile war das gurgelnde Geräusch von Wasser zu hören, das über glatte Kiesel plätschert, und bald bekamen sie den frischen, feuchten Geruch nach gut gewässertem Grasland in die Nase. Auf müden Füßen schleppten sie sich weiter, bis sie schließlich einen Streifen mit Büschen und Bäumen bewachsenen Landes vor sich sahen. Der Weg führte als Steg über den Fluss, in dessen Wellen sich der lavendelfarbene Himmel spiegelte.

Die Katze sprang von Begonias Schulter und war mit einem Satz am Wasser und fing gierig an zu schlabbern. Key tat es ihr gleich und tauchte sein Gesicht in den Fluss. Wahrscheinlich ahnte er nicht, dass dabei ein Loch in seinem Hosenboden zum Vorschein kam. Begonia kniete am Ufer nieder und schöpfte Wasser mit der Hand.

Sie tranken so viel, als hätten sie eine Wüste durchquert. Sie tranken, bis ihnen Zähne und Bäuche wehtaten. Das Wasser ließ Begonia alles andere vergessen. Wie betrunken von dem erfrischenden Nass, richtete Begonia sich schließlich auf und schaute sich um. Der Himmel war mittlerweile im Osten ganz dunkel geworden, und am westlichen Horizont schimmerte das letzte goldene Licht der untergegangenen Sonne.

»Key«, rief sie dem Jungen zu, der immer noch trank wie ein Kamel. »Es ist fast dunkel. Wir müssen von der Straße runter und uns einen Platz zum Schlafen suchen.«

Keys tropfnasser Kopf tauchte aus dem Fluss auf. Zweige

und Blätter staken noch immer aus seinen pitschnassen Haaren. Im Dämmerlicht sah er aus wie eine junge, dürre Version eines Flussgottes.

»Ihr habt recht.« Er rappelte sich hoch, und gemeinsam bahnten sie sich den Weg durch Gras und Felsen und folgten dem Fluss in Richtung des Waldes und der Straße, die sie nicht gewählt hatten. Das kühle Wasser, das sie nach dem langen, heißen Marsch so erfrischt hatte, ließ Begonia jetzt frösteln. Die Frühlingsnächte waren noch sehr kühl und sie hatte keine Decke. Was sollte das bloß für eine Nacht werden?

Der Himmel wurde von Minute zu Minute dunkler, und mit der Dunkelheit ertönten Eulenrufe und Nachtgeschöpfe liefen raschelnd durchs Gras – unsichtbare Tiere mit furchterregenden kleinen Schnauzen und Klauen. Fledermäuse sausten über ihre Köpfe hinweg, und Insekten surrten um Begonias Kopf. Die Katze suchte wieder Schutz und verbarg ihr schnurrhaariges Gesicht an Begonias Hals. Als sie endlich den Wald erreicht hatten, zögerten sie kurz, bevor sie dem Fluss weiter folgten.

Dann erblickte Begonia sie. Ein Stück weiter vor ihnen, nicht weit vom Fluss, bewegte sich etwas Weißes zwischen den Bäumen.

»Key!«, flüsterte Begonia. »Siehst du sie?«

Key spähte in den dunklen Wald. Es war ein schmaler, weißer Fleck, der in der Dunkelheit eher grau aussah, aber ja, er konnte sie sehen.

»Eure Kuh?«, fragte er.

»Sch! Das muss sie sein.«

Sie hockten sich ins Gras und krochen leise vorwärts. Nach dem anstrengenden Marsch hatte Begonia keine Lust auf eine Hetzjagd, denn Alfalfa konnte sehr schnell sein, wenn sie wollte. Schließlich war sie Begonia schon den ganzen Tag vorausgeeilt.

Sie waren jetzt ganz nah herangekommen. Sie konnten Alfalfa nicht mehr sehen, doch dafür hörten sie ihren Atem.

»Du gehst da lang«, flüsterte Begonia und deutete nach rechts. »Und ich hier lang. Ich zähle bis drei und dann rennen wir los.«

Key stimmte zu und machte ein paar Schritte.

»Eins«, hauchte Begonia, »zwei, drei!«

Zuerst sahen sie nichts als düstere Schatten, dann hatten ihre Augen sich an die Dunkelheit gewöhnt. Die Katze fauchte und bohrte die Krallen in Begonias Schulter. Was sie dann erblickten, sollte noch lange Zeit durch Begonias Albträume geistern.

Eine Schlange. Eine riesige, lange Schlange, hoch aufgerichtet, genauso groß wie Begonia. In Angriffsstellung, zischend vor- und zurückschnellend. Mit gewaltigen Augen, die im Dunkeln aufblitzten, und einem Maul, das aussah wie ein Vogelschnabel.

Nein, es war tatsächlich ein Vogelschnabel. Kein Schlangenkopf. Dieses grässliche lange Ding war ein Hals! Ein grauenvoller, seilartiger Hals.

Der zu dem Hals gehörende Körper sah aus wie ein riesiger Haufen aus Federn. Ein Vogelkörper. Und danebengekuschelt lag eine kleine menschliche Gestalt. Bekleidet mit einem schmutzigen Schlafanzug.

Dann erhob sich der Vogelkörper. Ein riesenhaftes Ungeheuer! Es stellte sich auf seine mächtigen, hässlichen Beine und stob ihnen entgegen, spreizte seine kräftigen Flügel und schlug Key und Begonia damit nieder.

Begonia lag keuchend auf dem Rücken. Würde das Untier zurückkehren? War mit Key alles in Ordnung? Wo war die Katze hin?

Eine dünne, näselnde Stimme ertönte. »Elendes Bauernpack! Ihr habt meinen Strauß verscheucht. Er ist wahrscheinlich schon eine Meile weit weg. Holt ihn sofort zurück!«

9

NÄCHTLICHES KLOPFEN UND WEITERE GEHEIMNISSE

Es klopfte an der Tür. Ein Holzstück sackte in die Glut des Kamins und Minzi, die gelbe Katze, gähnte verschlafen.

Lilly, die angesichts der Umstände viel länger aufbleiben durfte als üblich, blickte ängstlich in das sorgenvolle Gesicht ihrer Mutter.

»Ist das Begonia, Mummelchen?«, flüsterte sie.

»Sch.« Teichmummel stand auf und wickelte sich den Schal um den Hals. »Du bleibst hier.«

Sie wünschte sich von ganzem Herzen, dass es Begonia war, aber wenn es ihre Tochter wäre, die den ganzen Tag einer entlaufenen Kuh nachgejagt war, wieso sollte sie klopfen? Wieso stürmte sie nicht ins Haus, wo ihr Abendessen beim Feuer warm gehalten wurde und der Teekessel verheißungsvoll sprudelte? Ein anklopfender Besucher … Teichmummel mochte sich nicht ausmalen, warum jemand heute Abend um diese Uhrzeit bei ihr anklopfen mochte.

Sie öffnete die Tür.

Es war nicht ihre Tochter. Natürlich war sie es nicht.

»Guten Abend, meine Liebe.«

»Frau Senfmüllerin!« Mummelchen versuchte, ihre Enttäuschung zu verbergen. »Euer Besuch ist uns eine Ehre. Kommt doch herein. Wie wäre es mit einer Tasse Tee?«

Die Senfmüllerin trat in den Lichtkegel, der aus der Tür nach draußen fiel. »Tee wäre wundervoll, Schätzchen, aber ich habe leider keine Zeit. Zu viel zu rühren, zu riechen, umzufüllen. Senf braucht viel Aufmerksamkeit und zwar rund um die Uhr.«

O, bitte, dachte Teichmummel, *kommt schnell zur Sache. Wisst Ihr etwas über meine Tochter?* Sie atmete tief ein und hielt die Luft an.

Um Frau Senfmüllerins Augen krausten sich freundliche Lachfältchen. Sie tätschelte Teichmummels Wange. »Eure Tochter ist in Sicherheit, meine Liebe. Sie ist den ganzen Tag herumgelaufen und hat Eure verschwundene Kuh gesucht. Kühe können ja solche Schelme sein! Ich hatte mal eine Kuh, die … nicht so wichtig. Eure Begonia ist weit weg von zu Hause, aber es geht ihr gut.«

Teichmummel griff nach ihrer Hand. »Woher wollt Ihr das wissen?« Sie fühlte sich plötzlich schwach und zittrig. »Wenn sie so weit fort ist, woher wollt Ihr dann wissen, dass es ihr gut geht?«

Die Senfmüllerin lächelte. »Ihr müsst mir vertrauen. Ich werde sie selbst behüten.«

»Aber Ihr seid hier«, wandte Mummelchen ein, »und sie ist weit fort, wie Ihr sagt.«

»Ups!« Die Senfmüllerin tippte sich verschmitzt auf die

Lippen. »Immer sage ich das Falsche. Nun ja, Ihr müsst mir trotzdem vertrauen. Nah oder fern – ich werde auf sie aufpassen.«

Seit Langem erzählte man sich im Dorf, die Senfmüllerin sei sonderbar oder verschroben, doch Teichmummel hatte noch nie gedacht, sie könnte tatsächlich verrückt sein. Und gewiss nicht gefährlich.

»Habt Ihr meine Tochter irgendwohin gebracht?«, wollte Mummelchen wissen.

»Ach du lieber Himmel!«, rief die Senfmüllerin. »Ich? Ich soll das Blumenmädchen irgendwohin gebracht haben? Wie könnte ich? Ich bin leichter als ein Vögelchen. Sie sagte, Ihr hättet sie losgeschickt, um die verirrte Kuh zu suchen.«

Teichmummel atmete aus. Natürlich hätte die winzige, dünne, uralte Senfmüllerin Begonia nirgendwohin schaffen können. Der ganze Unsinn war nichts als Gerede einer alten Frau, die langsam den Verstand verlor. Am besten, sie kümmerte sich gar nicht darum.

Doch die Hoffnung wollte sich nicht so leicht geschlagen geben. »Wenn Ihr wisst, wo sie ist, gute Mutter, würdet Ihr mich zu ihr bringen?«, bat Teichmummel.

Der Blick der Senfmüllerin wurde sanfter. »Es ist schon lange her«, erwiderte sie, »aber eine Mutter vergisst nie, wie es sich anfühlt, wenn man sich um seine Kinder sorgt. Nicht heute Abend, meine Liebe.« Sie streichelte Teichmummels Arm. »Ich kann Euch heute Nacht nicht dorthin führen. Aber morgen ist wieder vieles möglich. Seid getrost. Ruht Euch aus. Begonia ist heute Nacht in Sicherheit. Bitte glaubt mir.«

Und warum sollte ich Euch glauben?, hätte Teichmummel am liebsten gefragt. *Warum sollte ich nicht noch größere Angst bekommen, als ich sowieso schon habe, nach dieser rätselhaften Botschaft zu dieser späten Stunde, die überhaupt keinen Sinn ergibt und bei einer Mutter sämtliche Alarmglocken läuten lässt?*

Doch die Augen der Senfmüllerin blickten gütig. Sie wirkten nicht wie die Augen einer Wahnsinnigen. Teichmummel wagte nicht, sich von ihrem Blick trösten zu lassen, auch wenn die Anteilnahme, die sich in den Augen der alten Frau spiegelte, echt wirkte.

»Es scheint, als hätte ich keine andere Wahl, als Euch zu glauben«, sagte Teichmummel und verbeugte sich. »Danke, dass Ihr mir Bescheid gegeben habt.«

10

EINE UNFREUNDLICHE BEGEGNUNG UND NÄCHTLICHE SCHRECKEN

»Ihr holt jetzt sofort meinen Vogel zurück«, ordnete eine dünne Stimme aus der Dunkelheit an. »Und dann sorgt ihr für mein Abendessen.«

Es war die Gestalt im Schlafanzug, die sich jetzt aufgerichtet hatte und Befehle erteilte.

Begonia stand vom Boden auf. »Wer bist du?«

»Das braucht euch nicht zu interessieren«, sagte die Person. »Sucht meinen Vogel, habe ich gesagt, und dann bringt mir was zu essen.«

Seine Stimme summte wie eine Mücke in Begonias Ohr. In Gedanken scheuchte sie sie weg. »Key«, rief sie. »Ist alles in Ordnung mit dir?«

»Nein, mit mir ist nicht alles in Ordnung«, meldete die verärgerte Stimme sich erneut zu Wort. »Und mein Name ist nicht ›Key‹ oder ›Schlüssel‹. Ich bin ausgehungert. Ich bin schon seit Tagen unterwegs und gezwungen unhöfliche

Menschen um Essen zu bitten. Bitten! Ich sagte, bringt mir was …«

»Ich meinte nicht dich«, unterbrach ihn Begonia. »Ich meinte Key.«

»Es ist mir vollkommen gleichgültig, ob du deinen Schlüssel verloren hast«, sagte die Stimme. »Hol meinen Vogel zurück und bring mir einen Happen zu essen!«

Begonias Geduldsfaden war kurz davor zu reißen. »Es geht nicht um den Schlüssel zu irgendeinem Schloss«, ließ sie ihn wissen, »sondern um *Key*!«

Der Besitzer der sonderbaren Stimme schniefte verächtlich. »Du bist vollkommen verrückt.«

»Key?«, rief sie. »Key?« Sie kämpfte sich durch das Dornengestrüpp, wo sie ihn vermutete, bis sie schließlich auf etwas anderes als Erde trat.

»*Uff!*«

Sie grinste. Key war wahrscheinlich nicht nach Grinsen zumute, dachte sie.

»Hilfe!«, schrie die fremde Stimme. Die kleine Gestalt im Schlafanzug huschte durch die Dunkelheit und kletterte auf einen Baum. »W-wer ist da?«

»Da bist du ja«, sagte Begonia zu Keys ausgestreckter Hand. »Warum hast du keine Antwort gegeben?«

»Wie bitte? Wo bin ich?«

Es war Keys Stimme, aber sie klang fremdartig. Begonia zog ihn hoch, bis er zum Stehen kam. »Bist du mit dem Kopf aufgeschlagen? Hast du dich verletzt?«

Key wankte ein bisschen. »Dieses Ding«, stöhnte er.

»Das Ungeheuer … es hat mit seinen schrecklichen Klauen nach mir geschlagen und mich durch den ganzen Wald geschleudert!«

»Nun ja, gewissermaßen«, sagte sie. »Wie heißt du?«

»Key«, antwortete er. »Weißt du nicht mehr, wer ich bin?«

»Du kennst diesen Eindringling?«, fragte die panische Stimme des Fremden. »Lass deine Waffe fallen! Tu deine Absichten kund!«

»Key hat keine Waffen«, erklärte Begonia der fremden Stimme. »Und keine Absichten.«

»Vielen Dank«, murmelte Key.

»Sag mir, Key, wie ist mein Name?«

»Eure Namen sind vollkommen belanglos!«, kreischte der fremde Schlafanzugträger von seinem Baum aus. »Holt meinen Vogel Strauß und schafft mein Abendessen her!«

»O, gibt es Abendessen?«, wollte Key wissen.

»Nein.«

»O. Was ist ein Vogel Strauß? Ist das unser Abendessen?«

»Es ist das Untier, das uns umgerannt hat, glaube ich«, erklärte Begonia. »So eine Art Riesenvogel. Ich habe schon mal eine Geschichte über diese Vögel gelesen. Aber weißt du, wie ich heiße?«

»Wie grauenvoll!«, jammerte Key. »Hat Euch das Ungeheuer dazu gebracht, Euren Namen zu vergessen?«

Begonia hätte ihn am liebsten an den Ohren gepackt und geschüttelt, beherrschte sich jedoch.

»Ich weiß meinen Namen«, sagte sie langsam. »Ich versuche herauszufinden, ob *du* meinen Namen weißt.«

»Aber natürlich, Ihr seid Begonia«, sagte Key und strich ihr übers Haar. »Das lustige Mädchen mit dem violetten Schal und der verschwundenen Kuh. Das junge Fräulein, das ich zu retten beschlossen habe, auf romantische Weise.«

Begonia seufzte erleichtert auf und hätte ihn fast umarmt. Wenn Key sich ernsthaft verletzt oder seinen Verstand verloren hätte, was hätte sie so weit entfernt von Dorf und Stadt tun können, um ihm zu helfen? Aber er war ganz der Alte. Und genauso entschlossen wie eh und je.

»Würdest du bitte mit diesem Rettungs-Unsinn aufhören?«

»Nach meiner dramatischen Rettungsaktion werdet Ihr nicht mehr von Unsinn reden!«

Aus der Ferne gellte der schrille Jagdschrei eines wilden Tieres durch den Wald. Die Nacht war stockfinster und es wehte ein eiskalter Wind. Begonia erschauerte und verlor den Mut.

Das Kätzchen strich ihr um die Beine und maunzte. Sie hob es auf und genoss seine tröstliche Wärme.

»Komm schon, Key«, sagte sie. »Nimm deine Sachen. Wir sollten weiterziehen. Alfalfa ist nicht hier, also gibt es keinen Grund, warum wir länger hierbleiben und diese Person belästigen sollten.« Sie zögerte, denn sie war sich nicht sicher, mit was für einer Art von Mensch sie es zu tun hatte – männlich oder weiblich, jung oder alt? Sie wusste nur, dass er oder sie unfreundlich und unverschämt war und von einem Riesenvogel begleitet wurde, der aller Wahrscheinlichkeit nach zurückkehren würde.

»Ihr dürft mich hier nicht alleinlassen«, war die dünne Stimme erneut zu hören. »Ich verbiete es. Habt ihr das gehört?«

Begonia lauschte. »Das war nichts weiter als das Abendlied eines Kronwaldsängers. Bist du noch nie nachts im Freien gewesen?«

»Werde nicht unverschämt, kleines Mädchen. Ich war schon auf vielen Gartenpartys, die erst lange nach Sonnenuntergang zu Ende waren.«

»Also schön.« Begonia war froh, dass ihr Gesicht in der Dunkelheit nicht zu sehen war. »Mein verehrter Herr«, sagte sie vorsichtig, denn sie hatte entschieden, dass es sich wahrscheinlich um eine männliche Stimme handelte, deren Besitzer um einiges älter sein musste als sie und Key, »seid Ihr auf Eurer heutigen Reise zufällig einer weißen Kuh begegnet?«

»Dieses höllische Vieh hat uns nicht in Ruhe gelassen«, erwiderte der angebliche verehrte Herr. »Ist den ganzen Nachmittag neben uns hergetrampelt, hat uns angemuht und meinen Strauß geärgert. Sehr respektlos und äußerst lästig. Ich werde sie schlachten und zum Abendessen servieren lassen.«

»O, nein!«, rief Begonia. »Das dürft Ihr nicht! Das ist meine Kuh. Ihr habt sie doch noch nicht etwa schon gegessen, oder?«

»Wie könnte ich? Bin ich etwa ein Schlachter?«, krakeelte die Stimme. Sein Baum war ganz in der Nähe, doch sie konnten ihn genauso wenig sehen wie Alfalfa.

»Ein ehrbarer Beruf!«, stimmte Key in das Gespräch mit ein. »Ein paar der nettesten Leute, die ich kenne, sind Schlachter. Aber Ihr seid nicht so wie die nettesten Leute, die ich kenne. Was seid Ihr?«

»Was ich bin, braucht euch nicht zu kümmern«, schniefte die Stimme.

»Also schön. Woher kommt Ihr?«

»Das werde ich *euch* nicht verraten.«

»Dann nennt uns wenigstens Euren Namen.«

»Namen sind unwichtig für jemanden wie mich.«

»Ihr wisst nicht mal Euren eigenen Namen!«, rief Begonia ungläubig. »Ihr wisst ihn tatsächlich nicht!«

»Ich könnte dich für diese Respektlosigkeit einsperren lassen«, mahnte die Stimme. »Ohne Wasser und Brot. Im Kerker, wo dir die Ratten an den Füßen nagen.«

Begonia entfernte sich von der unfreundlichen Gestalt. »Komm, Key. Lass uns gehen. Wir verschwenden hier nur unsere Zeit. Alfalfa muss irgendwo in der Nähe sein, wenn sie den ganzen Nachmittag bei diesem Strauß gewesen ist. Obwohl ich mir nicht vorstellen kann, wieso.«

»Sch! Ihr dürft nicht fortgehen«, zischte die abstoßende Person von oben. »Ich befehle euch zu bleiben. So lange, bis ihr meinen Strauß zurückgeholt und etwas zu essen besorgt habt.«

Begonia hatte einen langen und anstrengenden Tag hinter sich, und dieser widerwärtige Mensch brachte das Fass zum Überlaufen. »Hört zu, namenloser Herr, selbst wenn wir Proviant dabeihätten, würden wir ihn nicht mit Euch teilen, nachdem Ihr uns so grob behandelt habt. Und wir haben keinen Krümel bei uns. Genauso wenig können wir Euren Vogel einfangen. Wir müssten Eulen sein, um ihn im Dunkeln sehen zu können. Und Pferde, um ihn einzuholen. Es ist einfach unmöglich. Deshalb solltet Ihr aufhören, uns Befehle zu erteilen.«

»Bleibt«, bellte der Mann, »sonst hat das böse Folgen!«

»Warum? Damit Ihr uns die ganze Nacht beleidigen könnt? Nein, danke. Wir finden einen neuen Schlafplatz. Sucht Euch doch andere Leute, auf denen Ihr herumhacken könnt.« Begonia wollte Key in Richtung Fluss ziehen, doch er regte sich nicht.

»Was wären das für Folgen?«, wollte er wissen. »Ich bin nur neugierig.«

Begonia fehlte die Geduld für diese Verzögerung. Sie arbeitete sich durchs Gestrüpp, bis der markerschütternde Schrei eines Waldtieres ihren Atem zum Stocken brachte. Dann folgte ein zweiter Schrei.

Begonia kannte diese Schreie.

Sie hatten die Kühe in helle Panik versetzt, als sie eines Nachts in der Nähe von Zweimühlen zu hören waren.

Die Jäger des Dorfes mussten das Raubtier dorthin zurücktreiben, woher es gekommen war.

Doch davor hatte es zwei von Großmutter Flummox' Schafen gerissen.

»Die Panther«, sagte der Mann, »mit ihren blutroten Augen und rasiermesserscharfen Krallen, treiben im Wald ihr Unwesen und gehen nachts auf die Jagd.«

Er kletterte ein Stück höher auf seinen Baum und legte dabei ein Tempo vor, das Begonia ihm gar nicht zugetraut hätte.

»Ihr solltet auch besser klettern, wenn ihr am Leben bleiben wollt«, rief er von oben.

»Ihr zuerst!«, befahl Key. »Schnell!«

Es war nicht leicht, im Dunkeln zu klettern. Immer wieder rutschte Begonias Fuß vom Ast ab und sie wäre fast nach unten gestürzt. Dann ertönte erneut das Gebrüll des Panthers, etwas näher als zuvor. Sie biss die Zähne zusammen und kletterte. Key war dicht hinter ihr, und das graue Kätzchen sauste blitzschnell an ihnen vorbei zum höheren Geäst.

»Alles in Ordnung?«, fragte Key. »Haltet Euch bloß gut am Stamm fest!«

»Ruhe!«, zischte der Fremde. »Ihr verratet den Panthern, wo wir sind.«

»Das wissen sie längst«, flüsterte Begonia. »Schaut!«

Sie hielten die Luft an und im schwachen Schimmer des tief stehenden Mondes nahmen sie Schatten wahr, die den Baum umkreisten. Schatten mit geschmeidigen Muskeln, langen, schwarzen Schwänzen, hungrigen roten Augen und gelben, furchterregenden Zähnen. Sie wetzten schon ihre Krallen am Baumstamm, um nach einer geeigneten Stelle zum Klettern zu suchen.

11

Was ein Pelikan nicht bemerkte

Ein Stück weiter im Wald, in der Nähe des gewundenen Flusses, ächzte ein Baum unter der Last einer ganzen Kolonie nistender Pelikane, große Vögel mit beeindruckender Flügelspannweite und riesigen Schnäbeln mit rötlichen Kehlsäcken zum Fischefangen. Das Gewicht von zwölf Nestern, beladen mit Eiern und brütenden Müttern, ließ den Baum im Nachtwind knarren und ächzen.

Eine dieser Vogelmütter, die in ihrem Nest ruhte, seufzte im Schlaf. Ein warmes, beruhigendes Gefühl hatte sich in ihre Träume geschlichen. Wenn sie gekonnt hätte, hätte sie gelächelt, aber mit einem Schnabel ist das schwierig. Ohne dass sie etwas davon mitbekommen hatte, war die Gestalt eines alten Mannes zwischen dem Geäst des schwer beladenen Baumes aufgetaucht. Er schwebte in der Luft und streichelte die graurosafarbenen Rückenfedern des Pelikans.

»Ein *Kartenzeichner*?«

Beim Klang der Stimme zuckte der schwebende Mann

zusammen. Die Pelikanmutter, die in flachen Traumgewässern als Küken neben ihrer Mutter paddelte, regte sich, als würde ihr ein kühler Windhauch den üblen Geruch eines Stinktieres in die Nase wehen.

»Erst haltet Ihr Euch für so wichtig, dass Ihr dem Schicksal ins Handwerk pfuschen dürft, und dann fällt Euch nichts Besseres ein, als die Gestalt eines Dorf-*Kartenmeisters* anzunehmen!«

»Sch!«, flüsterte der alte Mann. »Ihr weckt noch die Pelikanmama auf.«

»Haltet sie da raus«, sagte die gerade auf der Bildfläche erschienene, in der Luft schwebende Gestalt einer alten Frau. »Schluss mit der schlechten Nachahmung dieses netten alten Herrn! Und meine Begonia überlasst Ihr gefälligst mir.«

»Ihr müsst gerade reden.« Er strich mit den Fingerspitzen über die Kopffedern der Pelikanmutter, worauf ihre seltsamen Augenlider ein wenig zuckten. »Eine Senfmüllerin? Es war ja klar, dass Ihr Euch etwas vollkommen Lächerliches ausdenkt.«

Die alte Dame warf sich das herabhängende Ende ihres Schals über die Schulter.

»Ich hätte mich nicht in die Senfmüllerin verwandeln müssen, wenn Ihr nicht beschlossen hättet, in die Gestalt des Kartenmeisters zu schlüpfen«, sagte sie. »Was habt Ihr Euch nur dabei gedacht? Dem Mädchen eine magische Landkarte zu geben? Was wird sie nun von dem wahren Kartenmeister denken? Ich habe ihr eine bestimmte Aufgabe gegeben, aber jetzt ist alles in ihrem Kopf so durcheinandergeraten, dass sie nicht mehr weiß, wo oben und unten ist.«

Der alte Mann musterte sein Gegenüber. »Genauso wenig wie Ihr, wie es aussieht.«

Bei all ihrem Geschimpfe, hatte die Großmuttergestalt nicht bemerkt, dass sie ins Rotieren geraten war und nun seitwärts in der Luft schwebte. Hastig richtete sie sich wieder auf. »Erklärt Euch!«

Der Großvatergeist streichelte die Pelikanmutter und schenkte ihr sanfte Träume, bis selbst die Küken in ihren Eiern auf einer warmen, glückseligen Woge vor sich hin schlummerten.

»Ich habe ihr die Karte gegeben«, erklärte er, »damit sie sich zurechtfinden kann, was auch immer ihr widerfahren mag. Meiner Erfahrung nach brauchen die Leute, in deren Leben Ihr Euch einmischt, jede Hilfe, die sie kriegen können.«

Sie verschränkte die Arme vor der Brust. »Haltet Euch an Eure eigene Einmischerei«, ließ sie ihn wissen. »Mischt Euch nicht ein, wo ich mich schon eingemischt habe. Das ist nicht fair.«

»Wenn ich bloß wüsste, was das wieder bedeuten soll …«

»Kümmert Euch nur um Euren Kaiser«, wies die Großmutter ihn an. »Und überlasst mir meine Begonia.« Mit einem kleinen Knall war sie verschwunden.

Der Großvater streichelte Mutter Pelikan ein letztes Mal, bevor er in der Dunkelheit verblasste. Sie schlummerte weiter, eingelullt von den Erinnerungen an ihre Mama und süßen Träumen von ihren flaumigen Küken, die bald schlüpfen würden und die sie unter ihren großen Flügeln beschützen würde.

12

WACHSENDE GEFAHR, UND UNERWARTETE HILFE

Fühlte es sich so an, wenn man auf den Tod wartete? Wie das hier?

Am seltsamsten war die Stille. Alle drei klammerten sie sich an ihren Ästen fest, der Fremde und Key und Begonia, und wagten kaum zu atmen. Der Mond war bis über die Baumkronen hinaufgestiegen und schickte seine kalten Strahlen bis hinab auf das glänzende Fell ihrer Feinde, die nach ihrem Leben trachteten.

Ein Panther umkreiste den Baumstamm. Der andere stand auf den Hinterläufen und breitete seine Vorderbeine um den Stamm. Es sah aus wie eine groteske Umarmung. Die Umarmung einer riesengroßen, schwarzen Katze mit mordlustigen, roten Augen.

Die alle Zeit der Welt hatte.

Der Panther, der den Baum umklammerte, arbeitete sich langsam und mühelos höher.

Dann sprang er und krallte sich erneut an den Baum und hatte die Entfernung zu Key um die Hälfte reduziert.

Key schrie vor Angst. »Hau ab! Ksch! Ksch!«

»Ksch, ksch? Mehr fällt dir nicht ein?«, rief der Fremde von seinem Baumwipfel aus. »Wirf doch etwas nach der Teufelskatze!«

»Werfen? Was denn?«, schrie Begonia. »Euch vielleicht? Key, hier nimm meine Hand.«

»Ihr könnt mich nicht herunterwerfen«, sagte der Fremde. »Ich bin zu bedeutend.«

Als Begonia Key nach oben zerrte, sprang der Panther erneut und hätte um ein Haar den Fuß des Jungen erwischt.

»Wir schaffen es nie«, rief Begonia. »Wir klettern hier um unser Leben, und dieser miese Kerl tut gar nichts.«

Über ihnen krallte sich das graue Kätzchen an den dünnen Zweigen fest und schrie in Todesangst.

»Niemals aufgeben, Fräulein Begonia«, keuchte Key. »Noch sind wir nicht besiegt!«

»Zwei Panther, zwei Kinder«, schnarrte der Fremde im Baum. »Für jeden eins. Ich bin höher als ihr, deshalb bin ich in Sicherheit. Aber das Ganze ist höchst unerfreulich. Ich verabscheue unappetitliche Sachen.«

»Seid *still.*«

Der Panther spannte seine Muskeln für einen letzten, tödlichen Sprung. Dann hielt er inne und drehte sich um.

Sein Kamerad am Boden hatte auch etwas gehört und stieß ein tiefes Knurren aus. Aus der Ferne vernahmen sie, wie etwas durch den Wald gerannt kam.

Begonia hörte das Muhen einer Milchkuh.

»*Alfalfa?*«

Genauso mühelos wie er den Baum erklommen hatte, löste der erste Panther seine Krallen vom Stamm und landete nach einem eleganten Sprung lautlos auf dem Waldboden. Seite an Seite trabten die beiden Raubtiere in die Richtung, aus der das muhende Geräusch gekommen war.

»O! Arme Alfalfa!« Begonias Augen füllten sich mit Tränen. »Sind wir so weit gegangen, nur um zu hören, wie sie von zwei blutrünstigen Panthern zerfleischt wird?«

»Wir werden sie in dankbarer Erinnerung behalten und ehren«, verkündete Key. »Aber ich muss gestehen, dass es mir lieber ist, sie jagen sie und nicht uns!«

Erneut war Panthergebrüll zu hören. Begonia hätte sich am liebsten die Ohren zugehalten, aber sie brauchte ihre Hände zum Festhalten.

Der Lärm aus der Ferne kam näher, und wieder hörten sie das Kreischen eines Panthers.

Dann sauste eins der schwarzen Raubtiere wie ein dunkler Schatten unter ihrem Baum hindurch und verschwand in entgegengesetzter Richtung. Sein Kamerad folgte ihm und jaulte auf, als der riesige Monstervogel hinter ihm herjagte und ihm mit seinen gewaltigen Beinen einen Tritt verpasste, der ihn durch die Luft fliegen ließ.

Dann waren die drei Viecher im Wald verschwunden und der Lärm ihrer wilden Jagd verhallte.

»Habe ich das gerade richtig gesehen?«, fragte Begonia. »Hat da gerade ein *Vogel* zwei mordlustige Panther in die Flucht geschlagen?«

Während sie sprach, suchte das graue Kätzchen wieder

Schutz auf ihrer Schulter. Der Schwanz des armen, zitternden Tierchens war aufgeplustert und so dick wie ein Ast.

»Ich wusste, dass mein Strauß mich beschützen würde«, erklärte der Fremde. »Und jetzt helft mir nach unten. Wir können nicht die ganze Nacht wie Affen im Baum hocken.«

»Helft Euch doch selbst«, blaffte Begonia. »Ihr hättet uns doch mit Freuden als Erste sterben sehen.« Vorsichtig begann sie den gefährlichen Abstieg im Dunkeln.

»Ich habe euch gerettet!«, rief der widerwärtige kleine Mann.

Key lachte bitter. »Nein, das habt Ihr nicht. Euer Vogel hat uns gerettet.«

Der Fremde rüttelte an seinem Ast. Begonia klammerte sich mit aller Kraft fest und dachte an die Wutanfälle ihrer verwöhnten kleinen Schwester. »Die Taten meiner Diener sind als mein Verdienst anzusehen. Und die meiner Haustiere ebenfalls.«

»In Eurer eigenen kleinen Welt mag das so sein«, widersprach Begonia. »Doch hier, in der wirklichen Welt, halten wir uns lieber an die Wahrheit.«

Kurze Zeit später waren sie unten und ließen sich mit zittrigen Beinen auf den Waldboden sinken.

»Glaubt Ihr, die Panther kommen zurück?«, fragte Key.

Als Begonia klar wurde, was um ein Haar geschehen wäre, stockte ihr der Atem. Sie war fast gestorben! Eines grauenhaften, entsetzlichen, qualvollen Todes! Sie konnte Key nicht antworten und drehte sich weg, damit er ihre Tränen nicht sah und ihr Schluchzen nicht hörte.

Doch Key bemerkte es und wusste ausnahmsweise nicht, was er sagen sollte. Stumm legte er ihr die Hand auf die Schulter und ließ sie dort liegen.

Begonia wischte sich mit dem Ärmel die Wangen ab und holte tief Luft. »Ich weiß nicht, ob sie zurückkommen«, sagte sie schließlich. »Ich hoffe nicht. Ich hoffe, der Strauß hat sie fortgejagt. Heute Nacht sollten wir so dicht beisammenbleiben wie möglich und versuchen, ein bisschen Schlaf zu bekommen. Morgen früh gehe ich nach Hause. Ob mit oder ohne Kuh.«

13

WEITERE DUNKLE TATEN IN DIESER UNGLÜCKSELIGEN NACHT

Mitternacht im Palast.

Diener und Personal waren längst schlafen gegangen, bis auf jene, deren Aufgabe es war, in den Nachtstunden die Augen aufzuhalten, um mögliche Gefahren abzuwenden. Ohne Herrscher, den sie schützen mussten, döste die kaiserliche Leibgarde auf ihrem Posten, aber natürlich musste der Palast als Sitz der Regierung rund um die Uhr gesichert werden.

Der kaiserliche Mundschenk gehörte nicht zu denen, die nachts auf einsamem Posten wachen mussten. Er hätte tief und fest schlafen sollen, doch in dieser kühlen Frühlingsnacht warf er sich, von absonderlichen Träumen gequält, zwischen seinen Laken hin und her. Er lauschte auf Geräusche und Schritte und glaubte, die Stimme des Kaisers zu hören, der nach einem Becher Milch verlangte.

Er fing an zu grübeln. Konnte der Kaiser zurückgekehrt sein? Könnte jemand anderes ein Getränk wünschen? Vielleicht lag der Kanzler ebenfalls wach und brauchte etwas warme Milch. Oder vielleicht heckten ja die drei Kumpane des Kaisers irgendetwas aus. Ein verstörender Gedanke. Den ganzen Tag waren sie geheimnistuerisch und verstohlen umhergeschlichen – die ganze Woche, wenn er es sich recht überlegte. Er hasste ihre stechenden Blicke, mit denen sie ihn jedes Mal, wenn er vorbeikam, beobachteten. Vermuteten sie, dass er ihre morgendlichen Pläne mit angehört hatte?

Er stand auf und zog sich an. An Schlaf war ohnehin nicht mehr zu denken, also konnte er ebenso gut die nächtlichen Flure überprüfen.

Keiner verstand es besser als er, wie eine Katze durch die mit Teppichen belegten Hallen zu schleichen. Es hatte zur Mundschenkausbildung gehört. Mit einem kleinen, abgeschirmten Öllämpchen in der Hand, machte er sich auf den Weg und nickte den Wachen zu, die auch jetzt vor dem verwaisten kaiserlichen Gemach postiert waren. Er lauschte an den Schlafzimmertüren der Diener und Höflinge und horchte auf Geräusche, die darauf hinwiesen, dass irgendjemand in Gefahr sein könnte. Doch nichts war zu hören. Er wollte schon wieder umkehren, als er im schwachen Schein seiner Lampe etwas Außergewöhnliches entdeckte.

Die Tür zum Schlafzimmer des Kanzlers stand einen winzigen Spalt offen.

Nur so weit, dass sie nicht richtig im Schloss war. Nicht weit genug, um den Blick ins Innere freizugeben. Zu hören war jedoch nichts anderes als Schnarchen.

Sicher hatte es keine Bedeutung, dachte der kaiserliche

Mundschenk. Eine kleine Unachtsamkeit, die jedem unterlaufen konnte.

Aber nicht jemandem wie dem Kanzler.

Er war ein alter Mann, der Kanzler, mit krummem Rücken, dickem Bauch, dünnen Gliedmaßen und trüben Augen, die durch dicke Brillengläser spähten, und einer Triefnase. Er sprach von nichts anderem als Importraten, Zollgebühren und abgeglichenen Konten. Er war der Kanzler des derzeitigen Kaisers und seines Vaters und hatte davor dessen Vater gedient. Nach dem frühen Tod des letzten Kaisers hatte der Kanzler dessen Sohn praktisch von Kindesbeinen an aufgezogen. Solange er noch nicht alt genug war, um den Thron zu besteigen, wachte der Kanzler über das Zepter. Wäre der Kaiser nicht verschwunden, würde er es ihm in wenigen Tagen überreichen.

Wenn es eines gab, das der junge Mundschenk über den Kanzler wusste, war es dies: Er war ein gewissenhafter Mann. Gewissenhaft im Umgang mit dem Zepter, mit Schlössern, mit Papieren, mit Geheimnissen.

Er würde niemals mit angelehnter Tür schlafen gehen. Und doch musste es so gewesen sein, denn er schnarchte noch immer wie ein Sägewerk.

Der Mundschenk überlegte, ob er hineingehen und nach ihm sehen sollte, aber er mochte den alten Mann nicht unnötig stören oder in Verlegenheit bringen. Bestimmt war alles in Ordnung. Vielleicht wurde der Kanzler mit zunehmendem Alter ein wenig vergesslich. Der Mundschenk griff nach dem Türknauf, um die Tür leise zuzuziehen.

Kurz bevor der Riegel einschnappte, hörte er ein Schnaufen. Das Schnarchen stoppte und ging gedämpft weiter, dann folgte Stille, als würde dem Kanzler ein Kissen aufs Gesicht gedrückt.

Seine Finger erstarrten am Knauf.

Der Riegel schnappte. Zu spät, um das Unglück zu verhindern.

Die Tür wurde aufgerissen und zog den Mundschenk mit sich. Arme packten ihn und zerrten ihn ins Zimmer.

Die Lampe glitt ihm aus der Hand und erlosch.

Etwas riss ihm die Beine weg und er stürzte zu Boden. Ein Schlag traf ihn. Der Mundschenk war kein Kämpfer, doch jetzt wehrte er sich und trat nach den Beinen seiner Widersacher. Im Dunkeln schien es ein Dutzend von ihnen zu geben. Sie droschen auf ihn ein, und dann kniete sich ein gewaltiger Mann auf seinen Körper und zerdrückte ihm den Brustkorb. Er bekam fast keine Luft mehr und beschloss, seine Gegenwehr aufzugeben.

»Es ist dieser neugierige junge Mundschenk«, sagte eine Stimme. »Ich hab Euch ja gesagt, dass er uns nachspioniert.«

Rudo, dachte der Mundschenk, der kaum noch atmen konnte.

»Habt Ihr den Siegelring?«, fragte eine andere Stimme.

Baxa.

»Hab ihn dem alten Zausel persönlich vom Finger gerissen«, prahlte der Mann, der ihm die Rippen zusammenquetschte.

Hacheming. Seine quäkende Stimme war unverwechselbar.

Genauso wenig wie das Gewicht seiner Knie, die sich in die Lungen des Mundschenks drückten.

»Was ist mit dem Zepter?«, fragte die erste Stimme.

»Geht es suchen, Rudo«, lautete Baxas Antwort. »Ist der da erledigt, Hacheming?«

Der Mundschenk lag reglos da wie eine Leiche. Er wollte den verräterischen Schlangen vorgaukeln, er sei bewusstlos, damit sie ihn nicht mit einem glühenden Schürhaken aus dem Kamin malträtierten, um sich zu vergewissern.

Durch die geschlossenen Augenlider nahm er das Licht einer Lampe wahr, doch er riskierte keinen Blick. Den Geräuschen nach zu urteilen, durchsuchten sie den Raum nach dem kaiserlichen Zepter. Was für eine Katastrophe, wenn sie es fanden!

Und er hatte Onkel Monds Hof verlassen, weil er sich ein vornehmeres und eleganteres Leben als das eines Schweinebauern wünschte! Im Vergleich zu diesen Rohlingen waren Schweine manierliche Wesen.

Jetzt spürte er den Atem von einem der Männer in seinem Gesicht. Diese Schurken zerrten an ihm herum und beschnüffelten ihn wie wilde Hunde.

»Ich glaube, er ist bewusstlos«, sagte Hachemings Stimme dicht an seinem Ohr.

»Keine Spur vom Zepter«, fluchte Baxa. »Packt sie beide bei den Füßen. Am Ende des Flurs ist eine Treppe. Ich halte Wache, bis Ihr durch die Tür seid. Dann schleift sie runter in den Kerker.«

»He!«, ertönte Rudos näselnde Stimme. »Wieso kommt

Ihr so leicht davon? Wieso sollen wir den schwierigen Teil übernehmen? Was machen wir, wenn sie aufwachen und uns angreifen?«

»Dann verpasst Ihr ihnen eine Abreibung«, knurrte Baxa. »Aber seid bei dem Alten ein bisschen vorsichtig. Bis das Zepter auftaucht, brauchen wir ihn vielleicht noch. Dann kommt schnell zurück. Mit dem Siegel des Kanzlers können wir anfangen, ein paar Briefe zu verschicken.«

»Briefe?« Schnaufend und keuchend schleifte Hacheming den alten Kanzler über den Boden des Schlafzimmers. Der Mundschenk spürte, wie er an den Fußgelenken gezogen wurde, von Händen, die zu Rudo gehören mussten. Er dachte an die lange, gewundene Treppe in den Keller und den darunter liegenden Kerker. Bei der Vorstellung, wie sein Kopf über all die Stufen holpern würde, verlor er fast das Bewusstsein.

Baxa kicherte. »Zunächst warnen wir vor dem gefährlichen Verbrecher, der den Kaiser ermordet hat. Klein, aber tödlich.«

»Klein und tödlich und dumm, meint Ihr wohl«, brummte Hacheming.

Baxa lachte erneut. »Wenn er noch am Leben ist, räuchern wir ihn aus und sperren ihn für immer weg.«

Die anderen Männer stimmten in Baxas Gelächter ein.

Der Kaiser, dachte der Mundschenk. Unser Kaiser. Sie hatten ihn nicht getötet, aber sie wollten ihn als seinen eigenen Mörder verleumden und ihn in einen Kerker sperren, aus dem noch kein Gefangener jemals entkommen war. Bei dem Gedanken wurde dem Mundschenk speiübel. Ja, er mochte unglaublich selbstsüchtig und anspruchsvoll gewesen sein, doch er war ihr rechtmäßiger Herrscher. Er war der Thronerbe. Nicht Baxa. Nicht diese skrupellosen Mörder.

»Sobald er hinter Schloss und Riegel sitzt«, fuhr Baxa fort, »verkünden wir den Rücktritt des alten Kanzlers und ernennen mich zu seinem Nachfolger.«

»Kanzler?«, fragte Rudo. »Ich dachte, Ihr wolltet Kaiser werden.«

»Alles zu seiner Zeit, liebe Freunde«, erwiderte Baxa selbstgefällig. »Zuerst Kanzler, dann Kaiser. Bald werde ich auf allen drei Kontinenten als Baxa, der Eroberer, bekannt sein.«

14

EINE SELTSAME LIEBESGESCHICHTE UND EIN KOMPROMISS

Begonia erwachte langsam. Sie hatte von der Windmühle in ihrem Dorf geträumt. Eine leichte Sommerbrise, die nach frischem Heu und Rosenblüten duftete, ließ die gewaltigen Windmühlenflügel langsam rotieren. Die Brise strich sanft über ihre Haut.

Warme, geräuschvolle Luftzüge.

Atemzüge.

Kuhatem.

Im dunstigen Licht des frühen Morgens setzte Begonia sich auf und wäre fast mit einem feuchten Kuhmaul zusammengestoßen.

»Pffft«, sagte das Maul und es klang irgendwie freundlich.

»Alfalfa?«, rief Begonia. »Bist du es wirklich?«

Als Antwort schleckte Alfalfa ihr mit ihrer riesigen Zunge übers Gesicht. Es fühlte sich an wie das liebevolle Gelecke von Minzi bei ihnen daheim, nur hundertmal so stark.

Ja, es war Alfalfas riesiger Kopf mit dem schwarzen Fleck auf der Stirn, der in Begonias Augen einfach nur wie ein gewöhnlicher schwarzer Klecks aussah.

Währenddessen kam hinter Alfalfas Kopf ein winziger, flacher, flusiger Kopf mit riesigen Augen und blinzelnden Augenlidern zum Vorschein. Wie eine Handpuppe an einer langen, biegsamen Stange spähte er mal nach rechts, mal nach links, mal nach oben, mal nach unten. Sonderbare quakende Geräusche drangen aus seiner Kehle. Am Ende seines langen Halses sah Begonia, wie der Strauß seine flauschigen, braunen Federn aufplusterte. Dann erblickte sie seine mächtigen rötlichen Beine, die fast größer waren als sie, und seine furchterregend großen, schuppigen zweizehigen Füße.

Behutsam stellte Begonia sich auf ihre eigenen fünfzehigen Füße und brachte sich vor dem Strauß in Sicherheit.

Dann kam ihr die Erinnerung an die vergangene Nacht wieder in den Sinn, wie sie sich in Todesangst an den Ast geklammert hatte, bis der Strauß herbeigelaufen kam, um sie zu retten. Dabei war er so ganz anders, als Begonia sich einen Helden vorstellte.

War das erst gestern gewesen?

Muhend kam Alfalfa auf Begonia zu. Beim Anblick ihres vollen Euters vergaß Begonia ihre Angst vor dem Strauß.

»Key!«, rief sie. »Wach auf, es gibt Frühstück!«

In Keys zerzaustem Schopf hatten sich neue Zweige, Blätter und Moosstücke gesammelt, die von seinem Nachtlager auf dem Waldboden stammten. Benommen rappelte er sich auf und erblickte Alfalfa.

»Hurra!«, jubelte er. »Ich habe Eure Kuh wiedergefunden! Ich habe Euch gesagt, dass ich es schaffe.«

Begonia hockte sich neben Alfalfa und bearbeitete ihr Euter mit sanftem Griff. »Was quasselst du da? Die Kuh hat uns gefunden. *Du* hast gar nichts gefunden.«

»Da würde ich widersprechen«, sagte Key. »Aber Frühstück klingt gut!«

»Frühstück?«, meldete die unangenehme Stimme des Fremden sich zu Wort. Er schon wieder! Dieses feige Scheusal!

»Komm her, Key«, rief sie ihrem Reisekameraden zu. »Dann bekommst du dein Frühstück. Schieb den Kopf unter Alfalfas Euter.«

Key verstand schnell, was Begonia vorhatte. Geschwind krabbelte er unter Alfalfas Bauch und legte sich mit geöffnetem Mund auf den Rücken.

Begonia zielte mit Alfalfas Zitze auf seinen offenen Mund und quetschte sie zusammen.

»Hopsa!«

»Das war meine Nase.«

»Sei still und mach den Mund weiter auf!«, befahl sie.

Sie molk und molk die arme Alfalfa, die erleichtert seufzte, während Key fast in seinem Frühstück ertrank. Das graue Kätzchen kam miauend herbeigeschlichen und forderte auch eine Portion. Nach ein paar Fehlschüssen schaffte es Begonia, ihm die sahnige Milch direkt ins Mäulchen zu spritzen, bis es satt war. Dann gab sie Key noch mehr.

Der Strauß spähte mit gesenktem Kopf unter Alfalfas

Körper, um die Melkaktion besser verfolgen zu können. Begonia zuckte zusammen, als er ihr mit seinen riesigen Augen zublinzelte.

Auch der Fremde kam näher – neugierig und angeekelt zugleich. Begonia sah ihn zum ersten Mal bei Tageslicht und musterte ihn verstohlen.

Er war dünn und schmächtig. Sein Schlafanzug musste einmal rot gewesen sein und der Stoff war zweifellos aus Seide. Früher hatte er geglänzt, doch jetzt war er schmutzig und klebte dem Fremden am dürren Körper. Sein Haar war fettig und strähnig und von seiner Oberlippe hingen zwei lange, schlaffe Schnurrbartenden, die aussahen wie schwarze Rattenschwänze.

»Wo hast du die Katze gekauft?«, wollte er von Begonia wissen.

Sie lachte laut auf. »Wer kauft schon eine Katze?« Sie spritzte eine Ladung Milch in Keys Richtung. »Diese Katze hat mich ausgewählt. Sie ist von einem kaiserlichen Wagen voller verängstigter Katzen geflohen.« Sie schüttelte den Kopf. »Was für ein Kaiser würde Katzen so schlecht behandeln?«

Der Fremde zog die Nase kraus. »Katzen bringen Unglück.«

»Nur für Mäuse und Ratten«, widersprach Begonia. »Katzen sind die besten Glücksbringer, die eine Bauernfamilie haben kann.«

»Passt bitte auf«, meldete Key sich zu Wort.

»O, hab ich dir was ins Auge gespritzt?«, fragte Begonia. »Tut mir leid.«

Als ihr der warme, sahnige Milchgeruch in die Nase stieg, knurrte ihr der Magen.

»Key, in deinem Beutel hast du doch einen Becher. Hol ihn bitte her und halte ihn für mich, damit ich auch frühstücken kann.«

Widerwillig überließ Key seinen Platz der Katze und durchsuchte seinen Beutel.

»Eine ekelhafte Prozedur«, sagte der Fremde. »Barbarisch und abstoßend.«

Der Schwanz der grauen Katze zuckte vor Wohlbehagen.

»Trinkt Ihr denn niemals Milch?«, fragte Begonia den Fremden.

»Wenn ich es wünsche, aber gewiss keine Milch, die von irgendeinem Tier kommt.«

Begonia hatte Mühe, ernst zu bleiben. »Was glaubt Ihr denn, woher Eure Milch kommt?«

»Aus den feinsten Porzellankannen«, erwiderte er. »Und die kommen aus den Küchen.«

Begonia versteckte ihr Gesicht hinter Alfalfa, um nicht laut loszulachen. Wie konnte ein erwachsener Mensch wie er nur so dumm sein? Key kehrte mit seinem Becher zurück und hielt ihn unter das Euter, während Begonia ihn mit Milch füllte. Das fröhliche Geräusch, als der Milchstrahl auf das Metall traf, ließ ihr das Wasser im Mund zusammenlaufen.

Sie stürzte den ersten Becher herunter und seufzte beglückt, dann füllte sie ihn erneut und trank ihn aus. Darauf molk sie noch einen Becher für Key und einen für sich selbst, bis sie beide satt und zufrieden waren. Zum Schluss schlang sie die Arme um Alfalfas Hals und schmiegte die Wange an ihr warmes Fell.

»Gutes altes, Mädchen«, sagte sie. »Was hast du uns nur für Sorgen gemacht!« Sie streichelte ihren Hals und Rücken, bis sich etwas Spitzes in ihren Finger bohrte. »Autsch! Dornen!«

Ein dorniger Zweig, der unterwegs in Alfalfas Fell hängen geblieben war, steckte in Begonias Finger. Es kostete einige Mühe und mehr als ein paar Tropfen Blut, bis Begonia sich selbst und die Kuh von den messerscharfen Dornen befreit hatte.

»Jetzt ist es überstanden, Alfalfa«, beruhigte sie die Kuh. »Zu Hause wasche ich dir das Blut ab.«

Aus dem Augenwinkel beobachtete sie den fremden Mann, der so tat, als würde er sie nicht beachten.

»He, Ihr da«, rief sie ihm zu. »Es ist noch jede Menge übrig. Da Ihr heute weder Kannen noch Küchen habt, könntet Ihr vielleicht mit dieser Milch vorliebnehmen. Sie ist recht gut, auch wenn sie von einer Kuh stammt. Ihr seid doch sicher hungrig, nicht wahr?«

Sie molk weiter und reichte dem Fremden die schaumige Milch. Er beschnüffelte sie wie ein nervöses Kaninchen, nahm den Becher in beide Hände und stürzte ihn so gierig hinunter, dass ihm die Hälfte davon übers Gesicht rann. Als ihm die Milch aus dem Schnurrbart troff, schrie er entsetzt auf.

Begonia lachte. »Keine Angst. Es ist noch reichlich da.«

Sie füllte den Becher erneut für ihn, dann noch einmal und noch einmal. Dann ließen sie den Becher ein letztes Mal kreisen und legten sich satt und benebelt auf den Waldboden. Der Fremde murmelte etwas von Zuckerhörnchen und Wachteleiern.

Plötzlich hörten sie entferntes Glockengeläut.

Key schaute nach oben. »Was ist das?«

Ein sehnsüchtiger, verträumter Blick trat auf das Gesicht des Fremden. »Das ist das Glockenläuten«, erklärte er, »für die Feier am Vorabend des Geburtstages des … des …«

»Des Kaisers!«, rief Begonia. »Das habe ich ganz vergessen. Wir wollten heute alle zu den Feierlichkeiten gehen, nach der Arbeit.« Sie lächelte wehmütig. »Meine Schwester hat sich so über ihre albernen Haarbänder gefreut, die sie für die Feier bekommen hat.«

»Wie alt wird der Kaiser in diesem Jahr?«, fragte Key.

»*Sag bloß, du weißt das nicht?*«, schnauzte der Fremde ihn an.

Key zog die Schultern hoch. »Ich bin schon eine Weile unterwegs. Da kann man unwichtige Sachen schon mal vergessen.«

»*Unwichtig*?« Der Fremde wirkte erzürnt.

»Er wird zweiundzwanzig«, erklärte Begonia. »Deshalb machen sie so ein Theater. Morgen wird der Kanzler ihm das Zepter der Macht überreichen.«

Der Fremde sackte zu Boden und stützte sein Kinn auf den Knien ab.

»Was ist eigentlich so besonders an zweiundzwanzig?«, fragte Key. »Ich hab das nie verstanden. Ich habe Geschwister und Vettern, die so alt oder älter sind, denen würde ich nicht mal zutrauen, ein Abendessen zu organisieren, geschweige denn ein Reich zu regieren.«

»Hättest du dich jemals mit der Geschichte unseres Reiches befasst, würdest du es wissen«, sagte der Fremde verärgert.

»Schweinebauern sehen nicht viel Sinn darin, sich mit Geschichte zu befassen«, erklärte Key hochmütig. »Zumindest nicht die in meiner Familie.«

»Irgendein Kaiser hat vor Urzeiten im Alter von zweiundzwanzig eine große Schlacht gewonnen«, sagte Begonia. »Ich vergesse immer, welcher es war. Viele von ihnen haben die gleichen Namen. So verwirrend.«

»Dummes Bauernpack«, murmelte der Fremde »Nun? Wollt ihr nicht das Huldigungsritual vollziehen?«

Sie starrten ihn ungläubig an. »Was? Hier?«, fragte Begonia. »Jetzt?«

»Immer wenn während der Geburtstagswoche, in der der neue Kaiser das Zepter erhält, die Glocken läuten, müssen alle Untertanen ihre Tätigkeit unterbrechen, sich verneigen und die Lobeshymne rezitieren«, erklärte der Fremde. »So lautet das Gesetz.«

»*Untertanen*?«, wiederholte Key.

»Verneigt euch!«, befahl der Fremde.

Begonia kam das Ganze lächerlich vor. Aber es war einfacher nachzugeben, als sich zu streiten. Sie verneigten sich.

»Nein. Verbeugt euch vor mir!«, forderte der Fremde.

Begonia seufzte, bevor sie ihm den Gefallen tat, sich vor ihm zu verneigen.

Er rieb sich die Hände. »Gut. Jetzt singt das Lied.«

»Wie lautet die erste Zeile noch gleich?«, fragte Begonia. »So was wie *ta-ti-ta, ta-ti-ta, tum, tum,* dann die Zimbeln …«

Der Fremde bedachte sie mit einem grimmigen Blick, räusperte sich und begann zu singen. »*O, huldvoller, edler, gütiger und gnädiger* … Äh …«

»*Kaiser*«, ergänzte Key. »Natürlich.«

»*Eure Güte segnet unser Dasein, O* …«

»*Kaiser*«, sagte Begonia. »Ihr vergesst immer das Wichtigste des Verses. Habt Ihr Euch den Kopf aufgeschlagen?«

»So spricht man aber nicht von ihm«, sagte Key. »Die Leute sagen, seine Eltern wären große Herrscher gewesen, aber er sei nur eine Witzfigur.«

Der Fremde wurde feuerrot. »Die Hymne! *Mit dem Herzen eines Panthers* …«

»Bäh«, maulte Begonia. »Wer hat diesen Unsinn geschrieben?«

»*Mit eisernem Arm in der Schlacht, geduldig wie eine Statue* …«

»Geduldig wie eine Statue?«, fragte Key. »Der bleibt ja wohl nichts anderes übrig, als geduldig zu sein.«

»Zeit für den Refrain«, fuhr der Fremde unbeirrt fort. »*Wir lieben Euch, glorreicher* … « Er funkelte sie an. »Singt!«

Key und Begonia stimmten mit ein. »*Wir lieben Euch, glorreicher Kaiser!*«

Doch der Fremde zauderte und verstummte.

»Es geht so: *Ka-i-ser*«, versuchte Key ihm auf die Sprünge zu helfen. »Man singt es so: *Bum*-ba-dum. *Hoch*-und-tief. Singt mir nach. *Ka*…«

»Ach, Schluss damit!«, schrie der Fremde. »Vergesst es!«

»Wie Ihr wünscht«, sagte Begonia. »Es war Eure Idee zu singen.«

Der Fremde knirschte mit den Zähnen. »Ruhe, kleines Mädchen!«

Begonia trat einen Schritt zurück. »Seid Ihr immer so unfreundlich zu Leuten, deren Kuh Euch zu einem Frühstück verholfen hat?«

»Hört mal«, sagte Key. »so könnt Ihr nicht mit einem Fräulein in Nöten sprechen! Das betrübt sie nur noch mehr!«

»Ach, lass gut sein, Key«, rief Begonia. »Mit meinen Nöten werde ich schon selbst fertig.«

Sie wandte sich ab, denn in diesem Augenblick konnte sie den Anblick der beiden nicht ertragen. Es war Zeit, nach Hause zu gehen. Sie würde Alfalfa holen und losmarschieren. Doch der Anblick ihrer Kuh versetzte sie in Erstaunen.

Alfalfa lag auf einer moosbewachsenen Stelle, und der Strauß hatte seinen riesigen, fedrigen Körper neben ihr platziert und seinen langen, dünnen Hals an ihren Körper geschmiegt. *Er kuschelte mit ihr.* Alfalfa muhte liebevoll.

»Seht euch diese beiden an«, sagte Key. »Wie zwei Liebende aus einer Heldenballade.«

»Das ist das Seltsamste, das ich je gesehen habe«, sagte Begonia.

»So war es die ganze Zeit, seit sie gestern aufgetaucht ist«, sagte der Schlafanzugmann. »Absurd.«

»Vielleicht«, entgegnete Begonia, »ist Alfalfa verwirrt und denkt, der Strauß sei ihr Kalb.«

»Aber was denkt der Strauß?«, fragte Key.

»Nach meiner Erfahrung«, erklärte Begonia und erinnerte sich an ihre Hühner zu Hause, »denken Vögel nicht viel.« Sie nahm die Schultern zurück. »Wie auch immer. Ich habe meine Alfalfa jetzt gefunden und bringe sie nach Hause. Du, Key, kannst gehen, wohin du magst und Ihr, äh, mein Herr, könnt mit Eurem Strauß weiterreisen, ohne von meiner Kuh gestört zu werden.«

Key wollte protestieren, doch Begonia marschierte zu der Stelle, wo Alfalfa mit ihrem gefiederten Freund zusammengekuschelt Seite an Seite lag.

»Komm mit, Alfalfa«, rief Begonia. »Komm schon, Mädchen! Lass uns nach Hause gehen! ... *Al-fal-fa!* ... Nun komm endlich, Alfalfa. Wir wollen los. ... Jetzt steh schon auf, du Rindvieh!«

Key beobachtete das Ganze mit einem Grinsen auf dem schmutzigen Gesicht. »Seid Ihr sicher, dass sie wirklich Eure Kuh ist?«

»Natürlich ist sie meine Kuh! Jetzt hör mir mal gut zu, Mädchen. Ich habe wunde Füße und ein wundes Hinterteil und einen steifen Nacken – und das alles wegen dir. Du wirst also mit mir nach Hause kommen – und zwar auf der Stelle!«

Die letzten Worte brüllte Begonia der Kuh ins Gesicht. Vollkommen unbekümmert kaute Alfalfa auf einem moosigen Grasbüschel herum. Doch der Strauß schien von Begonias

Wutausbruch irritiert. Er stellte sich auf seine furchterregenden Füße, plusterte sein Gefieder auf und zischte sie an.

Ein zwei Meter fünfzig großer, zweizehiger, kleinhirniger Vogel, der einem seinen Schlachtruf ins Gesicht zischt, ist eine unvergessliche Erfahrung. Keine Erfahrung, die man wiederholen möchte. Begonia erstarrte.

»Bewegt Euch nicht«, mahnte Key mit leiser Stimme.

»Ich beweg mich nicht«, flüsterte sie. »Sag mir nicht, was ich tun soll.«

Der Strauß schlug ein paarmal mit den Flügeln, um Begonia zu zeigen, wer der Chef war, dann drehte er sich um und wanderte davon, als wäre nichts geschehen. Alfalfa erhob sich und schlenderte dem Strauß hinterher.

Begonia schüttelte angewidert den Kopf. »Diesem dummen Vogelvieh folgt sie und mir nicht, die sie jeden Morgen ihres Lebens gefüttert und gemolken hat … O!« Sie schnippte mit den Fingern. »Ich hab's!«

»Was denn?«, wollte Key wissen.

»Ich weiß, wie ich Alfalfa nach Hause kriege«, sagte Begonia. »Alfalfa liebt den Strauß. Warum, weiß der Himmel. Sie folgt ihm. Schön. Also führe ich den Strauß zu mir nach Hause und Alfalfa wird mitkommen.«

Sie stapfte hinter dem sonderbaren Tierpärchen her. Die graue Katze tauchte aus ihrem Versteck auf und sprang Begonia auf die Schulter.

Der Schlafanzugmann stolperte hinter ihr her. »Hör mal«, keuchte er. »Das ist mein Strauß, nicht deiner. Du kannst ihn nicht kriegen.«

»Ich will Euren Strauß auch gar nicht haben«, erwiderte Begonia. »Ich muss ihn nur eine Weile ausleihen.«

Key stürmte ihnen durch das Unterholz hinterher. »Was ist, wenn der Strauß sich nicht führen lässt?«, fragte er. »Dann habt Ihr dasselbe Problem wie vorher.«

Begonia wandte sich an den Fremden. »Könnt Ihr den Strauß führen?«

Er hob das Kinn. »Er geht, wohin ich ihn lenke. Aber ich will ihn nicht zu dir nach Hause treiben. Wieso sollte ich?«

Sie kochte innerlich vor Wut. Es musste doch eine Möglichkeit geben, diesen Strauß lange genug auszuleihen, um ein heimwehkrankes Milchmädchen und ihre liebestolle Kuh zurück nach Zweimühlen zu bringen. Das arme Mummelchen war sicher außer sich vor Sorge. Und was hätte Begonia für ein Bad, saubere Kleider und eine warme Mahlzeit gegeben!

Key reichte ihr ein Stück Schnur, mit der sie Alfalfa das Messingglöckchen um den Hals band. Sein Klingeln hallte wundersam von den Baumstämmen wider und erfüllte die dunstige Morgenluft des Waldes. Weiter vorn spazierte der Strauß mit seinem lustigen Watschelgang einher und hielt immer wieder kurz inne, um nach einem Käfer zu picken oder am frischen Frühlingslaub zu knabbern.

Doch jeder gemächliche Schritt brachte sie näher zu der Straße, die nach Hause führte. Sie wanderten an demselben Fluss entlang, dem sie am Tag zuvor gefolgt waren. Bald würden sie auf die andere Straße treffen, und wenn sie nach links abbogen, müsste das Osten sein. Nein, Nordosten. So oder so würden sie wieder zu dem Busch gelangen, wo sie Key zum ersten Mal begegnet war, und von dort wusste sie den Weg nach Haus.

»Wohin seid Ihr eigentlich unterwegs?«, fragte sie den Fremden.

»Mein Ziel geht dich nichts an«, antwortete er finster.

»Ich habe nur überlegt, ob es in der Nähe meines Zuhauses ist. Zu mehreren ist man sicherer. Sollen die Panther lieber uns fressen statt Euch, stimmt's? Wenn Ihr mit zu mir nach Hause kommt, falls die Panther mich nicht gefressen haben, wird mein Mummelchen Euch eine warme Mahlzeit geben und Eure Kleider waschen.«

Key ließ die Schultern noch mehr hängen. »Das würde sie tun?«, seufzte er. »Würde sie *mir* auch eine warme Mahlzeit geben und meine Kleider waschen?«

Begonia stöhnte.

»Hört bitte, mein Herr«, sagte Key zu dem Fremden. »Wir wissen nicht, wie wir Euch ansprechen sollen. Es ist unhöflich, jemanden ohne Namen anzureden. Und ein Romantiker ist immer höflich, komme, was da wolle. Zuvorkommend bis in den Tod! So sind wir. Also sagt uns doch bitte, wie wir Euch nennen sollen.«

Die Lippen des Mannes zuckten, als hätte er Streit mit ihnen. Er war so außer sich, dass er sich mit beiden Händen die Haare raufte. Dann hob er den Kopf, als hätte er eine neue Idee.

»Schnuppi«, murmelte er langsam, als würde er den Klang des Wortes ausprobieren. »Schnuppi! Ja, Schnuppi.

Wenn ihr mich unbedingt irgendwie nennen müsst, dürft ihr Schnuppi zu mir sagen.«

Die graue Katze auf Begonias Schulter maunzte.

»Das Kätzchen mag Euren Namen nicht«, stellte Begonia fest. »Es braucht auch einen Namen. Mummelchen würde sie nach irgendeiner Pflanze benennen. Aber ich nenne sie jetzt Sturmwolke.« Sie grinste. »Bis jetzt habe ich noch keinem Wesen einen Namen gegeben.« Das Kätzchen kaute auf Begonias Haaren herum. »Ich glaube, er gefällt ihr.«

»Sturmwolke hat einen Namen und Ihr habt auch einen, Schnuppi«, sagte Key. »Ausgezeichnet. Und jetzt erzählt uns doch mal ein bisschen über Euch. Woher Ihr seid, und wohin Ihr wollt. Eure Geschichte eben.«

»Wieso sollte ich?«, schnarrte Schnuppi, falls das sein richtiger Name war, was Begonia bezweifelte.

»Ich habe Euch Frühstück gegeben«, erinnerte sie ihn.

»Pah«, sagte der kleine Mann. »Weißt du, wie viele Leute mir für gewöhnlich das Frühstück bringen?«

»Sechs«, riet Key.

Begonia kicherte, doch ihr neuer Gefährte machte ein überraschtes Gesicht. »Ja«, sagte er. »Du hast es erraten.«

Sie warteten. Sie hörten keine anderen Geräusche als das Zwitschern der Morgenvögel und das Knirschen von Hufen, Krallen und Füßen, die sich ihren Weg durch das herabgefallene Laub des Vorjahrs bahnten.

»Sagt uns, wo Euer Zuhause ist, Schnuppi«, bettelte Begonia.

»Ich wurde auf grobe Weise vertrieben aus meinem …

Zuhause«, gestand er schließlich. »Gewaltsam wurde es mir geraubt, mein … Zuhause.« Er holte tief Luft. »Ich versuche zurückzukehren in mein … Zuhause.«

Begonia und Key sahen sich verwirrt an. »Er vergisst ständig Wörter«, flüsterte Key.

»Nun, das ist traurig«, bedauerte Begonia. »Es tut mir leid, das zu hören. Habt Ihr auf Eurem Weg Leute um Hilfe gebeten?«

Er machte ein finsteres Gesicht. »Ich habe es versucht. Mehrmals. Aber sie waren entsetzlich unhöflich. Als ich nicht wusste … als sie meine Antworten nicht verstehen konnten, diese dummen Bauersleute, haben sie Sachen nach mir geworfen und mich aus den Dörfern vertrieben. Sie haben mich als Dieb beschimpft, als ich mir Essen genommen habe, das rechtmäßig mein Eigentum war!«

Key zog die Brauen hoch. »Ihr meint, Ihr habt Brot und so weiter gestohlen und sie sind deshalb wütend auf Euch geworden?«

»Kaum zu glauben!«, entrüstete Schnuppi sich. »Sie haben gedroht, mich von Soldaten gefangen nehmen zu lassen! Ich bin mit knapper Not davongekommen. Jetzt gehe ich Leuten aus dem Weg.«

»Wir sind auch Leute.« Key zeigte auf Begonia und sich selbst.

»Nein, seid ihr nicht.«

Ein Stück weiter vorn schwang Alfalfas weißer Schwanz hin und her und ihr Rumpf schaukelte gemächlich von rechts nach links, während ihre Glocke klingelte. Vor ihr wippte der große braune Körper des Straußenvogels auf seinen grotesken Beinen einher. Von Kopf und Hals war nicht viel zu sehen, da er ständig nach seinem Frühstück pickte, sodass es aussah, als würde ein kopfloser Körper auf Stelzen umherwandern.

Begonia fühlte sich ebenfalls ziemlich kopflos.

Doch zumindest bewegten sie sich vorwärts. Jetzt musste sie nur noch dafür sorgen, dass sie bei ihr zu Hause ankamen.

Sie schob die Hände in die Schürzentaschen und fühlte das Pergament der Landkarte, die ihr der Kartenmeister geschenkt hatte.

Der Kartenmeister. Jetzt hatte sie eine Idee.

»Schnuppi«, sagte sie, »es scheint, als würdet Ihr eine gute Landkarte brauchen, um Euer Zuhause zu finden.«

Schnuppi deutete auf den Wald. »Und wo soll ich hier eine finden?«

»In meinem Dorf Zweimühlen, das wir gegen Abend erreichen sollten, lebt ein Kartenmeister. Er hat viele, viele Landkarten. Diese hier hat er mir geschenkt.« Sie reichte ihm ihre kleine Karte.

»Wenn Ihr ihm Euer Zuhause beschreibt, könnte der Kartenmeister Euch den Weg zeigen und Euch eine Karte geben, mit der Ihr dorthin finden könnt.« Sie sah ihn aufmerksam an, um sich zu vergewissern, dass ihre Worte ihn erreichten. »Bevor Ihr den Kartenmeister aufsucht, möchtet Ihr sicher ein Bad, saubere Handtücher und frische Kleider und ein warmes Abendessen, das mein Mummelchen gern für Euch kochen wird.«

Key grunzte voller Vorfreude. »Das klingt himmlisch. Ich kann es kaum erwarten. Gibt es Fleischklöße? Ich liebe Fleischklöße!«

Begonia ging nicht darauf ein. »Nur ein Tagesmarsch und wir sind da.«

Weiter vorn lichteten sich die Bäume. Sie näherten sich dem Waldrand, was bedeutete, dass sie bald die Straße erreichen würden, wo Schnuppi seinen Strauß vielleicht in die falsche Richtung führen und Alfalfa ihm aller Wahrscheinlichkeit nach folgen würde. Es hieß jetzt oder nie.

»Ihr werdet unser Dorf lieben«, schwärmte sie, obwohl sie bezweifelte, dass er irgendetwas lieben konnte.

»Hm«, sagte Schnuppi. »Zweimühlen, sagst du? Nie gehört.«

»Wir sind ein freundliches Dorf. Sehr friedlich.«

Schnuppis Magen knurrte vernehmlich. Er zupfte an seinem schmutzigen Schlafanzug herum und befühlte seinen schlaffen Schnurrbart, bevor er sich aufrichtete und die Schultern zurücknahm.

»Ich werde dich zu deinem Zweimühlen begleiten«, verkündete er. »Zweifellos handelt es sich um einen rückständigen, abgelegenen Ort, sonst hätte ich davon gehört. Aber ich werde es besuchen, inspizieren und von seinen Bewohnern ein Bad, Kleidung und eine Karte einfordern. Mein Entschluss steht fest.«

15

Noch eine Wandersfrau und eine weitere Reise

Lange bevor die Sonne am östlichen Himmel aufging und auf Lillys rosige Wangen schien, die wie ein kleiner Engel an ihrer Seite schlief, hatte Teichmummel eine Entscheidung getroffen.

Sie würde sich auf die Suche nach Begonia machen.

Aus Sorge um ihre Tochter hatte sie die ganze Nacht kein Auge zugetan. Der schwache Trost, den die Worte der Senfmüllerin ihr am Abend zuvor gespendet hatten, war längst verflogen, als der Mond seinen höchsten Punkt am Nachthimmel erreicht hatte.

Sie hätte eher aufbrechen sollen, hätte nicht auf die Senfmüllerin hören sollen. Die ganze Geschichte war höchst verdächtig. Sie hätte gestern Abend losgehen sollen. Welche Schrecken mochten einem jungen Mädchen ganz allein in der Dunkelheit widerfahren? Doch Teichmummel wusste, dass sie keine Chance gehabt hätte, Begonia in der Nacht zu finden. Warum hatte sie keine Augen, die im Dunkeln sehen konnten, wie ihre Katze Minzi?

Hätte sie ihre Tochter doch gar nicht erst losgeschickt! Begonia war es in der Vergangenheit zwar schon öfter gelungen, Alfalfa zurückzuholen, aber als Mutter hätte sie wissen müssen, dass die Jagd nach einer ausgerissenen Kuh ein schwieriges Unterfangen sein konnte.

Es lag daran, dass Begonia immer so zuverlässig und tüchtig war. Deshalb erschien es Teichmummel ganz natürlich, sie mit Aufgaben und Pflichten zu betrauen. Meist schaffte sie alles ohne Probleme.

Teichmummel stieg leise aus dem Bett, um die kleine Lilly nicht zu wecken, und schlich aus dem Haus. Sie bat Großmutter Flummox, heute auf Lilly aufzupassen und das Melken und Eiersuchen zu übernehmen. Obwohl die Nachbarin immer noch von ihrer Erkältung geplagt wurde, kam sie sofort herüber. Ganz Zweimühlen wusste mittlerweile, dass Begonia nicht zurückgekehrt war, und alle beteten, dass die Ahnengeister über sie wachten und sie sicher nach Hause geleiten würden.

Teichmummel packte etwas Proviant und eine Flasche Wasser in einen Beutel, hängte ihn über die Schulter und marschierte los in Richtung Dorf. Sie wusste, dass Begonia diesen Weg gegangen war und den Ort durchquert hatte. Das war ihr gestern Abend von Zeugen zugetragen worden.

Sie ging den ganzen Morgen, bis die Sonne fast senkrecht am Himmel stand und ihre Füße schmerzten. Arme Begonia! Ganz allein musste sie so eine lange Wanderung durchstehen, wo sie doch noch so jung war!

Ich komme, meine Tochter! Wieder und wieder murmelte sie

die Worte vor sich hin, damit sie den Weg zum Herzen ihrer Tochter fanden, um ihr Trost und Kraft zu schenken. *Mögen dich meine Worte in Sicherheit erreichen und dich nach Hause lenken,* wünschte sich Teichmummel verzweifelt.

16

MEHR GEZANKE UND EINE NEUE BEKANNTSCHAFT

Begonia, Schnuppi, Key und die Tiere stolperten durch die spärlicher werdenden Bäume, bis sie nach einer Weile den Weg erreicht hatten. Der Strauß schaute blinzelnd in die helle Mittagssonne, während Alfalfa sich das Gras und den saftigen Klee am Wegesrand schmecken ließ.

»Hilf mir auf«, befahl Schnuppi.

»Auf? Wohin denn?«, fragte Key.

»Auf meinen Strauß, du Schwachkopf«, ließ Schnuppi ihn wissen. »Hast du etwa geglaubt, ich würde den ganzen Tag *zu Fuß* gehen?«

Begonia spähte nach links, wo sich die kurvige Wegstrecke durch die Bäume schlängelte. Sie schaute auf ihre Landkarte. Ja, links war richtig. Dieser Pfad führte zu der Gabelung und dem lila Busch, dann zu ihrem Zuhause, ihrer Scheune, ihrem Schlafzimmer. Mummelchen konnte die beiden Nervensägen Schnuppi und Key versorgen und auf den Weg schicken und das Leben würde endlich wieder normal sein.

Während Begonia ihren Gedanken nachhing, unterhielt Key sich mit Schnuppi.

»Tatsächlich?«, fragte er ungläubig. »Ihr reitet auf diesem Strauß? Er lässt sich wirklich von Euch reiten?«

Schnuppi hielt die Nase himmelwärts. »Natürlich lässt er mich reiten. Er ist schließlich mein Eigentum.«

Key war fasziniert. »Habt Ihr immer schon Strauße geritten? Von Kindesbeinen an?« Seine Augen strahlten. »Verdient Ihr damit Euren Lebensunterhalt? Mit Straußenrennen? Dafür habt Ihr genau den richtigen Körperbau!«

»Schluss mit dem Geplapper. Hilf mir auf, habe ich gesagt!«, ordnete Schnuppi an. »Was ist nur los mit euch beiden? Ich hätte nie gedacht, dass Bauern *so* dumm und ungefällig sein können.«

Begonia spürte eine kleine Explosion in ihrer Brust. Sie konnte nicht sagen wieso. Vielleicht lag es daran, dass sie mit nichts als etwas Milch im Magen den ganzen Morgen gewandert waren. Zweifelsohne hatte Schnuppi schon Schlimmeres von sich gegeben. Aber seine letzte Bemerkung war einfach zu viel. Sie hatte es satt, diesen Tyrannen zu besänftigen.

»Was ist los mit Euch, dass Ihr andere Leute so unverschämt behandelt?«, warf sie ihm vor. »Ihr führt Euch auf, als wärt Ihr der Kaiser, mit Euren ständigen Befehlen und Klagen. Aber ich bin sicher, dass der Kaiser sich nicht wie ein verwöhnter Säugling aufführt, sonst würde ja kein Mensch tun, was er befiehlt.«

Schnuppis Oberlippe bebte, wodurch sein langer Schnurrbart anfing zu wackeln. Es erinnerte an die schnüffelnde, hin-

und herzuckende Nase einer schnurrhaarigen Ratte. Sturmwolke, die offenbar nichts von lauten Stimmen hielt, sprang von Begonias Schulter zu Boden.

»So redet niemand mit mir!«, herrschte er sie an. »Ich werde dir nicht helfen, wenn du so mit mir sprichst. Dann kannst du sehen, wie du deine nutzlose Kuh ohne meinen Strauß nach Hause bringst.«

»Dann helfen wir Euch auch nicht, auf seinen Rücken zu steigen«, erwiderte Begonia. »Und Ihr könnt ziellos im Kreis herumlaufen und hungrig im Freien schlafen, mit Panthern als Gesellschaft, und vergebens versuchen, nach Hause zu finden.«

»Äh, Begonia?«

»Nicht jetzt, Key!«, schrie sie. »Und außerdem habe ich langsam Verständnis für diejenigen, die Euch aus Eurem Heim vertrieben haben. Wer kann es ihnen verdenken, wenn sie mit Euch zusammenleben mussten? Ihr seid die selbstsüchtigste Person, die mir je begegnet ist.«

Key hüpfte von einem Fuß auf den anderen. »Begonia ...«

»Was weißt du schon, du dummes kleines Mädchen! Gar nichts!« Schnuppis Gesicht lief feuerrot an und er streckte Begonia die Zunge heraus. »Große Männer wie ich hören nicht auf das Geschwätz hirnloser kleiner Mägde. Große Männer wie ich dulden kleine Mädchen nicht einmal in ihrer Nähe, weil sie zu nichts zu gebrauchen sind!«

Key zupfte an ihrem Ärmel. »Begonia ...«

Sie wirbelte herum und ließ ihrem brodelnden Zorn freien Lauf, den sie Schnuppi entgegenschleudern wollte. »Was willst du, Key? Was ist so wichtig, dass du es mir ausgerechnet jetzt sagen musst?«

Er deutete den Weg hinunter. »Die Tiere sind fort.«

Alle drei drehten sich um. Und tatsächlich, weit und breit keine Spur von Strauß oder Kuh.

»In welche Richtung sind sie gegangen?«, kreischte Schnuppi. »Warum hast du nicht aufgepasst?«

»Ich habe aufgepasst«, sagte Key gekränkt. »Ich habe versucht, es Euch zu sagen. Sie sind da langgegangen.«

Schnuppi und Begonia stürmten in die angezeigte Richtung, dicht gefolgt von Key. Schnuppi ging bald die Puste aus. Doch Begonia rannte ausdauernd weiter bis zu einer Kurve, hinter der sie fast mit Alfalfa zusammengestoßen wäre. Der Strauß, der einen Flügel über den Rücken der Kuh gebreitet hatte, wie ein junger Mann, der seine Liebste im Arm hält, blähte seine Kehle auf und grüßte Begonia mit einem tiefen Brummton. Dann spreizte er die Flügel und rannte direkt auf sie zu. Auf seinen kräftigen Beinen, mit denen er Panther in die Flucht schlagen konnte.

Sie wich zurück, drehte sich um und lief um ihr Leben. Seiner Geschwindigkeit war sie nicht gewachsen. Leichtfüßig galoppierte er hinter ihr her, schwang warnend die Flügel, bis ein tiefes Muhen Alfalfas ihn ermahnte, worauf er anhielt und zu seiner Kuh zurücktrottete.

Begonia wischte sich mit der Schürze den Schweiß von der Stirn. Sie kam wieder zu Atem und vergewisserte sich, dass der Strauß sich nicht eines anderen besann. »Ich habe sie gefunden«, rief sie.

Key trabte in Sichtweite. Mit einigem Abstand folgte der rotgesichtige Schnuppi und schließlich Sturmwolke, die Katze.

»Ich bin zwar ganz Eurer Meinung«, sagte Key, als sie den keuchenden Mann auf sich zukommen sahen, »dass Schnuppi ein unglaublicher Tyrann ist, aber ich denke, wir sollten besser aufhören, mit ihm zu streiten – und mit ›wir‹ meine ich ›Ihr‹, aber ein Romantiker übt nicht gern Kritik an einem Fräulein, jedenfalls nicht direkt. Lasst ihn uns einfach auf seinen Strauß hieven.«

Begonia verdrehte die Augen und sann über eine saftige Retourkutsche nach. Dann seufzte sie. »Und was ist, wenn wir ihn auf seinen Strauß setzen und die beiden davonlaufen und uns im Stich lassen?«

»Dann wären wir ihn wenigstens los.«

Begonia grinste. »Das stimmt natürlich.«

»Wenn der Strauß fort ist, wird Alfalfa Euch vielleicht nach Hause folgen«, mutmaßte Key. »Aber ich bezweifle, dass der Strauß seine Freundin verlassen wird. Ich würde es auch nicht tun.« Er warf Begonia einen Seitenblick zu. »Wenn ich ein Strauß wäre, meine ich.«

In diesem Moment hatte Schnuppi sie endlich eingeholt. Begonia schluckte die Dinge, die sie ihm gern gesagt hätte, hinunter. »Wenn Ihr Euch auf den umgestürzten Baumstamm am Waldrand stellt, können wir Euch helfen, auf den Rücken des Straußes zu steigen.«

Zu ihrem Erstaunen nickte er und steuerte den Baum an. Ungeschickt kletterte er auf den am Boden liegenden

Stamm und pfiff nach dem Strauß, der tatsächlich kam. Key und Begonia eilten herbei, um zu helfen, und gemeinsam zerrten sie Schnuppis Beine über den Vogelkörper und schoben sie unter die Flügel. Dem Strauß behagte diese Prozedur ganz und gar nicht, genauso wenig wie Begonia, denn Schnuppi brauchte dringend ein Bad. Doch irgendwann saß er rittlings auf dem Vogel und lenkte ihn die Straße hinunter. Der Strauß fügte sich, drehte jedoch ständig den Kopf nach hinten, um sicherzugehen, dass Alfalfa ihm folgte.

Das war ihre kleine Karawane: Ein zweieinhalb Meter großer Vogel, der auf der staubigen Straße einherschritt, auf seinem gefiederten Rücken schwankte ein beängstigend schnauzbärtiger Reiter in einem schmutzigen roten Schlafanzug. Ihnen folgte eine weiße Kuh mit einem schwarzen Fleck auf der Stirn, die das Glöckchen an ihrem Hals läuten ließ und verliebt vor sich hin muhte. Dahinter marschierte ein ziemlich schmutziges Milchmädchen in einem Kleid, das wahrscheinlich einmal blau gewesen war, und einer verdreckten, ehemals weißen Schürze. Um ihr langes, dunkles Haar trug sie einen violetten Schal, der im Wind flatterte und zwischendurch immer wieder von der grauen Katze attackiert wurde, die an ihrer Schulter festgewachsen zu sein schien. Hinter dem Mädchen und der Katze folgte ein großer Junge in gebückter Haltung. Mit einem Sack über der Schulter und Haaren voller Zweige und Blätter, ähnelte er mehr einem wandernden Busch als einem menschlichen Wesen.

Als sie um die nächste Kurve bogen, trafen sie jemanden, der sehr erstaunt auf den Anblick der ungewöhnlichen Reisegesellschaft reagierte.

»Unglaublich!«, dröhnte eine tiefe Stimme, als ein elegant gekleideter Reiter auf der Bildfläche erschien und die Zügel seines glänzenden schwarzen Pferdes zurücknahm. »Noch nie in meinem ganzen Leben, ist mir auf einer kaiserlichen Straße eine solche Reisegruppe begegnet. Und ich habe schon viele außergewöhnliche Dinge gesehen. Das könnt ihr mir glauben. Ich bin Poka, Direktor von Pokas Kuriositäten-Karneval, zu Euren Diensten. Erfreut, Eure Bekanntschaft zu machen.«

17

EINE WEITERE SELTSAME ROMANZE UND IHRE TRAGISCHE UNTERBRECHUNG

Teichmummel ging, so schnell sie konnte, doch obwohl sie ihre Tochter unbedingt finden wollte, wurde sie müde. Sie erreichte eine schattige Stelle bei einem kleinen Wäldchen und setzte sich auf einen Stein, um zu verschnaufen und etwas zu trinken. Verschwommen nahm sie wahr, dass dies ein wunderbares Fleckchen war, mit weichem Grasteppich und Vogelgezwitscher zwischen den Bäumen. Hinter einem Hügel lugte das geschnitzte Dach eines Freilufttempels hervor. Doch heute hatte sie keinen Blick für die Schönheiten der Landschaft.

Die Rast ließ ihre Furcht erneut aufflammen. Würde sie Begonia finden? Würde es ihr gut gehen? Eine Träne tropfte ihr vom Kinn und versickerte im Straßenstaub. In dem Moment hörte sie Schritte, die aus der entgegengesetzten Richtung näher kamen. Hastig wischte sie sich das Gesicht ab und rieb sich die Augen.

Es war eine Hochzeitsgesellschaft auf dem Weg zum Tempel. Die farbenprächtig gekleidete Braut schritt neben dem Bräutigam einher, der eine weiße Tunika trug. Ein Priester und eine Priesterin begleiteten das Paar, doch keine anderen Gäste oder Verwandte, was sonderbar war. Die Braut hatte eine wunderschöne Orchidee in der einen Hand und mit der anderen hielt sie ein Baby auf der Hüfte.

An jedem anderen Tag hätte Teichmummel beim Anblick der kleinen Gesellschaft lächeln müssen. Doch heute verbeugte sie sich nur stumm, in der Hoffnung, ihr Gesicht zu verbergen.

»Herzliche Segenswünsche für Eure Familien und für die Familie, die heute entstehen wird«, sagte sie zum Brautpaar.

Die Braut sah Teichmummel prüfend an. »Ihr seht traurig aus«, stellte sie fest. »Heute ist kein Tag für Traurigkeit. Hier. Haltet mein Kindchen.«

Und ohne abzuwarten, ob Teichmummel damit einverstanden war oder nicht, legte ihr die Braut das Kind in den Schoß.

Kaum eine Frau, die schon eigene Kinder in den Schlaf gewiegt hat, kann widerstehen, wenn ihr ein Baby in die Arme gedrückt wird. Herz und Hand streckten sich ihm entgegen, bevor das Gehirn entscheiden konnte, ob es ein passender Augenblick war. Die klugen, dunklen Augen des Kindes waren herzerwärmend. Doch Teichmummel durfte ihre Suche nach Begonia nicht unterbrechen.

»Liebe junge Frau«, rief sie und eilte dem Paar hinterher, das schon den grasigen Tempelhügel hinaufstieg. »An jedem anderen Tag würde ich mich herzlich gern um dein Kindchen kümmern, glaub mir. Aber meine Tochter ist verschwunden und ich muss sie suchen.«

Nach einer förmlichen Verbeugung vor ihrem zukünftigen Ehemann sagte die Braut: »War Eure Tochter auf der Suche nach einer entlaufenen weißen Kuh?«

Teichmummel drückte das Baby an ihre Brust. »Woher weißt du das?«

»Nun, ohne sie hätte ich meinen zukünftigen Ehemann nicht getroffen«, erklärte sie und griff nach der Hand ihres Bräutigams. »Er ist ein Holzfäller und er mag kleine Kinder. Ist er nicht hübsch anzusehen? Sag Guten Tag, Liebster.«

Der Holzfäller wischte sich mit dem Ärmel die Stirn ab. »Hallo.«

Teichmummel wurde schwindelig. »Meine Tochter … hat dich … deinem Bräutigam vorgestellt?«

»Ja, gestern erst.«

»Gestern?«

Die Brautleute tauschten einen verschämten Blick.

»Du machst Witze«, sagte Teichmummel.

Die Frau ließ ihren Liebsten nicht aus den Augen. »Nein.«

»O.« Teichmummel war sprachlos. »Na dann, herzlichen Glückwunsch.«

Die Priesterin räusperte sich. »Wir sollten beginnen.«

»Aber wann gestern? Ging es ihr gut? Kannst du mir sagen, wo es war?«

Die Braut stellte sich neben ihren Holzfäller-Bräutigam und mahnte Teichmummel, leise zu sein.

Teichmummel saß in der Klemme. Sie konnte das kleine Kind nicht einfach ablegen und fortgehen. Sie musste in Erfahrung bringen, was auch immer ihr diese sonderbare Person über den Aufenthaltsort ihrer Tochter sagen konnte. Und sie konnte deswegen unmöglich eine Hochzeit stören. Also zog sie sich in den hinteren Teil des Tempels zurück und schaukelte den kleinen Jungen hin und her, um ihn zum Lächeln zu bringen. Ein fröhliches Baby erfreut alle Herzen, und sie brauchte jedes bisschen Hoffnung, das sie kriegen konnte.

Sie stellte sich hinter eine Marmorsäule und redete flüsternd mit dem Kind.

»Wenn du doch schon sprechen könntest, kleiner Mann«, flötete sie. »Hast du meine Begonia getroffen? Hast du sie gesehen?«

Das Kind strahlte und kicherte.

»Dann kriegst du heute einen neuen Papa, nicht wahr?«, flüsterte sie. »Gefällt er dir?«

Das Baby strahlte erneut.

»Das ist schön. Deine Mama mag ihn auch, das sieht man gleich.« Sie lächelte und war sich bewusst, dass sie gerade ein Gespräch mit einem Baby führte. »Er ist so hingerissen von ihr, dass er kein Wort herausbekommt. Manche Männer sind so in Gegenwart von Damen. Aber du wirst nicht so sein, mein kleiner Schatz. Hast du verstanden?« Als Antwort brabbelte das Baby vergnügt vor sich hin.

Sie lauschte auf die Worte der Priesterin und des Priesters. Die Zeremonie war fast zu Ende. Der Priester sang das kurze Lied der Liebe, das auf jeder Hochzeit gesungen wurde. Die frisch vermählten Eheleute verbeugten sich voreinander und dann wurden sie aufgefordert, sich zu küssen. Der Holzfäller musste sich ziemlich tief bücken, um die Lippen seiner jungen Braut zu erreichen. Seine Wangen wurden feuerrot. Doch beide wirkten so froh, miteinander verheiratet zu sein, dass Teichmummel unwillkürlich lächeln musste.

»Was geht hier vor?«, begehrte eine laute Stimme zu wissen.

Teichmummel versteckte sich hinter ihrer Säule und hielt das Kindchen fest umklammert. Kaiserliche Soldaten, vier an der Zahl, marschierten in den Tempel. Das laute Stampfen ihrer schweren Stiefel störte den Frieden des geweihten Ortes. Soldaten auf einer Hochzeit? Das war unerhört!

»Habt ihr die vorgeschriebenen Heiratspapiere eingereicht?«, fragte der Anführer. »Habt ihr die Hochzeitssteuer bezahlt?«

Das frisch vermählte Paar und die beiden Priester sahen sich erstaunt an.

»Papiere?«, fragte die Priesterin.

»Welche Steuer?«, wollte die Braut wissen.

»Zwanzig Silberlinge müssen vom Bräutigam erstattet werden für das Privileg, eine der kaiserlichen Untertaninnen ehelichen zu dürfen.«

»Was?«, brüllte der Holzfäller und vergaß seine Schüchternheit.

Der Soldat las eine Schriftrolle vor. Das gebrochene Wachssiegel sah noch ganz neu und frisch aus.

»Zwanzig Silberlinge sind von der Ehefrau für jedes Kind, das sie zur Welt bringt, zu entrichten«, fuhr er fort, »für das Privileg, dem Reich des Kaisers einen neuen Untertan hinzuzufügen.«

»Will der Kaiser denn keine neuen Untertanen?«, fragte die junge Ehefrau.

Der Soldat grinste. »Natürlich will er welche. Und zwar viele.«

Teichmummel schüttelte den Kopf. Das waren unerhörte Steuern! Das Baby in ihren Armen schien ihren Ärger zu spüren und begann zu quengeln. Teichmummel versuchte, ihn zu beruhigen. Womöglich forderten sie ja auch Steuern für schon geborene Kinder.

»Seit wann?«, fragte der Holzfäller herausfordernd. Er war ein großer und kräftiger Mann, der ohne Zweifel mit seiner Axt erheblichen Schaden anrichten konnte, doch er hatte sie nicht dabei. Und diese vier Soldaten waren bis an die Zähne bewaffnet.

»Seit der neue Kanzler sein Amt angetreten hat«, antwortete der Soldat.

»Welcher neue Kanzler?«, wollte der Holzfäller wissen. »Wer auch immer er ist, seine Steuern und Gebühren werden das Reich in den Ruin treiben!«

»Wir Heeresleute mögen ihn sehr gern«, erwiderte der Soldat. »Er hat den Sold jedes einzelnen Soldaten im ganzen Reich verdoppelt. Und wirst du jetzt deine Hochzeitssteuer zahlen oder nicht? Die Summe verdoppelt sich, wenn du nach der Eheschließung zahlst.« Sein Lächeln war äußerst unangenehm. »Aber ich gewähre dir eine Ermäßigung, weil das Gesetz noch so neu ist. Dreißig Silberlinge und wir sind quitt.«

»Aber wir wussten nichts davon«, protestierte die Braut.

»Unwissenheit ist keine Entschuldigung«, wies der Soldat sie zurecht.

Der Holzfäller ballte die Hände zu Fäusten. »Habt Ihr meine Frau gerade als unwissend bezeichnet?«

»Kein Streit im heiligen Tempel!«, rief die Priesterin. »Ihr beleidigt die Ahnen!«

Die Soldaten griffen nach ihren Schlagstöcken.

»Hinaus! Hinaus!«, kreischte die Priesterin.

Die Anwesenden stolperten aus dem kühlen Andachtsraum ins grelle Sonnenlicht. Teichmummel blieb mit dem Kindchen im dunklen Teil des Tempels und spähte beklommen durch die Tür.

»Und, wirst du jetzt zahlen?«, fragte der Soldat. »Oder müssen wir erst einen kleinen Ausritt mit dir machen?«

Der empörte Holzfäller erinnerte Teichmummel an einen wutschnaubenden Bullen.

»Ich kann nicht zahlen«, schrie er. »Und selbst wenn ich's könnte, würd ich's nicht tun!«

»Nehmt ihn fest«, ordnete der Soldat an. »Ein paar Tage im Kerker, und er wird sich beruhigen.«

Der Holzfäller kämpfte tapfer und verpasste seinen Widersachern ein paar Kinnhaken und Fausthiebe, nach denen sie wackelnde Zähne und blaue Augen davontrugen. Doch am Ende konnte er gegen ihre Waffen nichts ausrichten und er war zu jung und lebensfroh, um sterben zu wollen. Sie fesselten seine Handgelenke auf dem Rücken und schubsten ihn in Richtung Straße. Mit hängenden Schultern warf er einen letzten, wehmütigen Blick auf seine frisch angetraute Frau in ihrem hübschen bunten Kleid.

Die Häscher verschwanden mit ihrem Gefangenen hinter der Hügelkuppe. Teichmummel wagte sich aus dem Tempel und legte den Arm um die verlassene Braut.

»Noch eine kurze Ehe«, seufzte sie. »Das scheint mein Schicksal zu sein.« Sie nahm ihren kleinen Jungen auf den Arm, der sich glücklich an seine Mutter schmiegte. Armes Würmchen. Er wusste nichts von dem, was gerade geschehen war.

»Nun«, fuhr sie fort, »es ist, wie es ist. Und meine Pläne für heute kann ich vergessen. Ich wollte meinem neuen Ehemann eine schöne Hühnersuppe kochen. Aber das hat jetzt ja keinen Sinn mehr, nicht wahr?«

Teichmummel schüttelte den Kopf. »Willst du nicht versuchen, deinen Mann aus dem Gefängnis zu holen?«

»Ist schon jemals irgendwer aus dem Kerker herausgekommen?«, erwiderte sie traurig. »Natürlich würde ich ihn gerne herausholen, aber ich habe nicht mal einen halben Silberling.«

Teichmummel hatte die Frau eben erst kennengelernt, doch nach dem, was sie gerade mit angesehen hatte, hegte sie eine schwesterliche Zuneigung für sie.

»Es ist ein schreckliches Gefühl, einem geliebten Menschen nicht helfen zu können.« Teichmummel dachte an Begonia und Tränen stiegen ihr in die Augen.

Die Frau schaute Teichmummel mitfühlend an. »Ihr habt Angst um Eure Tochter«, stellte sie fest. Dann nahm sie die Schultern zurück und stellte sich gerade hin. »Wir sind uns begegnet und haben denselben Weg. Zur Hauptstadt Lotus geht es da lang und dort ist auch Eure Tochter. Ich helfe Euch, sie zu suchen. Kommt schon. Lasst uns gehen. Hier. Nehmt mein Kind.«

18

EIN ZIRKUSDIREKTOR UND EIN HEIMTÜCKISCHER PLAN

Poka, Direktor von Pokas Kuriositäten-Karneval, schwang eines seiner in polierten Stiefeln steckenden Beine über den Rücken seines Pferdes und sprang auf den Boden.

Er war korpulent und kräftig, mit breitem, glänzendem Gesicht und einem zahnreichen Lächeln. Über seinem eindrucksvollen Bauch spannte sich eine violett gestreifte Weste. Darüber trug er eine leuchtend blaue Jacke und feuerrote Hosen. Er zog seinen Zylinder vor den Neuankömmlingen und rieb sich die Hände. Mit dem Pferd am Zügel näherte er sich Begonias Gruppe.

»Ich weiß, was das ist«, rief er. »Das ist ein Sprauß. Was für ein Prachtexemplar! Hab Bilder von ihnen in Büchern gesehen, aber noch keinen in natura. Bei den Tempelglocken, er ist riesig. Seht euch diese Beine an! Es heißt, dass der Kaiser einige Exemplare in seiner privaten Menagerie hält«, raunte er hinter vorgehaltener Hand. »Was gäb ich darum, mir das mal anzuschauen. Und Eintrittskarten dafür zu verkaufen. Ha! Ha!«

»Das ist kein Sprauß, sondern ein Strauß«, verbesserte Begonia ihn.

Er tätschelte ihren Kopf, als wäre sie ein Pudel. »Du sprichst mit Poka, dem Experten für seltene und merkwürdige Tiere. Wenn ich sage, dass es sich um einen Sprauß handelt, dann ist es ein Sprauß. Verstanden?«

Sturmwolke fauchte Poka an und Begonia hätte es ihr am liebsten gleichgetan.

Poka nahm die Gruppe in Augenschein. »Da steckt eine spannende Geschichte dahinter. Da bin ich mir ganz sicher«, mutmaßte er. »Was sollte einen Sprauß dazu bewegen, einen Reiter zu tolerieren? Warum folgt diese Kuh dem Vogel? Und warum laufen diese beiden Waisenkinder hinterdrein?«

Begonia sagte nichts. Poka hatte keine Antwort verdient. Ausnahmsweise blieb auch Key stumm. Schnuppi trieb seinen Strauß an, und die Gruppe zog weiter. Doch Poka ließ sich nicht so leicht abschütteln und blieb mit seinem Pferd an ihrer Seite.

»Mein Herr«, wandte er sich an Schnuppi, »Ihr scheint die Verantwortung zu haben. Wer mögt Ihr sein? Und sagt mir, wie viel verlangt Ihr für den Sprauß?« Er langte in seine blaue Jacke und zog einen kleinen schwarzen Samtbeutel hervor. »Ich gebe Euch fünfzehn Goldtaler dafür.« Begonia hörte das Klirren schwerer Münzen, ein Geräusch, das sie bislang kaum jemals vernommen hatte. Sie kannte höchstens das Geklimper kleiner Silberlinge und selbst das bekam sie nur selten zu hören.

Schnuppi legte den Kopf in den Nacken und ritt weiter. In dieser Situation war Begonia froh über seine Hochnäsigkeit.

»Ein Familienhaustier, nehme ich an«, mutmaßte Poka und trottete neben ihm her. »Von sentimentalem Wert. Also schön.« Er zog eine weitere, dickere Börse aus einer verborgenen Tasche. »Nennt Euren Preis.«

»Ihr verschwendet Eure Zeit«, wies Begonia ihn zurecht. »Er mag keine Menschen.«

»Aber mich mag jeder«, protestierte Poka. »Ich bin der Mann, der Millionen zum Lächeln bringt!«

Poka stellte sich dem Strauß in den Weg. Dumm von ihm, dachte Begonia. Sein Gesicht war rot angelaufen und glänzte vor Schweiß, doch immer noch strahlte er Schnuppi an und zeigte ihm seine vielen Zähne.

»Ich sage Euch, mein Herr, es ist geradezu selbstsüchtig, ein solch einmaliges Exemplar ganz für sich allein zu behalten, wo es doch die Hauptattraktion in Pokas Kuriositäten-Karneval sein und Jung und Alt im ganzen Kaiserreich erfreuen könnte. In Pokas Karneval würde er besser behandelt als der Kaiser. Er wäre der Ballkönig, der Star der Tierschau, die Pflaume im Pflaumenkuchen meiner Mutter. ›Pokas preisgekrönter Sprauß‹, werden wir ihn nennen. Ich lasse das Schild mit großen, orangefarbenen Buchstaben malen, mit schwarzem Rand. Also, lasst uns das Geschäft abschließen.«

Als Schnuppi keine Antwort gab, sah Poka den Rest der Gruppe an.

»Hört zu. Ich gebe sogar noch was obendrauf für die Kuh

und die beiden Bälger. Ich nehme sie Euch ab. Dann könnt Ihr als sorgenfreier Mann mit den Taschen voller Silbermünzen von dannen ziehen.«

»Wir sind nicht zu verkaufen!«, schrie Begonia. »Lasst uns endlich in Ruhe!«

»Ein temperamentvolles Ding!«, rief Poka begeistert. »Die kann ich gut gebrauchen. Sie kann die Eintrittskarten verkaufen und aufpassen, dass sich niemand ohne Karte in die Vorstellung schleicht.«

Schließlich gewann Schnuppis Abscheu gegen Poka die Oberhand über sein hochnäsiges Schweigen. »Aus dem Weg mit dir, du … du Krämer«, schnarrte er mit spöttischer Stimme. »Hinfort!«

Begonia hätte Schnuppi am liebsten zugejubelt. So weit war es schon gekommen.

»Ich glaube, Ihr habt gar keinen Karneval oder Zirkus«, sagte sie. »Wo soll er denn sein?«

»Er folgt mir nach, eine halbe Meile hinter uns«, erklärte Poka. »Es dauert sehr lange, all die Spelefanten und Spaßhörner durch die Gegend zu treiben. Aber bei Pokas Kuriositäten-Karneval reisen sämtliche Stars und Attraktionen mit Stil und Eleganz – vom menschenfressenden Tiger bis zur bärtigen Tänzerin.«

»Tritt zur Seite, du vulgärer Schausteller, und lass uns passieren«, befahl Schnuppi. »Wir lassen uns von einem wie dir nicht aufhalten.«

Pokas zahnreiches Grinsen schwand dahin und ein boshaftes Glitzern trat in seine Augen, während er die Geldbeutel zurück in die Taschen schob. »Wie Ihr wünscht, wie es Euch gefällt«, säuselte er und rieb sich erneut die Hände. »Poka lebt nur, um andere zu erfreuen.«

In diesem Moment reckte der Strauß den Hals und Alfalfa hob schnüffelnd den Kopf.

Zuerst nahm Begonia nichts von dem wahr, was die Tiere bemerkt hatten. Dann hörte sie entferntes Hufgetrappel, das mit jeder Sekunde lauter wurde.

»Euer Karneval reist schnell«, stellte Key fest.

Poka musterte den Strauß von allen Seiten. Geschwind zog er ein Lineal hervor und vermaß die Beine des Vogels. »Das ist nicht mein Karneval. Nur Soldaten reiten so schnell.«

Schnuppi erstarrte. Furcht umwölkte seine Gesichtszüge. Er lenkte den Strauß von der Straße weg in den Wald. Alfalfa folgte ihnen. Begonia und Key versteckten sich im Unterholz, um zu beobachten, was geschah.

Die Hufschläge wurden lauter und näherten sich im schnellen Galopp. Vier Pferde kamen in Sichtweite. Ihre Reiter verlangsamten das Tempo, als sie Poka und sein Pferd am Straßenrand erblickten. Die Reiter trugen schwarze Helme und die roten Tuniken der kaiserlichen Garde sowie Schlagstöcke und Kurzschwerter am Gürtel.

»Seid gegrüßt, gute Herren«, rief Poka ihnen zu.

»Gehörst du zu dem Wanderzirkus, den wir gerade überholt haben?«, fragte einer der Soldaten.

Poka verbeugte sich. »Jawohl. Mein Name ist Poka, Direktor von Pokas Kuriositäten –«

»Wir suchen nach einem Ausreißer«, bellte der Soldat. »Der Schurke hat unseren Kaiser entführt!«

Begonia erschrak. Ein gewalttätiger Entführer, der sich in dieser Gegen herumtrieb?

»Nein!« Poka nahm den Hut ab und drückte ihn an seine Brust. »So kurz vor seinem großen Geburtstag? Wie grauenvoll!«

Ein anderer Soldat entrollte ein Pergament. »Wir haben gerade Anweisungen vom Palast erhalten. Hier ist eine Beschreibung von ihm. Mal sehen, was da steht.« Der Soldat, der offenbar nicht der beste Leser war, fuhr mit seinem dicken Zeigefinger die Linien entlang. »Ein kleiner, schmächtiger Mann.«

In ihrem Versteck zwischen den Büschen fing Key an zu kichern. »Klingt nach Schnuppi.«

»Sch.«

»Wo war ich noch gleich. Ach ja, ›garstiges Wesen‹.«

Key stieß Begonia den Ellbogen in die Rippen. »Noch eine Übereinstimmung!«

»Sei still!«

»Schmales Gesicht«, fuhr der Soldat fort. »Langer Schnauzbart.«

Key biss sich in die Hand, um nicht laut loszulachen. »Ist das nicht lustig?« Er schnaufte. »Sieht so aus, als wären wir mit einem Entführer und seinem Strauß unterwegs, was?«

Begonia warf ihm einen grimmigen Blick zu.

»Ein Entführer mit seinem Strauß«, wiederholte Key. Er zog die Brauen hoch und seine Augen schienen beinahe aus ihren Höhlen zu treten. »Ein Entführer und sein Strauß? Ein ›kleiner, hässlicher, garstiger Mann‹. Ihr glaubt doch nicht etwa …?«

Begonia hielt Key den Mund zu, bevor er weiterreden konnte. »Sei still und beruhige dich«, befahl sie. »Ein gefährlicher Entführer? Ich bitte dich! Er ist nichts weiter als ein zu groß geratenes Kleinkind!«

»Ja, aber …«

Begonia sah, wie Poka sich am Kinn kratzte. »Es gibt viele kleine Männer mit Schnauzbärten«, sagte sie.

»Und mit garstigem Wesen?«

»Vielleicht sind Schnauzbartträger immer garstig.«

Auf der anderen Straßenseite setzte Poka sich den Hut wieder auf den Kopf. »Werte Herren«, sprach er die Soldaten an. »Ich bin so froh, dass Ihr hier seid. Zu denken, dass ich geradeso mit dem Leben davongekommen bin. Das zeigt mal wieder, dass man niemandem trauen kann. Derselbe Mann, nach dem ihr sucht, hat gerade einen wertvollen Sprauß aus meinem Karneval entführt. Hat mich mit seinem Messer bedroht! Ich habe ihn abgewehrt, aber er war bösartig. Meine Tiere sind mein Ein und Alles, also bin ich ihm nachgeritten. Diese Sprauße können unglaublich schnell rennen. Der Entführer ist gerade in den Wald geflohen.«

Er deutete genau auf die Stelle, wo Begonia und Key sich zwischen den Büschen versteckt hielten.

»Dieser verlogene Schuft!«, zischte Begonia.

»Danke«, riefen die Soldaten. »Wir werden ihn einfangen!«

»Aber verletzt bloß nicht meinen Sprauß!«, schrie Poka.

Die Soldaten gaben den Pferden die Sporen und ritten Richtung Wald. »Wie sieht denn ein Sprauß eigentlich aus?«, rief einer von ihnen.

»Das erkennt ihr schon!«, versicherte Poka ihm. »Ich zähle darauf, werte Herren, dass Ihr mir für meine wertvolle Hilfe meinen Riesenvogel wohlbehalten zurückbringt!«

Die Soldaten erreichten den Wald.

Begonia und Key machten sich so klein wie möglich und hielten den Atem an.

Die Soldaten blieben kurz stehen und überlegten, in welche Richtung sie reiten sollten.

»Seht mal, da sind Spuren«, rief einer dem Anführer zu.

»Die müssten von einer Kuh stammen«, mutmaßte sein Kamerad.

Der Erste schüttelte den Kopf. »Nein, ich meine diese da.«

Ein anderer Soldat pfiff erstaunt. »›Riesenvogel‹, hat er gesagt? Das muss ja ein Untier sein!«

»Der Vogel kann nicht so gefährlich sein wie jemand, der es schafft, sich an den Wachen vorbei durch den Palast zu schleichen und den Kaiser zu entführen«, sagte der Anführer. »Folgt der Spur.«

Sekunden später waren sie verschwunden.

19

Zwei schlechte Geschäfte

»Arme Alfalfa«, jammerte Begonia. »Was werden sie mit ihr machen?«

»Sie in Ruhe lassen, denke ich«, sagte Key. »Es sind Schnuppi und der Sprauß, äh, Strauß, die in Gefahr sind. Aber vielleicht sind die Soldaten ja selbst in Gefahr, falls Schnuppi der Entführer ist, meine ich …«

»Hörst du wohl damit auf? Er könnte nicht mal eine Kakerlake entführen, die ihm vor die Füße krabbelt.«

»Nichts gegen Kakerlaken!«, wandte Key ein. »Ich habe mich eine ganze Weile von ihnen ernährt. Sie sind recht knusprig, obwohl ich Fleischbällchen jederzeit vorziehen würde, wenn ich die Wahl hätte. Wenn ihn diese Soldaten für den Entführer halten, werden sie ihn bis ans Ende seiner Tage im kaiserlichen Kerker verrotten lassen.«

Begonia dachte nach. Hatte ein Rüpel wie Schnuppi es nicht verdient, eine Weile im Kerker zuzubringen? Ein, zwei Wochen da drinnen, würden ihm sicher guttun.

Doch wenn die Gerüchte über den Kerker stimmten,

würde er dort weitaus länger schmoren als ein, zwei Wochen.

»Wenn die Soldaten Schnuppi wegschaffen und den Strauß Poka überlassen«, dachte sie laut, »dann kann ich Alfalfa mit nach Hause nehmen und diesen ganzen Unsinn vergessen.«

Key musterte sie skeptisch. Sein kritischer Blick störte sie. Doch je mehr sie versuchte, ihn zu ignorieren, desto unerbittlicher starrte er sie an.

Seine stumme Missbilligung trieb sie in den Wahnsinn. »Was willst du?«, herrschte sie ihn an.

»Seid Ihr wirklich sicher, dass Schnuppi kein Entführer sein könnte?«

»Ganz sicher.«

Key durchbohrte sie förmlich mit seinem Blick. »Wirklich ganz, ganz sicher?«

Sie verschränkte die Arme vor der Brust. »So sicher, dass ich meine beste Legehenne darauf verwetten würde.«

Traurig schüttelte er den Kopf. »Ein Romantiker will ein Fräulein in Nöten unter gar keinen Umständen noch mehr betrüben, also bitte verzeiht mir, wenn ich frage. Aber wie um alles in der Welt könnt Ihr all dem tatenlos zuschauen?«

Sie konnte nicht antworten. Und sie mochte ihm nicht in die Augen schauen.

»Hast du dich wirklich von Kakerlaken ernährt?«, fragte sie. »Das ist ekelhaft.«

»Lenkt nicht vom Thema ab.«

Von der Straße hörten sie das Quietschen und Rumpeln

einer Wagenkarawane. Tiergeräusche wehten herüber. Lautes Gebrüll und schrilles Trompeten.

»Der Zirkus«, sagte sie. »Dieser Mistkerl Poka! Lässt sich von den Soldaten dabei helfen, Schnuppis Strauß zu stehlen. Was für eine bodenlose Frechheit!« Sie seufzte. Es ärgerte sie über alle Maßen, zugeben zu müssen, dass Key recht hatte. »Also gut, du Ausbund an Edelmut, lass uns versuchen, Schnuppi zu helfen, wenn es nicht schon zu spät ist.«

Sie verließen ihr Versteck und stürmten durch den Wald. Begonia bezweifelte, dass sie die Pferde der Soldaten einholen konnten, doch bald hörten sie in der Nähe ein paar männliche Stimmen.

»Äh, Begonia«, rief Key ihr zu. »Was ist unser Plan?«

Sie sprang über einen am Boden liegenden Ast und rannte weiter. »Woher soll ich das wissen?«

Bald trafen sie auf Schnuppi, den Strauß und Alfalfa, umringt von Soldaten, die sich über den Anblick der Kinder zu wundern schienen.

Alfalfa muhte, der Strauß brüllte, und Schnuppi bombardierte die Männer mit Befehlen und Beleidigungen, doch sie schlossen ihren Kreis nur noch enger um ihn und griffen nach den Stricken, die sie am Sattel trugen.

»Ich könnte schwören, dass ich dein Gesicht schon mal irgendwo gesehen habe«, sagte einer der Soldaten und nahm Schnuppi ins Visier. »Aber auf den zweiten Blick bin ich mir wieder nicht so sicher.«

»Ein Mistkerl wie du hatte sicher schon öfter Ärger mit dem Gesetz«, vermutete der Hauptmann.

Schnuppis Gesicht war so schmutzig, dass ihn nicht mal sein eigener Spiegel wiedererkennen würde, dachte Begonia und beschloss, sich in das Gespräch einzumischen. »Onkel Schnuppi! Da bist du ja!«, quiekte sie. »Wir haben dich schon den ganzen Morgen gesucht, Onkel Schnuppi!« Sie zwängte sich durch den Kreis von Soldaten und umschlang seinen Fußknöchel. Einen anderen Körperteil bekam sie nicht zu fassen, da er immer noch auf dem Straußenrücken hockte.

Sie sah die Soldaten an. »Ich bin Begonia und das ist mein, äh, mein Cousin Key. Das ist meine Kuh Alfalfa. Aber was habt Ihr mit meinem Onkel Schnuppi vor?«

Noch nie zuvor hatte sie so viele Worte zu einer Gruppe von Erwachsenen gesprochen – einer Gruppe von Soldaten noch dazu. Allein im Wald stand sie der halben kaiserlichen Armee gegenüber.

Nun, der halben Armee vielleicht nicht. Aber immerhin.

»Fort mit dir, kleines Mädchen«, sagte der Anführer. »Wir nehmen diesen Mann in Haft.«

Sie schluckte ihre Angst herunter. »Aber warum?«

Der Anführer saß ab und lockerte seinen Strick. »Wegen der Entführung des Kaisers.«

»Der Kaiser wurde entführt?«, keuchte Begonia. »So kurz vor seinem Geburtstag? Wie schrecklich!«

»Es ist wahr«, bestätigte der Hauptmann und deutete auf Schnuppi. »Und das ist der Unhold, der es getan hat. Wir haben Zeugen, die es beweisen. Vertrauenswürdige Palastbeamte.«

»Was sagt ihr da?«, schrie Schnuppi außer sich vor Zorn. »Entführt … der … der …«

»Der Kaiser«, schnauzte der Hauptmann. »Du hast mich gehört.«

Schnuppi lachte verbittert. »Absurd!«

»Ja, absurd«, bestätigte Begonia. »Onkel Schnuppi könnte nicht mal eine Ente entführen.«

»Könnte ich wohl«, widersprach Schnuppi.

»Aber wenn er den Kaiser entführt haben soll, wo ist der Kaiser denn dann?«, hakte Begonia verzweifelt nach. »Hätte er sich dann nicht irgendwo mit ihm versteckt halten müssen?«

Der Hauptmann winkte ab. »Wir haben unsere Befehle. Wir müssen uns nicht vor dir rechtfertigen.«

Begonia überlegte kurz. Sie hatte keine Übung im Lügen. »Unser Onkel Schnuppi ist gestern mit uns in Zweimühlen aufgebrochen, seitdem sind wir zusammen unterwegs. Wir haben den Kaiser ganz gewiss nicht gesehen. Ich plane, diese Kuh zu verkaufen, und er …« Sie zerbrach sich den Kopf. »Er reitet seinen neuen Strauß zu.«

»Sprauß«, korrigierte einer der Soldaten. »Und soweit wir wissen, hat er auch diesen Vogel entführt. Glaub nicht, du kannst uns an der Nase herumführen.«

Schnuppi machte riesengroße Augen.

»Er hat ihn nicht gestohlen«, meldete Key sich zu Wort. »Onkel Schnuppi besitzt diesen Strauß schon lange.«

Der Hauptmann lachte gehässig. »Aber ich dachte, das Mädchen hat gesagt, es wäre sein *neuer* Strauß?«

Begonia lehnte sich an den Strauß, um Trost zu suchen. Doch der hirnlose Vogel hatte keinen zu bieten.

»Ihr zwei haltet euch wohl für sehr klug, nicht wahr?«, sagte der Hauptmann. »Nun, was erscheint euch logischer? Dass ein großer, exotischer Vogel einem berühmten Wanderzirkus gehört? Oder den drei schäbigsten Herumtreibern, die jemals den Boden des Reiches besudelt haben? Sagt es mir!«

Er hatte recht. O, dieser niederträchtige Poka! Niemand würde glauben, dass der Strauß nicht ihm gehörte.

»Von Logik verstehe ich nichts«, erklärte sie mit fester Stimme, »aber das ist der Vogel meines Onkels. Schäbig hin oder her.«

Schnuppi schüttelte den Fuß, den Begonia noch immer umklammert hielt, und verzog angewidert das Gesicht. »Wie kannst du es wagen, mich anzufassen?«

Sie war fassungslos. »Wieso … ich …«

»Der neue Kanzler wird euresgleichen nicht länger dulden«, fuhr der Hauptmann fort. »Er ist genau der Richtige, den das Reich braucht. Der Alte war zu nachsichtig: zu nachsichtig gegenüber dem Verbrechen und dem Gesetz. Zu nachsichtig mit Gesindel wie euch. Der Neue sorgt für saubere Verhältnisse! Das wird er tun, unser neuer Kanzler!«

Schnuppi sah sonderbar aus. Begonia hatte das Gefühl, als wäre er plötzlich ganz grün im Gesicht, aber vielleicht lag es nur an den Blättern des Waldes.

»Was sagt Ihr da?« Er leckte sich die trockenen Lippen. »Welcher neue Kanzler?«

»Herzog Baxa«, erwiderte der Hauptmann. »Er hat jetzt die Macht. Der alte Kanzler regierte das Reich seit dem Tod des alten Kaisers. Doch jetzt haben wir einen, der seine Macht einzusetzen weiß.« Er lächelte. »Jeder weiß, dass der junge Kaiser nicht mal eine Kinderparade anführen könnte, und schon gar kein mächtiges Reich.« Die anderen Soldaten brüllten vor Lachen.

Schnuppis Gesicht wurde weiß wie die Wand. »Was haben sie mit dem alten Kanzler gemacht?«

»Keine Ahnung. Wen kümmert es?«, sagte der Hauptmann. »Vielleicht ist das Fossil ja gestorben.«

Begonia hätte es nicht für möglich gehalten, aber in Schnuppis Augen spiegelte sich etwas Ähnliches wie Mitgefühl. Vielleicht Besorgnis um einen anderen Menschen.

Dann lief sein Gesicht vor Zorn rot an. Er rutschte rückwärts vom Rücken des Straußes und landete mit dem Hinterteil im Moos. Nach der etwas plumpen Landung rappelte er sich hoch und baute sich stolz vor den Soldaten auf.

»Dann verhaftet mich«, befahl er. »Und bringt mich zu dem neuen Kanzler.«

Key fehlten die Worte und Begonia war wie vom Donner gerührt, kam jedoch schnell wieder zur Besinnung.

»Onkel Schnuppi! Onkel Schnuppi!«, heulte sie und hoffte, dass es überzeugend klang. »Verlass uns nicht! Warum lässt du dich von diesen Männern gefangen nehmen, wenn du weißt, dass du unschuldig bist?«

Er winkte Begonia beiseite. »Ich habe meine Gründe. Geht nach Hause.«

»Was ist mit deinem Strauß?«, fragte Key, als die Soldaten Schnuppis Hand- und Fußgelenke fesselten.

»Ach ja.« Schnuppi räusperte sich. »Hört zu, ihr Waffenmänner. Dieser Strauß … autsch! Nicht so fest, ihr Grobiane! Dieser Strauß, er ist mir lieb und teuer geworden. Ich wünsche, dass auch er zu dem neuen Kanzler gebracht wird.« Beim letzten Wort knirschte er mit den Zähnen, bis einer der Soldaten ihm einen schmierigen Knebel in den Mund schob und ihn mit einem Tuch fixierte.

»Das bringt ihn eine Weile zum Schweigen.« Ein Soldat schwang ihn mühelos auf sein Pferd. Mit dem Gesicht nach unten hing er wie ein Sack Weizen auf dem Pferderücken. »Der neue Kanzler ist zu beschäftigt, um sich mit dir herumzuplagen. Du wirst für einen längeren Aufenthalt in den kaiserlichen Kerker gebracht.«

Bei diesen Worten riss Schnuppi panisch die Augen auf. Er reckte sich hoch und versuchte vergeblich, sich vom Pferd gleiten zu lassen. Aus seinem zugebundenen Mund drangen gequälte Laute. Verzweifelt starrte er Begonia und Key an, doch der Knebel hinderte ihn am Sprechen.

Die Soldaten lenkten die Pferde zurück zur Straße. Sie waren schon fast außer Sichtweite, als der Letzte von ihnen innehielt.

»Herr Hauptmann? Sollten wir dem Zirkusmann nicht seinen Sprauß zurückbringen?«

»Lass ihn sein Viech doch selber suchen!«, lautete die Antwort des Hauptmanns aus der Ferne.

Key und Begonia blieben allein auf der kleinen Lichtung

zurück. »Was sollte das gerade?«, platzte Begonia heraus. »Da wollen wir ihm helfen, und Schnuppi behandelt uns wie den letzten Dreck!«

»So ist er eben«, erwiderte Key. »Begonia …?«

»Warum um alles in der Welt bittet er um seine Verhaftung?«, fuhr sie fort. »Er ist ein Schwachkopf! Ein Volltrottel! Mir egal, dass er alt genug ist, um sich einen lächerlichen Schnauzbart wachsen zu lassen. Er ist ein verwöhntes Kleinkind und hat unsere Hilfe nicht verdient.«

»Eine treffende Einschätzung seines Charakters«, kommentierte Key, »die ich zu jedem anderen Zeitpunkt faszinierend finden würde, glaubt mir. Aber zuerst muss ich Euch auf etwas hinweisen. Die Tiere sind schon wieder fort.«

Sie zuckte zusammen und schaute sich suchend nach dem entlaufenen Strauß und seiner liebeskranken Kuh um, doch wieder waren die beiden verschwunden.

Sie sank auf einen am Boden liegenden Baumstamm. »Warum muss alles Schlechte immer mir passieren?«, klagte sie. »Warum kann ich nicht einfach meine Kuh wiederfinden und nach Hause gehen?«

Key setzte sich neben sie.

»Ich möchte keine Haarspalterei betreiben«, sagte Key. »Aber der Preis für das Schlimmste, was einem passieren kann, geht eindeutig an Schnuppi.«

»Er hat es nicht anders verdient«, brummte Begonia.

»Zweifellos.« Er klopfte ihr auf die Schulter. »Kopf hoch. Mit einem Spezialisten an Eurer Seite, der sich auf das Aufspüren verloren gegangener Sachen versteht, werden wir die Tiere ganz schnell wiederfinden. Wir folgen einfach ihren Spuren.«

»Zu spät«, rief eine Stimme hinter ihnen.

Um sie herum wurde es düster. Grobes, kratziges Sackleinen wurde über Begonias Gesicht gezogen und verdeckte die Sonne. Kräftige Arme umfassten ihre Taille.

Sie riss und zerrte und kämpfte gegen den Sack, den man ihr übergestülpt hatte, doch ihr Fänger war stark. Sie schrie, und als sie innehielt, um Luft zu holen, hörte sie Key ebenfalls schreien.

Der Entführer schwang Begonia über seine Schulter und stapfte durch den Wald. Ihre Gedanken überschlugen sich. Was würde geschehen? Armer Key! Armes Mummelchen und arme Lilly, die nie erfahren würden, was aus ihr geworden war.

Begonia versuchte, irgendetwas durch das Sackgewebe zu erkennen. Sie sah ein klein wenig Licht, und wenn sie die Augen zusammenkniff, konnte sie ganz verschwommen den Waldboden erahnen. Als sie helleres Licht und einförmiges Grau zu ihren Füßen erblickte, wusste sie, dass sie die Straße erreicht hatten. Wer auch immer sie durch die Gegend geschleppt hatte, stellte sie auf die Füße, doch ihre Knie waren so wackelig, dass sie beinahe gestürzt wäre.

Fremde Hände rissen ihr den Jutesack vom Kopf. Blinzelnd schaute sie in das grelle Sonnenlicht. Key stand mit wild zerzausten Haaren neben ihr. Sie wurden von kräftigen Männern in schmierigen Kitteln und kurzen Hosen bewacht. Vor ihnen befand sich ein geschlossener Wagen, grün gestrichen und mit roten Buchstaben bemalt. Die Fenster waren vergittert.

»Ihr hättet mich fast um meinen Sprauß gebracht«, ertönte Pokas Stimme.

Sie drehten sich um. Da war er, mit blank polierten Stiefeln, roten Hosen und glänzendem Gesicht. Sein breites Grinsen war alles andere als freundlich. Neben ihm befanden sich die Beine und der Körper von Schnuppis Strauß, aber kein Kopf. Begonia war entsetzt. Was hatten sie ihm angetan? Dann sah sie, dass man dem Riesenvogel ebenfalls einen Sack über den Kopf gestülpt hatte. Er war am Leben, aber ein Gefangener, genau wie sie. Von Alfalfa fehlte jede Spur.

»Willkommen im Karneval«, erklärte Poka. »Das passiert mit Leuten, die sich mit Poka anlegen. Ab in den Tigerkäfig mit euch.«

Begonia schrie auf. Die schmutzigen Männer packten sie und Key bei den Ellbogen und schubsten sie in den Käfig.

»Hände weg von Fräulein Begonia, ihr Schurken!«, schrie Key.

Pokas Zähne blitzten auf. »Mein Tigerbändiger wurde letzte Woche gefressen, aber ihr zwei werdet ihn gut ersetzen.« Er warf ihnen einen verschlagenen Blick zu. »O, keine Angst. Im Moment ist kein Tiger im Käfig. Er ist beim Tierarzt und erholt sich von seinen Bauchschmerzen, aber er wird bald zurück sein.«

Sturmwolke tauchte aus dem Nichts auf und schoss wie ein grauer Blitz durch die offene Käfigtür. Poka zog einen

Schlüsselbund hervor und schloss sie ein. Begonia hörte, wie das Schloss einrastete.

Lachend gab Poka dem Wagenführer ein Zeichen, worauf dieser seine Peitsche knallen ließ. Der Wagen ruckelte los und Begonia und Key purzelten zu Boden.

20 

WAS EIN ENTERICH HÄTTE SEHEN KÖNNEN

Die Zirkuskarawane rumpelte gemächlich die Straße entlang. Ein Stück davor trabten kaiserliche Soldaten triumphierend über das holperige Pflaster, um einen verzweifelten Gefangenen zum schimmernden Palast ihrer Hauptstadt Lotus zu bringen.

Hoch über der Straße, auf der sich so viele seltsame Dinge zugetragen hatten, schoss ein bunt schillernder Enterich in geschwungenem Bogen vom Himmel herab und landete auf einem Ast, hinter dem sich die Baumhöhle befand, die sein Weibchen als Nistplatz gewählt hatte.

Ein anderes männliches Tier landete auf demselben Ast. Der bunt gefiederte Enterich schien nichts dagegen zu haben. Bei diesem männlichen Neuankömmling handelte es sich definitiv weder um einen Enterich noch um einen Raubvogel.

Ein Begleiter tauchte an der Seite des Neulings auf. Ein Weibchen? Selbst wenn er hingeschaut hätte, hätte der Enterich es nicht sagen können. Enten sahen doch alle gleich aus. Doch der Ast schaukelte und senkte sich nicht unter dem Gewicht der beiden Ankömmlinge. Wäre der Erpel naturwissenschaftlich begabt gewesen, hätte ihn dies vielleicht beunruhigt.

»Da seid Ihr ja«, flötete der zuletzt angekommene Vogel dem anderen ins Ohr. »Ich habe Euch gesucht. Wie ist denn heute Euer wertes Befinden, mein Schätzchen?«

Das männliche Tier blieb stumm.

Der weibliche Vogel holte tief Luft. »Wegen gestern«, begann sie. »Ich habe meine Worte übereilt gewählt. Ich bin immer noch der Meinung, Ihr hättet Euch nicht in die Angelegenheiten meiner Begonia einmischen sollen. Aber ich mag keinen Streit zwischen Freunden. Ich habe beschlossen, Euch zu vergeben.«

Mittlerweile hatten beide Neuankömmlinge menschliche Gestalt angenommen. Der alte Herr zog seine runde Brille auf die Nasenspitze und betrachtete seine Gefährtin über den Rand der Gläser.

»Eure Aufmachung kleidet Euch übrigens fantastisch!«, verkündete die alte Dame fröhlich. »Große Brille. Blaue Weste. Geflochtener Bart. Also mir gefällt's!«

Der alte Herr zog ein finsteres Gesicht. »Ihr seht aus wie eine schrumpelige Dörrpflaume.«

Sie winkte ab. »Dörrpflaumen sind nun mal verschrumpelt.« Sie stieß ihm den Ellbogen in die Rippen. »Hat Euer Kaiser schon seine Lektion gelernt?«

Keine Antwort.

»Warum zieht Ihr so ein Gesicht?«, fragte sie. »Bei dem

Anblick haben Eure Feinde in der Schlacht sicher freiwillig Reißaus genommen!«

In ihrem versteckten Nest stieß die grau gefiederte Partnerin des Erpels ein paar Quaklaute aus, woraufhin er über den Ast watschelte, um ihr den zappelnden Krebs zu überbringen, den er fürs Abendessen gefangen hatte. Sie zerbiss ihn mit dem Schnabel und schlang ihn voller Begeisterung herunter, was das Herz des werdenden Vaters mit Stolz und Freude erfüllte.

Am anderen Ende des Astes gestalteten sich die Beziehungen zwischen Männlein und Weiblein weniger harmonisch.

»Verschwindet«, murrte der gewichtslose Mann in der blauen Weste. »Ich bin beschäftigt.«

»Womit?«

»Ich muss nachdenken.«

»Eine bedeutsame Tätigkeit, die ich nur empfehlen kann. Aber sagt mir ganz ehrlich, wie entwickelt sich Euer Vorhaben? Hat die Einmischung dem Kaiser zu mehr Weisheit verholfen? Steht es besser um Camellion?«

»Das würde es, wenn Ihr nicht wärt«, meinte er knurrend.

»Wie bitte?«

»Das Mädchen. Ihre Kuh. Der Junge. Die Katze.«

Sie zog einen Schmollmund. »Was ist mit ihnen?«

»Ihr findet es amüsant, unschuldige Kinder und Tiere auf den Plan zu rufen. Aber dadurch bringt Ihr sie in Gefahr, versteht Ihr?«

Die zerbrechliche alte Frau zog einen Holzlöffel aus dem

Ärmel und verpasste dem Mann einen Schlag auf die Hand. »Wer hatte denn die Idee mit dem Strauß? Aber nur, dass Ihr es wisst, sturer alter Ziegenbock, ich schicke Hilfe.«

»Geht und helft jemand anderem!«

»Und ich behalte alle gut im Auge. Euer kleiner Plan wird dazu führen, eine stolze, uralte Dynastie ins Wanken zu bringen und die Geschicke des Reichs in die Hände von Verrätern zu legen.« Damit verließ sie den Ast und schwebte vor dem Gesicht des alten Mannes in der Luft.

Hätte der Erpel dies gesehen, hätte er sich gefragt, wo ihre Flügel waren.

Als der alte Herr keine Antwort gab, ließ sie den Holzlöffel auf sein Knie niedersausen. »Hört zu! Das ganze Reich ist in Gefahr. Das könnt selbst Ihr nicht bestreiten.«

»Er muss sich selbst aus diesem Schlamassel befreien.« Der alte Mann stand auf. »Er ist es nicht wert, das Reich zu regieren, wenn ich ihn retten muss.«

»Aber die Gefahren! Bedenkt, was auf dem Spiel steht! Ihr werdet Euch verantworten müssen, wenn die Dynastie zerbricht. Vor allem wenn herauskommt, dass es durch Eure Schuld dazu kam.«

Die Füße des alten Mannes verschwanden nach und nach, es folgten Fußknöchel, Schienbeine und Knie. »Die Dynastie wäre sowieso niedergegangen, mit einer Kröte wie ihm auf dem Thron. Wenn er jetzt nicht über sich selbst hinauswächst und sich bewährt, dann habe ich nichts weiter getan, als das Unvermeidliche zu beschleunigen.«

Nach seinen letzten Worten löste er sich in Luft auf. Die

Frau war ziemlich verärgert, doch dann bemerkte sie die brütenden Enten und ließ ein besänftigendes Quakgeräusch ertönen, bevor sie ebenfalls verschwand.

Doch der Enterich plusterte nur sein Gefieder für sein abendliches Schläfchen auf, kuschelte sich an seine wohlgenährte Gefährtin und ließ sich nicht stören.

21

DER KERKER UND UNGLEICHE FREUNDSCHAFTEN

Am Nachmittag im Kerker.

Der kaiserliche Mundschenk hatte keine Ahnung, wie spät es war. Weder Sonne noch Mond waren jemals in die grauenerregende Kerkeranlage des Kaisers vorgedrungen. Schon so mancher Gefangene hatte in der ständigen Dunkelheit den Verstand verloren.

Der Mundschenk wusste nicht, wie lange er tief unter der Erde geschlafen hatte. Das Erste, das er beim Aufwachen spürte, war Schmerz.

Sein ganzer Körper tat weh. Er fühlte sich, als hätte eine Horde Gorillas auf seinen Knochen getrommelt. Hüfte, Ellbogen und Rücken schmerzten bei der geringsten Berührung.

Und sein Kopf! Sein Kopf stand in Flammen. Blindwütiger Schmerz durchzuckte seinen Schädel wie ein loderndes Feuer. Bum, bum, bum, im Takt mit seinem schwachen Herzschlag.

Er schlug die Augen auf, aber sie wollten sich nicht

öffnen. Er versuchte es wieder und wieder. Welcher Fluch konnte das sein? Dann wurde ihm klar, dass seine Augen längst geöffnet waren, doch in der stockfinsteren Düsternis merkte er es nicht.

Der vergangene Abend und sein Besuch im Schlafzimmer des Kanzlers kamen ihm in den Sinn. Die ersten paar Schritte, als er die Palaststufen heruntergeschleift worden war, bis er gnädigerweise das Bewusstsein verloren hatte.

Warum konnte das hier kein böser Traum sein? War es noch möglich, zu seiner Familie heimzukehren und dieses verrückte Hirngespinst von einem Leben im Palast, von sauberen Kleidern und elegantem Schuhwerk zu vergessen?

Doch es war zu spät. Für immer und ewig zu spät.

Er versuchte sich aufzusetzen, doch ihm wurde so schwindelig, dass er sein Vorhaben wieder aufgab. Erst nach einer Weile gelang es ihm, seinen Körper in eine aufrechte Position zu bringen. Er tastete seine Umgebung ab. Ein kalter, dreckiger Boden aus festgetrampeltem Lehm war im Moment sein Bett und würde vielleicht sein Sarg werden. Ein paar vereinzelte Strohhalme lagen herum. Und etwas anderes – kleine Knochen? Es schauderte ihn. Die trockenen Überreste einer toten Ratte.

Unbeholfen kroch er umher. Er musste wissen, wie groß der Raum war, in dem er sich befand. Er stieß auf den weichen Körper eines anderen Menschen und zuckte erschrocken zurück. Hatte man ihn zu einer Leiche gesperrt? Er lauschte und stellte fest, dass die Leiche leise röchelnd atmete. Vorsichtig tastete er die Gestalt ab. Ja, da war ein dünnes Bärtchen, und hier war der Mantel, der sich über dem runden Bauch spannte. Von der Brille jedoch keine Spur. Ohne sie war der alte Mann blind. Sie hatten ihn in dieselbe Zelle gesperrt wie den Kanzler.

Ihn hier zu entdecken, schenkte dem mutlosen jungen Mundschenk ein winziges Quäntchen Trost. Zumindest würde er nicht allein sterben müssen. Doch als er den Kanzler anstieß und dieser nicht aufwachen wollte, wurde dem Mundschenk angst und bange.

»Kanzler«, flüsterte er. »Kanzler!«

Der alte Mann schnaufte und schnupperte die Kerkerluft, dann machte er ein paar schmatzende Laute und schlief wieder ein. Gut. Er würde wahrscheinlich durchkommen.

Entfernte Schritte ließen den Mundschenk in seiner hockenden Köperhaltung erstarren. Doch dann gewann seine Neugierde die Oberhand und er krabbelte über den Boden, um herauszufinden, woher das Geräusch gekommen war. Als er gegen eine Wand stieß, folgte er ihr und merkte, dass es eine Ecke war. Es musste sich um eine L-förmige Zelle handeln. Nachdem er um die Ecke gekrochen war, gelangte er in einen Bereich, in dem es ein winziges bisschen Licht gab, gerade genug, um das schwarze Eisengitter erkennen zu lassen, hinter dem er eingesperrt war, und ein weiteres, das sich ein kleines Stück dahinter befand. Seine Zelle und die einer anderen armen Seele.

Der Palastkerker. Tief unter der Erde. Vor Jahrhunderten ausgehoben. Er würde ihn niemals verlassen. Niemals wieder das Tageslicht sehen. Sein ganzes Leben lag noch vor ihm. Er war viel zu jung, um für den Rest seiner Tage hier zu verrotten.

Die Schritte waren jetzt ganz in der Nähe, und mit ihnen kamen Männerstimmen und das flackernde Licht einer brennenden Fackel. Erstaunt beobachtete er, wie ein großer, kräftiger Mann hereingezerrt wurde, der sich äußerst heftig zur Wehr setzte. Vier Palastwachen waren nötig, um ihn in die Zelle zu bugsieren. Als sie ihn endlich drinnen hatten und die Tür verriegelten, waren sie ganz außer Atem. Er schleuderte ihnen wüste Beleidigungen an den Kopf, bis sie verschwanden und die Fackel mitnahmen.

Aber ein klein wenig Licht blieb unten. Es kam von der flackernden Kerze auf dem Tisch des Wärters am anderen Ende des Gangs. In ihrem schwachen, orangefarbenen Schimmer sah der Mundschenk, wie der Neuankömmling sich zu Boden sinken ließ und den Kopf in den Händen begrub. Auch wenn er ein wahrer Koloss von einem Mann war, hatte der Mundschenk Mitgefühl mit ihm.

»Alles in Ordnung?«, flüsterte er.

Der Neue zuckte zusammen.

»Wer ist da?«

»Ich bin's nur«, antwortete der Mundschenk. Er schwenkte die Hand in der Düsternis. »Schau her. Ich bin in der Zelle gegenüber.«

Der große Gefangene kniff die Augen zusammen.

»Deine Augen werden sich an die Dunkelheit gewöhnen«, erklärte der Mundschenk. »Warum bist du im Gefängnis?«

Das Gesicht seines Kameraden war voller Kummer. »Ich habe heute geheiratet.«

»Aha.«

»Das war nicht der Grund«, erwiderte der große Mann. »Ich konnte die Hochzeitssteuer nicht bezahlen.«

Der Mundschenk kratzte sich am Kopf und bereute es sofort, denn es tat höllisch weh. »Welche Hochzeitssteuer?«

»Frag mich nicht«, sagte der Mann. »Habe noch nie davon gehört. Was macht ein junger Bursche wie du hier drinnen?«

Mit jemandem zu reden, machte seine Kopfschmerzen ein klein wenig erträglicher. Aber die Beantwortung der Frage stellte ihn vor ein Rätsel. Warum war er hier? Wie konnte er das erklären?

Einsamkeit und Selbstmitleid erfüllten das Herz des kaiserlichen Mundschenks. Es gab niemanden, der ihn vermissen würde, niemanden, den es kümmerte, dass man ihn eingesperrt hatte. Niemanden außer diesem neuen Gefangenen, der seine kummervolle Geschichte mit ihm teilen und die Grausamkeit seines Schicksals beweinen konnte.

»Arbeitest du hier im Palast?«, fragte der Mundschenk.

Der Mann schüttelte den Kopf. »Ich bin ein Holzfäller aus dem Nordland. Nenn mich Tree.«

»Ist das wirklich dein Name? Tree?«

»Ja, das heißt Baum. Wenn ich jemals einen anderen Namen hatte, kann ich mich nicht mehr daran erinnern.«

Der Mundschenk gab sich mit dieser Erklärung zufrieden.

»Nenn mich Mundschenk«, sagte er. »Das ist mein Beruf. Dann kann es auch mein Name sein.«

»Nett dich kennenzulernen, Mundschenk«, sagte Tree. »Nichts für ungut, aber mit wär's lieber, wir hätten uns nicht getroffen.«

»Bin nicht gekränkt.«

»Was hast du gesagt?«, wollte Tree wissen.

»Ah, nun gut. Ich glaube, ich bin gestern Abend im Kerker gelandet.«

»Du glaubst?«

»Ich war bewusstlos«, erklärte der Mundschenk.

»O. Tut mir leid.«

»Bis gestern Abend war ich kaiserlicher Mundschenk. Also ich brachte dem Kaiser abends seine Milch, morgens seinen Saft, und alles andere, was er im Lauf des Tages trinken wollte.«

Tree hielt die Hand hoch. »Und sein Essen, stimmt's?«

»Nein. Er hatte sechs Frühstücksdiener, neun Mittagsmahlservierer, zwölf Lakaien, die ihm beim Nachtessen auftischten, und zusätzlich noch mehrere Bedienstete, die ihm Zwischenmahlzeiten reichten.«

Tree verzog abschätzig das Gesicht. »Das ist unanständig. Geradezu sündhaft.«

Der Mundschenk hatte keine Lust zu streiten. »Eine Arbeitsstelle halt. Wie dem auch sei, ich war der kaiserliche Mundschenk. Aber jetzt kommt's.« Er senkte vorsichtshalber die Stimme. »Der Kaiser ist schon seit ein paar Tagen nicht mehr im Palast.«

»Ist er auf Reisen?«, fragte Tree.

»Nein. Er ist plötzlich verschwunden. Mitten in der Nacht. Keiner weiß, wohin oder wieso. Einige Palastdiener glauben, es waren Dämonen am Werk.«

»Dämonen?«, wiederholte Tree. »Glaubst du das auch?«

Der Mundschenk machte ein ratloses Gesicht. »Ich wünschte, ich wüsste es. Nachdem er fort war, haben seine drei Freunde die Macht übernommen. Ich hoffe, jemand hat sie inzwischen gestoppt, aber ich habe Angst um unser Reich. Sie sind böse und brutal. Sie haben den alten Kanzler gefangen genommen und ihn gestern Abend hierher geschafft. Sie erwischten mich, als ich sie dabei beobachtete. Jetzt hat sich einer von ihnen, Herzog Baxa, glaube ich, zum Kanzler ernannt, und keiner weiß, was er als Nächstes plant.«

»Kanzler«, murmelte Tree. »Die haben irgendetwas über einen neuen Kanzler gesagt …«

»Wer denn?«

»Die Soldaten, die mich gefangen genommen haben«, erläuterte Tree. »Sie haben von einem neuen Kanzler gesprochen, von dem alle Soldaten begeistert wären, oder so.«

Der Mundschenk stieß einen leisen Pfiff aus. »Nach einem Tag! Wie hat er sie so schnell auf seine Seite gebracht?« Er zählte mit den Fingern. »Wenn er gestern Abend die Briefe geschrieben und sie heute in aller Frühe von einem Reiter fortbringen lassen hat, ja, ja, dann können die nächsten Dienstposten sie schon am späten Morgen erhalten haben. Er ist ein gerissener Bursche. Bestimmt hat er ihnen eine Menge Geld versprochen, wenn sie ihm folgen. Wenn der Kaiser doch nur zurückkehren würde!«

»Glaubst du, dass er jemals wiederkommt? Wenn er zurückkäme, würde er mich vielleicht begnadigen und ich könnte nach Hause gehen. Meine neue Ehefrau, sie ist schrecklich hübsch, und weil sie gern redet, hab ich nichts weiter zu tun, als zuzuhören, nicht wahr? Und sie hatte ein Kindchen.« Seine Stimme wurde sanft. »Ich sollte Vater werden!«

»Sch!« Der Mundschenk deutete auf die Kerze des Wärters. Aus der Ferne waren weitere näher kommende Schritte zu hören. Kurz darauf erschienen zwei Wachen, die einen kleinen, schwächlichen jungen Mann an den Ellbogen hielten. Seine Kleider waren schäbig und schmutzig und klebten ihm am Körper. Er leistete keinen Widerstand.

»Für einen gefährlichen Entführer hast du aber nicht viel Kampfgeist«, spottete einer der Wachen.

»Bringt mich zum Kanzler«, sagte der ramponierte Galgenvogel und blickte starr zu Boden.

»Na klar. Aber erst, wenn du mit dem Kaiser Tee getrunken hast«, höhnte sein Häscher.

»Ist der alte Kanzler tot?«, fragte der Mann.

Der Mundschenk spitzte die Ohren. In diesem Augenblick schnaufte sein betagter Zellengenosse im Schlaf, und er betete, dass es keiner gehört hatte.

»Woher soll ich das wissen?«, erwiderte der redselige Wachmann. »Aber es könnte wohl keinen Neuen geben, wenn der alte Sack nicht gestorben wäre, oder?«

Der schmierige kleine Mann sackte in sich zusammen. Lachend schubsten ihn seine Peiniger in eine Zelle. Als der Neuankömmling zu Boden fiel, konnte der Mundschenk sein Gesicht erkennen.

»O!«

Das Luftschnappen des Mundschenks ließ einen der Wärter innehalten. Er spähte in seine Zelle. Hastig starrte der Mundschenk zu Boden.

Die Wachen entfernten sich. Nach und nach verhallten ihre Schritte.

Tree umklammerte die Gitterstäbe seiner Zelle und flüsterte über den Gang: »Mundschenk, warum hast du so merkwürdig ›O‹ gesagt?«

»Nur so«, erwiderte er. »Es ist nur … eine Sekunde lang dachte ich, das Gesicht würde mich an irgendwen erinnern. An jemanden, den ich kenne, und zwar sehr gut.« Er kratzte sich am Kopf und bereute es erneut. »Aber an wen? Habe es schon wieder vergessen. Ganz sonderbar.« Er wandte sich an den Neuzugang. »He, du da. Neuer Gefangener. Wen hast du entführt?«

Statt zu antworten, rollte sich der am Boden liegende Mann vor seinem Zellengitter zusammen, wodurch er dem Mundschenk und Tree den Rücken kehrte. »Lass mich in Ruhe.«

Der Mundschenk blieb hartnäckig. »Es ist einsam hier unten«, rief er. »Rede mit uns. Lass uns deine Stimme hören. Dann können wir uns die Zeit mit einem Gespräch vertreiben.«

Beide lauschten. Der Neue gab keinen Laut von sich. Abgesehen von einem leisen Schluchzen und Schniefen.

Der Mundschenk und Tree tauschten einen Blick. Der kaiserliche Kerker trieb auch ihnen die Tränen in die Augen und fast hätten sie angefangen zu weinen.

Stille sank auf sie herab. Nach einer Weile kratzte der Mundschenk ein bisschen Stroh als Kopfkissen zusammen. Schlaf war die einzige Möglichkeit, diesem grauenvollen Ort und seinen Schmerzen für eine Weile zu entkommen. Er legte sich auf die Seite und machte es sich so bequem wie möglich.

In der Dunkelheit hörte er Trees Stimme. »Ist es wirklich wahr?«, fragte er. »Der Kaiser ist fort und irgendein habsüchtiger Schurke sitzt auf seinem Thron?«

Der Mundschenk verlagerte sein Gewicht, um eine möglichst schmerzarme Position zu finden. »Es stimmt«, erwiderte er. »Wir müssen hier raus. Du musst zurück zu deiner Frau und dem Kind. Und ich muss den Leuten sagen, was diese Verbrecher getan haben.«

»He, neuer Bursche«, rief Tree leise dem Mann in seiner Nachbarzelle zu. »Bist du auch wegen diesem grässlichen neuen Kanzler hier?«

Zum dritten Mal hörten sie Schlüsselklirren und Stiefelschritte. Diesmal stammten sie von einem einzelnen Mann. Der Wärter aus dem Gang, dessen Kerze ihre einzige Lichtquelle war, erschien zwischen den Zellen der neuen Freunde. Er hielt ein großes Gänsebein in der Hand und nagte den letzten Rest Fleisch herunter.

»Ruhe hier unten!«, bellte er.

Tree richtete sich auf und schaute auf ihn herunter. Seine Muskeln spannten sich. Selbst hinter Gittern jagte er dem Wärter Respekt ein.

»Wir wollten uns nur mit dem neuen Gefangenen bekannt machen«, sagte Tree. »Gibt es ein Gesetz, das das verbietet?«

»Ja«, bestätigte der Wärter mit all der Großspurigkeit, die ein Eisengitter einem kräftemäßig unterlegenen Streitpartner verleihen kann. »Ich mache hier unten die Gesetze. Ich habe keine Lust auf euer dummes Gewäsch.« Er nagte das letzte bisschen Fleisch vom Knochen, warf ihn in Trees Zelle und wischte sich die fettigen Hände an seinem Hemd ab. »Euer neuer Freund, der da liegt wie ein zusammengekrümmter Wurm, ist übrigens niemand anders als der verräterische Abschaum, der den Kaiser entführt hat.«

22

UNERWÜNSCHTE BEGEGNUNGEN

Teichmummel wanderte wie in einem bösen Traum über die staubige Straße. Wie gern wäre sie aufgewacht und wieder mit Begonia und Lilly zu Hause gewesen, statt dieses Baby quer durch Camellion zu schleppen und nach ihrer verschwundenen Tochter zu suchen, in Gesellschaft dieser seltsamen fremden Frau.

Trotz der Rückenschmerzen vom Tragen, war ihr das kleine Würmchen ans Herz gewachsen, und das war ein Trost.

Die Frau redete ohne Unterlass. Sie hatte ihr fast die gesamten Vorräte weggegessen und überließ es ihr, ihren kräftigen kleinen Sohn durch die Gegend zu tragen. Und sie schien längst nicht so besorgt um Begonias Schicksal, wie sie nach Teichmummels Meinung hätte sein sollen. Doch die schwatzhafte Art der jungen Frau hatte auch etwas Tröstliches.

Ihr Name war Melodie.

An der Weggabelung, wo Melodie und Begonia sich am Nachmittag des Vortages begegnet waren, bogen sie nach rechts ab, denn das war der Weg, den die Frau am Tag zuvor in entgegengesetzter Richtung gegangen war. Sie war sich sicher, dass Begonia ihren Rat befolgt hatte, statt auf den Rat des Holzfällers zu hören, der jetzt Melodies Ehemann war. Jeder andere halbwegs vernünftige Mensch hätte das getan, meinte sie.

Sie durchquerten eine seltsame Gegend, in der es von Katzen wimmelte – keine wilden Katzen, sondern Katzen, die offensichtlich als Haustiere gelebt hatten. Sechs, acht Tiere waren auf die Reisenden zugelaufen, um ihnen um die Beine zu streichen und zu schnurren, als wollten sie sagen: »Nimm mich mit auf dein Sofa am Ofen, wo ich hingehöre. Und wo bleibt meine Milch?«

Sie kamen an eine kleine Brücke, wo die Straße über einen Fluss führte. Sie beschlossen, dem Fluss durch den Wald zu folgen, weil die Frau sagte, das Haus ihres Ehemannes sei nicht weit von der Stelle entfernt, wo die andere Straße auf diesen Fluss traf. Sie wollte sich die Wohnstätte anschauen, die fast ihr Zuhause geworden wäre.

In der Hitze des späten Nachmittags wurde die Luft am Fluss drückend und schwül. An jedem anderen Tag hätte Teichmummel den Waldspaziergang vielleicht genossen. Doch heute hatte sie nur Begonia vor Augen – jedoch nicht vor ihr auf dem Pfad. Jeder Sonnenstrahl, der zwischen den Blättern hervorlugte, weckte neue Hoffnung, nur um sie gleich wieder zu zerstören.

Auf einer Lichtung bemerkte Teichmummel frische Fußspuren in der weichen Erde. Die Hufe einer Kuh waren deutlich zu erkennen. Alfalfa? Darüber hinaus gab es einen Abdruck, der von Begonias Schuh stammen konnte. Teichmummel schlug das Herz bis zum Halse, bevor es vor Angst erstarrte. Neben der Hufspur befand sich ein furchterregender Abdruck, bei dessen Anblick ihr das Blut in den Adern gefror. Ein langer, schmaler riesiger Fuß mit zwei grässlichen Zehen und gewaltigen Krallen. Ein Drache? Eine scheußliche Bestie, die ein junges Mädchen verschlingen konnte? Teichmummel riss sich zusammen und versuchte sich einzureden, dass die Fußspuren nichts zu bedeuten hatten. Begonia und Alfalfa, ja; das andere furchterregende Wesen musste ihnen später gefolgt sein.

Doch ihre klappernden Zähne verrieten ihr, dass sie ihre eigenen Schwindeleien nicht glauben konnte.

Sie erreichten die Straße und bogen nach rechts ab, nach Nordwesten. Bald erblickten sie eine kleine Hofstätte, die dem Holzfäller gehören musste. Abgehackte Baumstümpfe umgaben das Gelände wie schartige Zahnreihen. Der Weg zur Haustür war mit Holzspänen bestreut. Kein Rauch stieg aus dem Schornstein auf und niemand öffnete die Tür. Melodie ging ums Haus und spähte in die Fenster. »Es ist, wie es ist«, sagte sie und sie zogen weiter.

»Es wird bald dunkel«, mahnte Melodie nach einer Weile. »Wir müssen uns einen Platz zum Schlafen suchen.«

Teichmummel kamen die Tränen. »Meine Tochter hat keinen Platz zum Schlafen. Ich gehe weiter.«

»Kommt«, sagte Melodie. »Ich nehme Euch das Kind ab.« Sie nahm den kleinen Jungen und küsste seine Wangen.

»Hört zu, dieses Bauernhaus gehört jetzt zur Hälfte mir. Warum kehren wir nicht um und versuchen reinzukommen? Wir könnten die Nacht dort verbringen und uns ausruhen.«

»Nein danke.« Teichmummel holte tief Luft. »Ich will lieber weitergehen. Wenn du zurück willst, kann ich das verstehen.«

Melodie blieb bei ihr.

Schließlich gelangten sie an das Ende einer langen Wagenkolonne. Sie vernahmen fremdartige Geräusche und Staubwolken raubten ihnen die Sicht. Teichmummels müde Beine spürten neue Kraft. Sie fing an zu laufen. Vielleicht hatten die Reisenden Begonia gesehen.

Es war eine lange Karawane, die in dieselbe Richtung wie sie unterwegs war. Am Ende war ein kunterbunter Haufen von Leuten – zwei unglaublich große Männer und etwa sechs winzig kleine Menschen, eine wahnsinnig dicke Frau und eine spindeldürre Frau, deren Haut mit Tätowierungen bedeckt war. Es musste ein Karneval sein. Ein Zirkus. Sie näherte sich den Künstlern, bis ein drahtiger Mann einen Mundvoll Feuer in ihre Richtung spie, worauf sie beschloss, jemanden zu suchen, der ihr einen freundlicheren Empfang bereiten würde.

Sie rannte weiter, vorbei an Käfigen mit exotischen Tieren, Wagen mit Zelten, Stangen und Kostümtruhen. Sie erinnerte sich an einen Zirkus, der in Zweimühlen gastiert hatte, als Begonia noch ganz klein war. Ja, *Pokas Kuriositäten-Karneval*, stand in vergoldeten Buchstaben auf einem besonders kunstvollen Wagen. Elefanten, Giraffen, Seehunde und Bären streckten ihre Köpfe durch die Fenster. Sie sah einen langhalsigen Vogel, der seinen winzigen Kopf durch einen Spalt im Wagendach geschoben hatte. Der Tigerkäfig weckte ihre Aufmerksamkeit, denn statt der menschenfressenden Bestien auf dem Schild, sah sie das Gesicht eines Jungen. Ein Junge mit Blättern und Zweigen in den Haaren, der auf die Straße blickte. *Armes Kind,* dachte Teichmummel. *Was tat er wohl in dem Käfig?* Doch wohin sie auch schaute, von ihrer Tochter war weit und breit nichts zu sehen.

Teichmummel war außer Atem, als sie die Spitze der Kolonne erreicht hatte.

»Entschuldigung«, rief sie einem Mann mit glänzenden Stiefeln zu, der dem gewaltigen Tross voranritt. »Ich suche meine Tochter. Sie ist verschwunden. Habt Ihr ein Mädchen gesehen? Ein Milchmädchen in einem blauen Kleid? Sie sucht nach einer Kuh. Vielleicht hat sie sie schon gefunden.«

Der Mann brachte sein Pferd zum Stehen und schaute zu ihr herunter.

»Nein, tut mir leid«, sagte er mit trauriger Miene. »Gute Frau, leider habe ich das junge Mädchen, das Ihr sucht, nicht gesehen.« Er steckte sich kurz den Finger ins Ohr. »Entschuldigung. Ich höre etwas schlecht. Habt Ihr gesagt, dass ihr auch nach einem Jungen sucht? Eurem Sohn vielleicht?«

Immer noch atemlos, schüttelte Teichmummel traurig den Kopf. »Ich habe keinen Sohn.«

»Aha.« Der Mann mit den glänzenden Stiefeln strich sich übers Kinn. »Wie traurig, wenn man ein Kind verliert. Eine liebende Mutter würde alles tun, um ihr verlorenes Kind zurückzubekommen, nicht wahr? Sie würde *jeden* Preis zahlen.«

»Jeden Preis, den ich zahlen kann, doch die Ahnen wissen, dass ich kaum etwas besitze.«

Das Lächeln des Mannes schwand dahin. Er schnalzte die Zunge. »Zu schade. Dann ist es umso schwerer für Euch.« Er hob die Zügel und sein Pferd setzte sich in Bewegung. »Zeit ist Geld, werte Frau. Ich muss weiter. Wir treten morgen in Lotus auf, zum Geburtstag des Kaisers.«

Es kostete sie ungeheure Kraft, sich nicht weinend in den Staub zu werfen. »Bitte, guter Herr«, flehte sie. »Wenn Ihr ein Mädchen trefft, das allein unterwegs ist und sich verlaufen hat, würdet Ihr ihm sagen, dass ich es suche? Und würdet Ihr ihm helfen, so gut Ihr es vermögt?«

Der Mann hielt sein Pferd nicht zurück, aber er lüpfte seinen Zylinder und drückte ihn auf sein Herz. »Ihr habt mein Wort.«

Niedergeschlagen blieb sie am Straßenrand zurück, während die langsame Wagenkolonne an ihr vorüberrumpelte. Bald hatten Melodie und das Kind sie eingeholt. Melodie hievte den Kleinen auf die Hüfte und legte den freien Arm um Teichmummels Schulter.

»Kein Glück?«, flüsterte sie.

Die Sonne war zwischen den Bäumen versunken und das Himmelszelt schimmerte in sanften Blautönen, die immer dunkler wurden. Der Lärm der Karawane verhallte in der Ferne.

Jetzt waren die Tränen der Mutter nicht mehr aufzuhalten.

»O, Begonia, wo bist du nur?«, rief sie laut. »Erhört mich, Ahnengeister! Warum kann ich mein verschollenes Mädchen nicht wiederfinden?«

Wie eine Antwort auf ihr Flehen ertönte ein leises Klingeln zwischen den Bäumen.

Teichmummel bekam eine Gänsehaut. Hatte eine ihrer Urmütter sie erhört?

Die Glocke ertönte erneut und läutete melodisch, als würde sie sanft hin- und hergeschwungen. Dann stimmte ein musikalisches Muhen mit ein.

»Alfalfa?«

Sie hob ihre Röcke hoch und rannte los, rief nach ihrer Kuh, die ihr mit sehnsüchtigem Muhen antwortete. Teichmummel musste nicht weit in den Wald laufen, bevor sie ihre wunderschöne weiße Kuh mit dem blumenförmigen schwarzen Fleck auf der Stirn wiedergefunden hatte. Erleichtert schlang sie die Arme um den Hals des Tiers.

»O, Alfalfa, wie um alles in der Welt bist du nur hierhergelangt?«, fragte die besorgte Mutter. »Und woher hast du dieses Glöckchen? Wenn du hier bist, kann Begonia doch auch nicht weit sein!«

Aber sooft sie auch rief, Begonia antwortete nicht. Und Alfalfa hatte keine Lust, an Ort und Stelle zu bleiben. Sie drängte weiter durch den Wald und folgte der Straße, blieb jedoch zwischen den Bäumen, geschützt vor den Blicken anderer Reisender.

»Was tut deine Kuh?«, fragte Melodie, die ihnen hinterhergeeilt war.

»Ich weiß es nicht«, erwiderte Teichmummel und stellte sich der Kuh in den Weg. »Komm schon, Alfalfa. Komm mit mir.« Doch die Kuh wich ihr aus und stampfte entschlossen weiter, als würde sie ein bestimmtes Ziel ansteuern.

Teichmummel zupfte an dem Glöckchen der Kuh, stemmte sich in ihre Flanke und brüllte in ihr Ohr, doch nichts hielt das Tier davon ab, weiterzugehen.

»Führt sie sich immer so auf?«, erkundigte Melodie sich.

»So habe ich sie noch nie erlebt«, erwiderte Teichmummel kopfschüttelnd.

»Es scheint, als würde sie jemanden suchen«, mutmaßte Melodie.

Die beiden Frauen sahen sich an.

»Begonia?«, flüsterte Teichmummel.

Melodie zog die Schultern hoch. »Wen sonst?«

»Dann lass uns ihr folgen.«

Das letzte Licht des Tages drang zwischen die Schatten der Bäume, während sie Alfalfas gleichmäßigen Schritten folgten. Sie mieden die Straße, hielten sich jedoch immer in ihrer Nähe. Einmal dachte Teichmummel, sie hätte einen der Zirkuselefanten trompeten gehört. Alfalfa legte ein zügiges Tempo vor.

»Diese Straße führt nach Lotus«, sagte Melodie. »Vielleicht kann ich herausfinden, wie es meinem Mann geht. Vielleicht kann ich ihm was zu essen bringen.« Ihre Miene hellte sich auf. »Vielleicht finde ich ja eine Arbeit und verdiene genug Geld, um die Hochzeitssteuer zu bezahlen. Und dann lassen sie ihn frei.«

Sie erreichten eine Lichtung, auf der die letzten Strahlen der untergehenden Sonne Alfalfas weißes Fell beschienen und ihm einen goldenen Schimmer verliehen. Teichmummel strich über den Rücken der Kuh.

Sie hielt inne, als ihre Finger etwas Hartes, Verkrustetes spürten. Im schwindenden Licht erkannte sie, was es war, und erschrak. Melodie sah sie fragend an.

»Blut«, flüsterte Teichmummel. »O, Ihr Ahnen. Lasst es nicht Begonias Blut sein.«

Melodie, die spürte, dass dies ein Moment war, der größtmöglichen Trost erforderte, bot ihrer neuen Freundin das Wertvollste an, das sie hatte. »Hier«, sagte sie. »Nimm mein Baby.«

Teichmummels Hände taten wie geheißen. Doch obwohl der Kleine sein Bestes gab und selig vor sich hin gluckste, war sie in Gedanken weit weg und ihre Arme zitterten.

»Ich bin ganz sicher, dass es nicht das Blut deiner Tochter ist«, erklärte Melodie mit fester Stimme.

Doch sie war sich nicht sicher, und Teichmummel wusste es.

23

Zweifel und ein riskanter Vorschlag

Wenige Menschen finden die Vorstellung angenehm, von kitzelnden Katzenhaaren geweckt zu werden. Normalerweise teilte Begonia diese Ansicht. Doch verglichen mit den nachfolgenden Schrecken, war das Erwachen mit Sturmwolkes Schwanzhaaren im Gesicht ihre angenehmste Erfahrung, seit sie mit Key von Pokas Schergen in den Tigerkäfig gesperrt worden war.

Der erste Schreck: die Erinnerung daran, dass Pokas Männer sie tatsächlich entführt und in diesen dunklen, stinkenden Käfig gesteckt hatten, der jetzt auf höchst unbequeme Weise über holperige Straßen rumpelte.

Der zweite Schreck: die Erinnerung daran, dass ihre Kuh Alfalfa schon wieder verschwunden war. Ihre törichte, hübsche, ungestüme Kuh. Sich in einen Strauß zu verlieben! Welche Kuh verliebte sich schon in einen Strauß?

Dann fiel ihr ein, dass der Strauß in Gefangenschaft geraten war, genau wie sein Besitzer Schnuppi, der alles Schlechte verdiente, was ihm zustieß, nicht nur weil er ein hundsgemeiner Fiesling war, sondern weil er den Soldaten tatsächlich befohlen hatte, ihn festzunehmen. Dieser Schwachkopf! Dieser Trottel! Dieser dusselige Kerl!

Doch trotz all der gemeinen Schimpfwörter, die ihr einfielen, um ihn zu beschreiben, tat Schnuppi ihr dennoch leid. Er war hilflos, und hilflose Wesen hatten Mitleid verdient, fand Begonia. Verletzte Vögel und so weiter. Er hatte es nicht verdient, in den kaiserlichen Kerker geworfen zu werden.

Aber Schnuppi war auf dem Weg in den Kerker und Begonia, die törichterweise geglaubt hatte, ihm beistehen zu müssen, sollte nun für Poka arbeiten, bis sie den Tigern als Abendessen vorgeworfen würde. Den Panthern hatte sie zwar entkommen können, aber beim zweiten Mal würde sie sicher nicht so viel Glück haben. Wenn man es sich recht überlegte, hatte Schnuppi Glück, dass man ihn in den Kerker steckte. Zumindest würde er dort nicht gefressen werden.

Was für ein Kaiser hatte so einen schrecklichen Kerker? Es hieß, wer jemals dort landete, wurde danach nie wieder gesehen. Schuldig oder nicht. Es war so unsagbar ungerecht. Und grausam. In ihrem bisherigen Leben hatte Begonia keine größeren Sorgen gekannt als das Unkraut im Gemüsebeet oder Hühner, die ihre Eier versteckten. Fragen nach Gerechtigkeit und Verbrechen und Gesetzen waren ihr nie in den Sinn gekommen. Wie alle Kinder hatte man sie gelehrt, den Kaiser als edlen, gütigen und weisen Herrscher zu ehren. Wie hätte er sonst ein so großes Reich wie Camellion regieren können? Konnten Kaiser grausame und bösartige Menschen sein?

Der größte Schock war für sie die Erkenntnis, dass die Welt keineswegs so ein sicherer, vorhersehbarer Ort war, wie sie daheim bei Mummelchen und Lilly immer geglaubt hatte.

Der Gedanke an ihre Mutter nahm Begonia fast das letzte bisschen Mut. Sie wischte sich über die Augen und kroch zum Wagenfenster.

Draußen herrschte tiefe Nacht, doch der zunehmende Mond war am dunklen Himmel aufgestiegen und warf ein wenig Licht durch die Gitterstäbe. In der Ecke, wo das meiste Stroh lag, schlief Key, das Gesicht auf den Boden gedrückt und das Hinterteil in die Luft gestreckt.

Begonia war hungrig wie ein Wolf. Die Milch zum Frühstück war längst verdaut. Sie erinnerte sich an den scharfen Senf in ihrer Schürzentasche, den die Senfmüllerin ihr geschenkt hatte. Sie war so ausgehungert, dass sie überlegte, ob sie den Finger in das Töpfchen stecken und einen feurigen Mundvoll Senf essen sollte.

Also tat sie es.

Doch statt dass der scharfe Senf ihr die Zunge verbrannte, wurde ihr Mund von einem warmen, sanften Geschmack erfüllt. Butter und Honig, beides reichlich auf frisch gebackenes Weißbrot gestrichen. Eine dicke Scheibe, dazu ein Becher mit warmer Zimtmilch. Sie fühlte sich so behaglich und zufrieden wie eine Katze auf einer sonnenbeschienenen Fensterbank.

Was im Namen der Vorfahren? Jetzt auch noch magischer Senf?

Am liebsten hätte sie das ganze Töpfchen weggeputzt. Doch dann dachte sie an Key. Er war sicher auch hungrig. Widerstrebend verkorkte sie das Töpfchen und steckte es zurück in die Schürzentasche, um es aufzuheben, bis er wach wurde. Dabei streiften ihre Finger die magische Landkarte. Sie zog sie heraus und entrollte sie. Im milchigen Mondlicht wartete sie geduldig ab, um zu sehen wie sich die Karte nach und nach, fast unmerklich bewegte. Es dauerte eine Ewigkeit, bis sie sich sicher war, aber schließlich gab es keinen Zweifel. Sie fuhren in südwestlicher Richtung auf einer Straße, die zu einer dunklen Ansammlung von Gebäuden führte. Eine Stadt. Am äußersten Rand der Karte entdeckte sie ein prächtiges, kunstvolles Gebäude.

Der Palast. Es musste die Hauptstadt Lotus sein.

Nicht viele Bewohner von Zweimühlen hatten je die mit Kupfer beschlagenen Türme und die vergoldeten Kuppeln von Lotus erblickt. Und jetzt war Begonia auf dem Weg zum Sitz des göttlichen Herrschers. Es musste doch eine Möglichkeit geben, aus dem Zirkus des bösartigen Poka zu entwischen und im Gewimmel der riesigen Stadt zu verschwinden. Und wenn es ihr gelingen sollte, schwor sie sich, würde sie zum Kaiser gehen, ihm erklären, was ihnen zugestoßen war, und ihn bitten, Schnuppi freizulassen.

Doch der Kaiser war entführt worden! Nun, wenn er noch nicht zurückgekehrt war, würde sie jemand anderen aufsuchen, der etwas zu sagen hatte – den neuen Kanzler vielleicht.

Unglaublich, dass sie diese Reise nur angetreten hatte, um ihre Kuh wiederzufinden!

Arme Alfalfa.

Armer Sprössling, der zu Hause geblieben war und seine Mama vermisste.

Armes Mummelchen, die sich um ihre Tochter sorgte.

»Ich bin bald wieder zu Hause, Mummelchen«, flüsterte sie. »Ich versprech's. Ich muss nur noch ein bisschen länger wegbleiben, um einem Freund zu helfen.« *Toller Freund,* dachte sie verbittert.

Wie als Antwort schwang Sturmwolke ihren buschigen Schwanz über Begonias Nase.

Der Wagen kippte gefährlich zur Seite. Begonia wäre fast gestürzt und konnte sich gerade noch abstützen. Langsam rumpelte der Wagen weiter.

Key erhob sich von seinem Strohhaufen. »Was ist passiert?«

Begonia spähte durch die Gitterstäbe. »Ich glaube, wir haben die Straße verlassen.«

Die Kolonne kam zum Stehen. Um sie herum hörten sie Stimmen, die sich etwas zuriefen. Männer schirrten die Pferde ab, brachten ihnen Futter und rieben sie trocken. Begonia und Key drückten sich an die Wand ihres Käfigwagens, damit sie durch das Gitterfenster nicht gesehen werden konnten.

»Ich glaube, wir rasten hier bis zum Morgen«, flüsterte Begonia. »Ich habe auf die Karte geschaut. Ich bin ziemlich sicher, dass wir nach Lotus fahren.«

»Ja. Eben als Ihr geschlafen habt, hörte ich Poka mit

einer Frau sprechen, die er unterwegs getroffen hat. Ihr hat er erzählt, dass wir in die Hauptstadt unterwegs sind.«

Ein Schatten schob sich vor das vom Mondlicht beschienene Gitterfenster ihres Käfigs. Der Schatten eines Mannes mit einem großen, runden Kopf und einem Zylinderhut. Poka.

Begonia hielt den Atem an. Key fing laut an zu schnarchen und gab ihr ein Zeichen, das Gleiche zu tun.

Sie warteten viele bange Minuten, bis die Schritte und Stimmen vor dem Wagen weniger wurden und schließlich verstummten. Doch auch dann wagten sie immer noch nicht, sich zu regen. Begonia hatten einen steifen Hals und ihre Augenlider wurden schon wieder schwer. Ein bisschen mehr Schlaf würde mir guttun, dachte sie.

Key hatte offensichtlich andere Pläne.

»So, das war's jetzt, glaube ich«, sagte er. »Alle haben sich nach einem langen, anstrengenden Tag auf der Straße zur Ruhe gelegt. Mögen sie tief und fest schlafen. Nicht dass ich ihnen wohlgesonnen wäre. Nicht im Mindesten! Aber es scheint, als wären sie alle im Reich der Träume. Glaubt Ihr nicht auch?«

Sie zog die Schultern hoch. Keys Geschwätz machte sie müde. »Kann sein.«

»Dann wird es Zeit«, sagte Key und kroch zur Tür, »um weiterzuziehen.«

»*Was?*«

Er warf ihr einen seltsamen Blick zu. »Es sei denn, Ihr wollt beim Zirkus bleiben?« Er durchwühlte seinen Beutel und zog einen Ring mit alten Schlüsseln, kleinen Metallwerkzeugen und verschiedenen gebogenen Drähten heraus. Er machte sich kurz am Schloss zu schaffen, dann hörte Begonia ein Klicken. Langsam schob Key die Tür auf. Die rostigen Angeln quietschten ein wenig und sie warteten ab, in der Hoffnung, dass niemand etwas gehört hatte. Sturmwolke war nicht so zaghaft. Sie sprang ins feuchte Gras, das im Mondlicht schimmerte.

Vorsichtig kletterte Begonia aus dem Wagen und Key bildete die Nachhut.

Sie schauten sich den schlafenden Zirkus an. Seine grellen Farben wurden durch die Dunkelheit gedämpft und wirkten blauschwarz. Die stattlichen Tiere lagen in tiefem Schlummer und schnarchten jedes auf seine Art.

»Was jetzt?«, fragte Key. »Zurück zur Straße?«

»Wie hast du das gemacht, Key?«

»Später«, flüsterte er. »Lasst uns gehen.«

Begonia hob Sturmwolke hoch und setzte sie auf ihre Schulter. »Sollten wir nicht Schnuppis Strauß befreien?«

»Man könnte uns erwischen«, gab Key zu bedenken. »Würde er uns überhaupt folgen?«

Bei der Vorstellung, dass Poka sich Schnuppis Riesenvogel unter den Nagel gerissen hatte, wurde es Begonia ganz heiß.

»Selbst wenn er nicht mitkommt«, flüsterte sie, »sollten wir wenigstens versuchen, Poka einen Strich durch die Rechnung zu machen. Findest du nicht auch?«

»Wie Ihr meint. Aber ich fürchte, dass es Ärger gibt.«

Auf Zehenspitzen schlichen sie an den Wagen vorbei und suchten nach dem Strauß. Sie mussten in jeden Käfig schauen. In einem glühte ihnen ein bedrohliches Augenpaar entgegen und ein blutrünstiges Brüllen zerriss die Stille der Nacht. Um ein Haar hätte Begonia losgeschrien. Sturmwolkes Schwanz plusterte sich auf und wurde so dick wie Begonias Arm.

»Nur ein hungriger Löwe«, keuchte Key. »Kommt schon, es sind nur noch ein paar Wagen übrig.«

Kurz darauf hatten sie den Käfig des Straußes endlich gefunden. Er lag am Boden, die Beine unter den Körper gezogen und den Hals nach oben gereckt. In der Dunkelheit erinnerte sein Körper an ein riesiges braunes Ei.

»Wie kann er so schlafen?«, flüsterte Key.

»Wen kümmert's?«, erwiderte Begonia. »Wir müssen ihn rausholen.«

Das war leichter gesagt als getan. Key hatte das Schloss schnell geknackt, aber die beiden kannten die mörderische Kraft seiner langen, roten Beine und wollten sich keinen Tritt in den Bauch einhandeln, als Dankeschön für ihre Rettungsaktion. Sie redeten beruhigend auf ihn ein, doch er rührte sich nicht.

»Seine Augen sind offen«, stellte Key fest.

»Er schläft mit offenen Augen?« Sie zermarterte sich das Gehirn. »Wir müssen ihn herauslocken. Womit? Was wünscht sich ein Strauß? Was ist wichtig für einen großen, dummen Vogel?«

»Eure Kuh, glaube ich«, antwortete Key.

Sie zupfte an seinem Ärmel. »Großartige Idee, Key!« Ganz leise fing Begonia an zu muhen und ahmte Alfalfas Stimme nach, so gut sie konnte.

Der Strauß regte sich, blinzelte und erhob sich, bis er auf seinen kraftvollen Beinen mit den Furcht einflößenden, zweizehigen Füßen stand und in dem engen Käfig kaum Platz für Hals und Kopf fand.

»Es funktioniert!«, jubelte Key leise. »Das hätte ich nie für möglich gehalten.«

»Kuhgeräusche kann ich ziemlich gut nachahmen«, bestätigte Begonia. »Das lernt man als Milchmädchen ganz von selbst.«

»Wer ist da?«, knurrte eine tiefe Stimme in der Nähe.

»Beeilung! Schnell!« Key winkte Begonia hektisch zu. Unter Muhen wich sie weiter zurück. Der Strauß schraubte seinen langen Hals aus der Käfigtür und zögerte. Key kletterte hinter ihn und gab ihm einen Schubs. Beide purzelten in einem Knäuel aus schlaksigen Gliedmaßen und Federn ins Freie.

»Rennt!«, rief Begonia ihnen zu und stürmte in Richtung Straße. »*Muuhh!*«

»Stehen bleiben! Diebespack! Zurück mit euch!«, brüllte eine wütende Stimme.

Die Dunkelheit der Nacht war ihre einzige Deckung, doch mittlerweile stand der Mond hoch am Himmel und tauchte alles in silbriges Licht. Hier gab es keine Bäume zum Verstecken, sondern nur eine hügelige Landschaft mit vereinzelten Büschen und Felsen. So schnell sie konnten, rasten sie auf die

Straße zu. Ein Blitz aus grauem Fell schoss an Begonia vorbei und verschwand in der Nacht. Der Strauß hielt das Ganze für ein Rennen, galoppierte auf seinen langen Beinen davon und ließ Begonia und Key bald hinter sich.

Das Laufen in der Dunkelheit war ein gefährliches Unterfangen. Der Boden barg Gefahren wie Erdhörnchenlöcher, Maulwurfshügel und Unkrautbüschel, über die man leicht stolpern und sich den Knöchel verstauchen konnte. Doch am Ende erreichten die Flüchtenden die Straße und fanden den Straußenvogel wieder, der mitten auf der Allee stand und benommen vor sich hin blinzelte.

»Wahrscheinlich glaubt er, dass er träumt«, vermutete Begonia. »Mir kommt das alles auch wie ein Traum vor.« Sie blieb stehen und lauschte auf Schritte, die sie verfolgten. Oder Hufe. Oder was auch immer. Vielleicht würde Poka den Löwen loslassen, um sie zu jagen.

Doch es war nichts zu hören und sie eilten weiter.

»Wie um alles in der Welt hast du es geschafft, unser Käfigschloss zu knacken?«, wollte Begonia von Key wissen.

Key winkte bescheiden ab. »Schlösser gehören zu meinen Hobbys. Ich bin nicht nur ein Spezialist für das Auffinden verloren gegangener Sachen und das Bemerken von Dingen, die zuvor nicht da gewesen sind. Ich glaube auch nicht an die Macht von Schlössern.«

Sie tippte sich auf die Ohren, um sich zu vergewissern, dass sie richtig gehört hatte. »Was sagst du da?«

»Schlösser können uns nur einsperren, wenn wir glauben, dass sie es können«, erläuterte Key. »Es ist erstaunlich, wie viele Menschen an die Macht von Schlössern glauben. Ich habe beschlossen, es nicht zu tun.«

Begonia schüttelte den Kopf. »Du bist der seltsamste Mensch, dem ich jemals begegnet bin.«

»Die richtigen Werkzeuge zu haben, kann sehr hilfreich sein«, gestand er ein. »Außerdem hatte ich, während Ihr geschlafen habt, jede Menge Zeit, mit dem Schloss zu experimentieren. Im Grunde war es ganz einfach. Es diente dazu, Tiger einzusperren, keine Menschen mit Fingern, Verstand und ein paar Werkzeugen.«

Sturmwolke tauchte auf und nahm wieder ihren Stammplatz auf Begonias Schulter ein. Der Strauß begann hin- und herzulaufen und sein Geschrei anzustimmen.

»Wenn er so weitermacht, werden sie uns finden«, sagte Begonia. Sie schaute die Straße hinauf und hinunter und deutete dann nach rechts. »Das ist die Richtung, in die wir gegangen sind. Diese Straße muss nach Lotus führen.« Sie zeigte nach links. »Und dorthin geht es nach Hause.«

»Ihr seid die Herrin«, sagte Key. »Wohin sollen wir gehen?«

Sie seufzte. »Arme Alfalfa! Aber wir sind schon ganz in der Nähe der Hauptstadt. Ich finde, wir sollten versuchen, Schnuppi aus dem Gefängnis zu befreien.«

»Aber Euer Zuhause!«, widersprach Key. »Eure Mutter. Wird sie sich nicht sorgen?«

Begonia bekam ein schlechtes Gewissen. »Sicher macht sie sich Sorgen«, lenkte sie ein. »Schreckliche Sorgen. Ich hasse es, noch länger wegzubleiben.« Sie streichelte Sturmwolkes Pfote. »Aber ich nehme es in Kauf, Mummelchen ein paar weitere Sorgenstunden zu bereiten, wenn ich dadurch die Chance habe, Schnuppi aus dem Kerker zu befreien.«

Key schlug ihr auf die Schulter. »Ihr macht Fortschritte, Fräulein Begonia.«

»Hör auf zu quasseln«, blaffte sie. »Seit wann entscheidest du, ob ich Fortschritte mache oder nicht?«

»Als jemand, der verloren gegangene Dinge bemerkt«, sagte er gekränkt, »ist mir nicht entgangen, dass Ihr vor ein paar Stunden im Wald ein wenig von Eurer Loyalität gegenüber einem Freund verloren hattet. Nun ja, vielleicht handelt es sich nicht direkt um einen Freund, sondern um einen Kameraden, einen Reisegefährten. Doch jetzt wollt Ihr ein großes Risiko eingehen und versuchen, eben diesen Gefährten zu retten.«

»Vielen Dank auch«, brummte sie. »Und jetzt hör auf, mich zu kritisieren und zu bewerten. Ich komme mir vor, als ginge ich wieder zur Schule und müsste mir anhören, wie Fräulein Tintenfass meine Handschrift tadelt.«

Sie wandten sich nach rechts und marschierten los. Der Strauß folgte ihnen. Er war nicht das Hirn dieses Unternehmens und schien froh, dass ihm jemand das Denken abnahm.

Mondlicht verlieh der Straße einen perlblauen Schimmer. Es war viel schöner, als in der Nacht ziellos durch den dunklen Wald zu irren. Noch nie war Begonia nachts so viel draußen gewesen wie in dieser Woche. Sie fing an, es zu mögen. Doch ihre Gedanken beschäftigten sich nicht allzu lange mit nächtlichen Wundern.

»Es ist ein Skandal, was mit Schnuppi geschehen ist«,

klagte sie. »Ich habe mir vorgenommen, mit dem Kaiser darüber zu sprechen.«

Key pfiff leise durch die Zähne. »Ihr wollt tatsächlich mit dem Kaiser reden?«

»Wieso nicht?«

Er kratzte sich am Kopf, in dessen Haaren schon wieder lauter Blätter hingen. »Es ist nur ... Ich habe noch nie gehört, dass jemand das gewagt hat.« Er warf ihr einen vielsagenden Blick zu. »Zumindest habe ich noch von keinem gehört, der es überlebt hat und davon erzählen konnte.«

Begonia lachte. »Was für ein Unsinn. Was wäre das für ein Reich, in dem jeder, der mit dem Kaiser reden will, hingerichtet wird?«

»Ich weiß es nicht«, entgegnete Key. »Ich fürchte, es könnte die Art von Reich sein, in dem wir leben.«

»Wenn der Kaiser wirklich so ein Mensch ist«, sagte sie zornig, »dann wünschte ich, dass Schnuppi ihn tatsächlich entführt hätte. Nein, Poka. Und ihn in den Tigerkäfig gesperrt hätte.«

»Bitte verzeiht, wenn ich das sage, aber selbst wenn der Kaiser Euch eine Audienz gestatten sollte, was lässt Euch glauben, dass er den Ansichten junger Mädchen irgendeine Bedeutung beimisst?«

»O, und ich nehme an, du wärst bedeutend überzeugender, kleiner Junge?«

Key rang die Hände. »Natürlich finde ich die diesbezügliche Gesinnung des Kaisers äußerst verwerflich, da mir selbst sehr viel an den Ansichten und Meinungen junger Damen liegt. Doch in dieser Hinsicht bin ich wohl eine Ausnahme. Ein Pionier sozusagen.« Auf galante Weise zog er einen imaginären Hut und verbeugte sich vor Begonia. »Als Romantiker versteht sich das von selbst.«

Mit grimmiger Entschlossenheit wanderte Begonia weiter. »Ich bin weit weg von zu Hause, jage einer verliebten Kuh hinterher. Wurde von fauchenden Panthern auf einen Baum gescheucht und von einem bösartigen Zirkusmann entführt und konnte entkommen. Mit der Hilfe eines Freundes. Ich verfolge einen Strauß und hatte schon seit Tagen nichts Richtiges zu essen.« Sie boxte sich in die Handfläche. »Ich habe keine Angst vor dem Kaiser. Der Kaiser sollte sich besser vor mir in Acht nehmen!«

»Bravo!«, rief Key. »Solange Ihr nicht dabei umkommt.«

»Wie dem auch sei. Danke, Key, dass du uns da rausgeholt hast. Ohne dich wäre ich immer noch eine Gefangene.« Dann kam ihr etwas in den Sinn. »Du hast es geschafft! Du hast mich auf heldenhafte Weise gerettet!«

Er schüttelte den Kopf. »Es muss auf *romantische* Weise geschehen.«

Begonia lachte. »Was könnte romantischer sein als eine mitternächtliche Rettung aus großer Gefahr?«

»Hm.«

»Ich meine es ernst, Key. Du hast es geschafft. Du hast deine Mission erfüllt.«

Er sah sie nachdenklich an. »Heißt das, Ihr wollt, dass ich Euch jetzt verlasse?«

Begonia überlegte. Dieser nervtötende Junge brachte

sie seit zwei Tagen zum Verzweifeln. Dennoch war er eine große Hilfe gewesen. Und seine Gesellschaft war nicht nur unangenehm.

»Noch nicht«, sagte sie langsam.

Er lächelte. »Schön, denn da, wo Ihr hinwollt, könnten weitere Rettungsaktionen dringend vonnöten sein.«

24

DIE HAUPTSTADT LOTUS UND DIE FORDERUNG NACH GERECHTIGKEIT

Begonia, Key und der Strauß erreichten Lotus vor dem Morgengrauen. Die Wohnstätten außerhalb der Stadtmauer lagen noch in tiefem Schlummer. Nicht einmal die Hähne waren erwacht, um ihren mächtigen, zweieinhalb Meter großen Cousin durch die Straßen stolzieren zu sehen.

Lange vor ihrer Ankunft hatte Begonia sich daran erinnert, Key einen Löffel von ihrem Senf anzubieten.

»Mmmm! Hühnersuppe mit Nudeln!«, seufzte er.

Sie schüttelte den Kopf. »Du bist verrückt. Es schmeckt doch wie frisches Weißbrot mit Butter und Honig.«

»Ihr habt wohl eine ziemlich ausgefallene Vorstellung vom Geschmack eines Honigbrotes. Vielleicht macht man es ja in Zweimühlen mit Huhn und Zwiebeln und Nudeln, aber nicht da, wo ich herkomme.«

Kurz vor der Stadtmauer entdeckten sie einen Heuschober, in dem sie eine kurze Rast einlegten. Als sie erwachten, stand die Sonne hoch am Himmel und die Türme und Zinnen des kaiserlichen Palastes glitzerten im Morgenlicht.

»Zeit, um mit dem Kaiser zu reden. Zeit, ihn zur Vernunft zu bringen.«

»Hm. Ich weiß ja nicht.« In Keys Haaren steckte so viel Heu, dass es aussah, als hätte er über Nacht einen Heiligenschein bekommen. »Als Erstes will ich herausfinden, wie man in den Palastkerker hinein und wieder herauskommt.«

Sie banden dem Strauß ein kurzes Stück Schnur um den Hals. Es gefiel ihm zwar nicht besonders, aber er machte auch keinen Ärger. Dann steuerten sie das nächste Stadttor an und sahen zu ihrem Entsetzen, dass Pokas Kuriositäten-Karneval seine Zelte auf einer Wiese direkt hinter dem Tor aufbaute. Ohne Zweifel für den Geburtstag des Kaisers. Natürlich! Heute war der Tag. Sie mieden das Stadttor, um Poka und seinem Gefolge nicht zu begegnen, und zogen weiter an der Mauer entlang, bis sie ein anderes, kleineres Tor erreichten. So unauffällig wie möglich schlenderten sie darauf zu.

»Was wollt ihr zwei hier mit diesem Vieh?«, fragte der Wächter.

»Ein Geschenk für den Kaiser«, stammelte Begonia.

Der Wächter musterte sie kritisch und ließ sie passieren.

Der Palast krönte den Hügel, auf dem die Stadt Lotus erbaut war. Alle Prachtstraßen verliefen in seine Richtung, während die kleineren Wege und Gassen sich wie Blütenblätter um ihn herumwanden. Und der Palast selbst! Je höher sie zu ihm hinaufstiegen, desto riesiger, prachtvoller und einschüchternder wirkte er. Es gab leuchtend rote Türme und hellgelbe Bögen. Aquamarinblaue Kuppeln, Zinnen aus orangefarbenen Ziegeln und aus massiver Jade gearbeitete Säulen.

»Hier wohnt der Kaiser?«, flüsterte Begonia.

Auch Key machte große Augen. »Ja, so sagt man.«

Der Anblick zweier junger Leute mit einem Strauß am Strick führte zu neugierigen Blicken. Begonia wurde schmerzlich bewusst, wie schmutzig sie beide waren. Sie trugen Bauernkleidung, während die Stadtbewohner sich mit schimmernden Gewändern schmückten, die mit goldenen Borten und silbernen Knöpfen verziert waren. Nie zuvor hatte sie sich so fehl am Platz gefühlt.

»Komm schon, Key«, drängte sie. »Und wenn er ein noch so großes Haus hat, der Kaiser ist auch nur ein Mensch, der sein Essen kaut und schluckt so wie wir. Lass uns diesen Riesenvogel verstecken und tun, wozu wir hergekommen sind.«

Sie gelangten an die Palastmauern und erblickten dahinter großzügige Parks und Gärten, die sich bis zum Palastgebaude hinaufzogen. An einem Mauerabschnitt entdeckten sie einen Gärtnerschuppen. In null Komma nichts hatte Key das einfache Schloss geknackt und sie lockten den Strauß hinein. Der Riesenvogel, dem man keine Intelligenz nachsagen konnte, ließ sich ohne Protest in den Schuppen sperren. Danach schmiedeten sie Pläne.

»Der Kaiser ist wahrscheinlich noch im Bett oder beendet

gerade sein Frühstück«, vermutete Key und seufzte sehnsuchtsvoll. »Frühstück! Ähm. Am besten, ich schleiche mich um den Palast und bringe in Erfahrung, wo sich der Kerker befindet. Es ist unauffälliger, wenn ich allein gehe. Würdet Ihr hier bei unserem gefiederten Freund warten, bis ich zurückkomme? Ich möchte nicht, dass Ihr zum Kaiser geht, ohne dass ich die Unterhaltung mit anhöre.«

»Ich kann auch ohne deine Hilfe mit ihm reden!«, blaffte Begonia ihn an.

»Ich weiß, dass Ihr das könnt. Aber für den Fall, dass Euch wegen Eurer Worte irgendetwas zustoßen sollte, würde es niemand erfahren, wenn ich nicht in der Nähe bin. Ein Finder von Dingen, die verloren gegangen sind, kann es nicht ertragen, wenn seine Freunde verschwinden! Ich verstecke mich in einem Busch und passe auf.«

»Das kannst du gut, dich in Büschen verstecken«, zog Begonia ihn auf.

Er zwinkerte ihr zu. »Das ist eins meiner besonderen Talente. Ich bin ein Freund kleiner Blattgewächse. Glaubt mir, ich komme Euch nicht in die Quere. Aber wir sind füreinander die einzigen Freunde, die wir in dieser Stadt haben. Sie mag prachtvoll und glänzend sein, aber ich weiß nicht, ob es hier gütig und gerecht zugeht.«

»Na schön. Ich verstehe, worauf du hinauswillst. Ich werde hier warten.«

Key wirkte sichtlich erleichtert. »In einer Stunde bin ich zurück.«

Auf jemanden zu warten, ohne sich mit irgendetwas die

Zeit vertreiben zu können, ist die reinste Qual. In den ersten paar Minuten holte Begonia einen Eimer aus dem Schuppen und füllte ihn an der nahe gelegenen Pumpe mit Wasser. Der arme Strauß musste durstig sein. Begonia selbst hatte jedenfalls schrecklichen Durst. Gierig schlürfte sie Wasser aus dem Rohr und brachte danach dem Vogel etwas zu trinken. Er schien sich darüber zu freuen.

Dann wartete sie.

Und wartete.

Sie lief ein Stück an der Palastmauer entlang. Nur fünf Meter in die eine Richtung und dann wieder zurück. Dann zehn Meter, dann fünfzehn. Es konnte nicht schaden, sich ein bisschen die Beine zu vertreten. Ihre Erkundungstour führte sie zu einem Tor in der Mauer, doch als sie gerade wieder umkehren wollte, wurde es aufgestoßen. Sie versteckte sich hinter einem Mauervorsprung, bevor man sie sehen konnte.

Drei Männer traten heraus, in prunkvoller Aufmachung: ein großer Mann mit schütterem Haar, ganz in Weiß gekleidet; ein kleiner Mann mit langen, dunklen, geölten Locken in Rot; und ein glatzköpfiger, unglaublich dicker Mann in Blau.

»Wie sehe ich aus?«, fragte der große Mann die beiden anderen.

»Majestätisch«, erwiderte der dicke Mann in Blau.

»Elegant«, schnurrte der rot gewandete Lockenkopf.

»Gebieterisch«, fügte der Blaue hinzu.

»Kaiserlich«, schlug der Rote vor und küsste seine Fingerspitzen.

»Schön, schön«, murmelte der große Weiße. »Also erstens: Grußwort an die Stadt, und so weiter und so fort. Segenswünsche für das Volk, blablabla. Zweitens: das Geburtstagsfest absagen und den Tod des kleinen Stinkers verkünden. Der Unhold, der ihn entführte, hat ihn ermordet, aber er, lasst mich überlegen, ja, der Verbrecher wird, während wir uns hier unterhalten, zur Strecke gebracht.« Die letzte Äußerung wurde von seinen Begleitern mit gehässigem Gelächter quittiert.

Begonia lauschte entsetzt. Ein Entführer, auf den in diesem Moment Jagd gemacht wurde? Ein Mörder? Und wer war der ›kleine Stinker‹?

»Als Nächstes die Beerdigung planen, zwei Trauertage anordnen, und wenn das erledigt ist, werdet ihr mir das Zepter überreichen und die Feierlichkeiten können beginnen. Musik, Tanz, Trinkgelage.« Er lächelte boshaft. »Und dann gehört Camellion mir! Heil für Kaiser Baxa, den Eroberer!«

»Eine brillante Strategie«, murmelte der kleine Rote.

»Fürwahr, äußerst würdevoll«, kommentierte der Blaue. »Niemand könnte auf die Idee kommen, Ihr würdet übereilt vorgehen.«

Der große Mann schien nicht so sicher. »Nun, wo sind meine Aufzeichnungen? Rudo, wo habt Ihr das Pergament gelassen?«

Der kleine Rote, bei dem es sich offensichtlich um Rudo handelte, deutete auf den dicken Blauen. »Ihr hattet es zuletzt, Hacheming!«

»Nein, hatte ich nicht.«

»Doch, hattet Ihr wohl.«

»Nein, hatte ich nicht.«

»Schluss mit dem Theater!«, schrie der Weiße. »Ihr beide geht es jetzt gemeinsam suchen! Beeilung! Seht zu, dass Ihr schnell zurück seid!«

Begonia, die alles mit angehört hatte, wurde es schwer ums Herz. Der junge Kaiser war tatsächlich ermordet worden. Was für eine furchtbare Tragödie! Und jetzt würde dieser eitle, kleingeistige Mann zum Kaiser ernannt, um Camellion mit Gerechtigkeit und Gnade zu regieren? Ihrer Meinung nach wäre es seine Aufgabe, für Gerechtigkeit zu sorgen. Auch wenn er selbst ein sehr ungerechter Mensch zu sein schien.

Entschlossen trat sie hinter dem Mauervorsprung hervor.

»Werter Herr?«

»Huch!«, kreischte der Mann und presste sich die Hand aufs Herz. »Du liebe Güte! Du hast mich erschreckt, du junge …« Er nahm ihre schmutzigen Kleider und Schuhe in Augenschein. »… Person.«

Begonia verbeugte sich. »Ich bitte um Verzeihung, mein Kaiser. Ihr seid doch jetzt der Kaiser, nicht wahr?«

Der Mann hielt den Kopf noch ein bisschen höher. »Ja, das bin ich. Ich werde das Zepter in wenigen Tagen empfangen, aber ja, durchaus, ich bin der Kaiser. Werde der Kaiser sein. Bin der Kaiser. Gewiss. Ja. Es gibt keinen anderen Kaiser als mich.«

Merkwürdig, dachte Begonia und fiel auf die Knie. »Dürfte ich, o ehrwürdiger Kaiser, Euch berichten, dass ich etwas gesehen habe, das große Auswirkungen auf unser Reich hat? Auf seine Sicherheit und Gerechtigkeit, meine ich?«

Der dünne Schnauzbart des Kaisers kräuselte sich ein wenig. »Etwas, das du gesehen hast? Gerechtigkeit?« Er blickte in Richtung Palast. »Dann geschwind heraus damit!«

Sollte sie ihm vertrauen? Zweifel stiegen in ihr hoch. Doch die Lawine war schon ins Rollen gekommen und nicht mehr aufzuhalten.

»Ich bin ein Milchmädchen, Eure Hoheit. Aus dem Dorf Zweimühlen. Vor zwei Tagen habe ich mein Zuhause verlassen, um unsere entlaufene Kuh zu suchen.«

»Tatsächlich? Und was habe ich mit Kühen zu tun?«, fragte er herablassend.

»Ich habe meine Kuh gefunden«, erklärte sie. »In Begleitung einer sehr unhöflichen Person. Ein kleiner Mann mit langem Schnauzbart. Er ist auf dem Rücken eines Straußenvogels geritten.«

Der Mann machte große Augen. »Ein kleiner Mann? Unhöflich, mit langem Schnauzbart?«

Begonia war verwirrt. »Sein Schnauzbart ist nicht so wichtig. Meine Kuh hat sich in seinen Strauß verliebt, versteht Ihr? Sie ließen sich nicht trennen. Deshalb waren wir gezwungen, eine Weile zusammenzubleiben. Ich will ehrlich sein, obwohl es grausam scheinen mag, aber Ihr werdet verstehen, warum es eine Rolle spielt. Er war ein schwacher, jämmerlicher Wicht …«

»Moment mal«, unterbrach der Kaiser sie. »Du sagst, deine Kuh hat sich in seinen Strauß verliebt?« Er presste die

Finger an seine Schläfen. »Wie auch immer. Du hast gesagt … Ach ja. Schwach und jämmerlich. Das muss er sein. Aber ein *Strauß*?«

»Aber kennt Ihr Schnuppi etwa?«, fragte Begonia überrascht.

»Wen? Schnuppi? Wieso sollte ich irgendeinen Schnuppi kennen? Was ist das überhaupt für ein lächerlicher Name?«

Begonia sank beim Anblick des zukünftigen Kaisers der Mut. All die Geschichten und Lobeshymnen, mit denen sie aufgewachsen war, hatten ihr eine tiefe Ehrfurcht und Hochachtung vor dem göttlichen Herrscher anerzogen. Und jetzt stand er ihr gegenüber und war eine schreckliche Enttäuschung.

»Sein Name ist nicht so wichtig«, sagte sie mit fester Stimme. »Genauso wenig wie seine schlechten Manieren.«

Der Kaiser achtete nicht auf ihre Worte. »Es ist der Strauß, der mich verwirrt …«

»Es geht darum, dass er ein Mensch ist, der kaum imstande ist, sich die Haare zu kämmen, geschweige denn jemandem wehzutun. Aber Eure Soldaten kamen daher und nahmen ihn gefangen, weil er den Kaiser entführt haben soll!«

Der neue Kaiser kam Begonia so nah, dass sie die gelblichen Zähne zwischen seinen grinsenden Lippen sehen konnte.

»Das haben sie getan?«

»Ja«, rief Begonia verärgert. »Er hätte keiner Maus was zuleide tun können, noch viel weniger dem Kaiser. Versteht Ihr nicht? Sie haben den falschen Mann verhaftet. Nach dem, was die Soldaten sagten, soll es nicht mal eine

Gerichtsverhandlung geben. Er wird einfach für alle Ewigkeit im Kerker verrotten, nur weil er jemandem ähnlich sieht.«

Der neue Kaiser legte die Fingerspitzen aneinander. Er wirkte freudig erregt. »Aber das ist wunderbar! Warum wurde ich nicht darüber informiert?« Hinter ihm sah Begonia den dicken Blauen und den kleinen Roten herbeieilen.

»Gefunden!«, trällerte der kleine Rote und wedelte mit einer Pergamentrolle herum.

»Ich habe Euch gesagt, dass Rudo sie hatte«, maulte der dicke Blaue.

Der Kaiser hielt die Hand hoch und gebot ihnen zu schweigen.

Begonia hatte verloren, und sie wusste es, aber sie musste es weiter versuchen. »Es ist nicht gerecht«, empörte sie sich unter Tränen. »Das Leben von Menschen sollte nicht zerstört werden, nur weil sie wie jemand anderes aussehen.« Sie wischte sich die Augen. »Es heißt, Ihr sollt ein göttlicher, guter Mensch sein, aber wenn Ihr so etwas zulasst, seid Ihr nichts weiter als selbstsüchtig und gemein.«

Sie verstummte. Hatte sie diese Worte tatsächlich gesagt? Zu dem mächtigsten Herrscher der drei Kontinente? Langsam schaute sie auf, in drei Gesichter, die auf sie herabstarrten wie drei Geier auf eine sterbende Ratte.

»Dieses junge Mädchen spricht sehr mutig«, teilte der Kaiser seinen Kameraden mit. Erleichterung und Hoffnung flammten in Begonia auf. »Sie sagt, was sie denkt, und liefert uns Informationen über einen *unhöflichen, kleinen,* Mann *mit langem Schnauzbart,* der von den Soldaten verhaftet wurde, weil er den früheren Kaiser entführt hat, möge er in Frieden bei seinen Ahnen ruhen, worauf dieser Unhold hierher in unseren Kerker gebracht wurde. Doch sie glaubt, dass er es nicht getan haben könnte, weil ihm *der Mut dazu fehlt.*«

Hämisches Grinsen trat auf die Gesichter der drei Männer. Die Worte des Kaisers hätten Begonia beruhigen sollen. Doch die Blicke der Männer waren alles andere als beruhigend.

»Wir würden gern mehr mit diesem tapferen, jungen Mädchen über die Angelegenheit plaudern«, fuhr der Kaiser fort, »doch wir haben anderweitige Verpflichtungen. Meine lieben Freunde, würdet Ihr die junge Dame netterweise in ein behagliches Gemach begleiten, wo sie bis zu einer weiteren Audienz warten kann?«

Begonia erhob sich. »Wenn es Euch nichts ausmacht, würde ich gern hier draußen warten«, sagte sie. »Seht Ihr, ich habe …«

Was sie hatte, sollte der zukünftige Kaiser nicht erfahren. Der kleine Rote und der dicke Blaue packten sie und schleiften sie in den Palast, bevor sie die Chance hatte, sich zu wehren.

Es hätte ihr ohnehin nichts genutzt.

25

EINE KUH ÜBERNIMMT DIE FÜHRUNG UND DIE BITTE EINER MUTTER

Teichmummel, Alfalfa, Melodie und das Kind durchquerten das Stadttor von Lotus, als eine große Ansammlung von Einwohnern im Aufbruch begriffen war. Die Menschen strömten aus einem großen Park, der sich direkt neben dem Haupttor befand. Die Stadt schien für ein Fest geschmückt zu sein – für die Geburtstagsfeier des Kaisers natürlich –, aber die Leute, die den Platz verließen, wirkten verwirrt und gramerfüllt. Viele weinten. Zelte und Banner hingen schlaff herab, als hätte das Fest ein tragisches Ende genommen.

Alfalfa bog in die nächstbeste Straße zum Palast ein und marschierte schnurstracks bergauf. Melodie folgte in einiger Entfernung mit dem Kind auf dem Arm. Teichmummel hätte gern Passanten gefragt, ob sie ihrer Tochter begegnet seien. Aber was konnte sie sagen? Ein Mädchen mit dunklen Haaren? Die meisten Leute hatten dunkle Haare. Ein Mädchen in einem abgetragenen blauen Kleid? Auch das war nichts Besonderes. Ihre größte Hoffnung bestand darin, der Kuh zu folgen.

Doch sie waren nicht weit gekommen, als Alfalfas weißes Fell die Aufmerksamkeit eines Mannes erweckte, den Teichmummel bereits kennengelernt hatte.

»Meine gute Frau«, sprach er sie an. »Wie ich sehe, habt Ihr Eure verlorene Kuh wiedergefunden?«

»O, Ihr seid es«, erwiderte die Mutter. »Vom Zirkus.«

»Ganz recht, gute Frau. Ich bin es, Poka, Direktor von Pokas Kuriositäten-Karneval.«

»Seid Ihr nach unserem letzten Treffen zufällig meiner Tochter begegnet?«

Er legte die Hand aufs Herz. »Leider nein, gute Frau. Ich bin ihrer noch immer nicht ansichtig geworden.«

Teichmummel schluckte ihre Enttäuschung herunter.

»Habt Ihr schon davon gehört?«, fragte Poka. »Dass unser Kaiser gestern ermordet wurde? Am Vorabend seines Geburtstages?«

»Nein!«

»Das ist eine Tragödie«, klagte der Zirkusdirektor. »Da es keinen Erben gibt, folgt der Kanzler ihm auf den Thron. Er hat es gerade in einer Ansprache verkundet.«

Der Kanzler. Sie dachte an die Hochzeit, an die Soldaten und an die neuen Steuern. »Aber der neue Kanzler ist schrecklich«, protestierte sie. »Geizig und grausam.«

Poka legte den Kopf auf die Seite. »Ihr kennt ihn?«

»Nein …«

»Ich werde ihn fragen, ob unser Zirkus am Tag seiner

Zepterübernahme auftreten darf. Wenn nicht, wäre unsere Reise zur Geburtstagsvorstellung des ehemaligen Kaisers völlig umsonst gewesen.«

Teichmummel hörte nicht zu. Sie fürchtete, zu viel gesagt zu haben. Vielleicht reichten ihre Worte über den zukünftigen Kaiser schon aus, um sie wegen Hochverrats anzuklagen. Sie traute es diesem Poka zu, sie anzuzeigen, wenn es für ihn von Vorteil wäre.

Der Zirkusdirektor blieb an ihrer Seite, obwohl er beim Anstieg bald außer Atem geriet.

»Habt Ihr ein Anliegen, mein Herr?«

»Wie der Zufall will«, schnaufte er, »habe ich auch ein geliebtes Geschöpf verloren. Ihr braucht mich nicht zu bemitleiden. Es ist nicht so wertvoll wie ein Kind. Aber meine Zirkustiere sind für mich wie Kinder.«

Sie wünschte, er würde sie in Frieden lassen, doch sie hatte ein gütiges Wesen. »Es tut mir sehr leid, das zu hören.« Dann kam ihr ein beängstigender Gedanke. »Sagt bloß nicht, dass Ihr einen Löwen oder Tiger verloren habt! Der jetzt die Gegend unsicher macht, wo junge Mädchen …« Sie unterdrückte ein Schluchzen, »nach ihren entlaufenen Kühen suchen!«

Poka bot ihr ein gepunktetes Taschentuch an. »Meine liebe, liebe Frau, darum braucht Ihr Euch wirklich nicht zu grämen. Das Geschöpf, das ich verloren habe, ist nicht annähernd so gefährlich.« Da sie sein Tuch nicht annehmen wollte, steckte er es wieder in die Tasche seiner gestreiften Weste. »Mein Sprauß ist mir abhanden gekommen.«

»Euer was?«

»Mein Sprauß.«

»Ich glaube, Ihr meint einen Strauß.«

Er hustete. »Leute, die nicht so viel Fachwissen über Tiere haben wie ich, mögen die Vögel so nennen.«

Sie seufzte. »Dann geht es also um Euren Riesenvogel.«

»Genau.«

»Mein Herr«, sagte sie geduldig, »es tut mir leid, das zu hören, aber ich weiß nicht, was das mit mir zu tun haben soll.«

Poka legte die Hand auf sein wundes Herz. »Ihr habt mich gebeten, nach Eurer verschwundenen Tochter Ausschau zu halten. Ich dachte nur, Ihr könntet Euch revanchieren und nach meinem verschwundenen Sprauß schauen.« Er senkte die Stimme. »Jemand hat ihn mir gestohlen.«

»Und Ihr glaubt, dass Euer Vogel mir vielleicht über den Weg laufen könnte?«

»Es wäre doch möglich. Einen angenehmen Morgen, gute Frau.«

Damit machte er kehrt und ließ Teichmummel mit ihren schwermütigen Gedanken allein. Der Kaiser ermordet! Der Kanzler an der Macht! Es war eine grausame Welt. Sie beschleunigte ihre Schritte. Sie musste Begonia finden. Nichts schien mehr sicher.

Doch Alfalfa führte sie weiter und weiter bergauf, direkt auf den Palast zu. Konnte Begonia dort sein?

»Bitte, geliebte Ahnen«, flüsterte sie. »Führt mich zu meiner Tochter. Oder führt sie zu mir. Ich flehe Euch an.«

Der beschwerliche Anstieg endete am Palasttor. Alfalfa blieb nicht davor stehen, sondern ging an der Mauer entlang. Melodie hatte Teichmummel mittlerweile eingeholt und wischte sich den Schweiß von der Stirn. »Was macht die Kuh?«, keuchte sie. »Einen Spaziergang?«

In dem Moment kam die Kuh zum Stehen, vor der Tür eines Gartenschuppens. Teichmummel schlug das Herz bis zum Hals. War Begonia etwa in dem Schuppen? Das konnte nichts Gutes bedeuten.

Mit zitternden Händen öffnete sie die Schuppentür, deren Riegel sich leicht hochschieben ließ. Ein winziger Kopf auf dünnem Hals wand sich heraus. Dann folgte der gewaltige Körper eines zwei Meter fünfzig großen Vogels. Bei seinem Anblick muhte Alfalfa vor Freude und schmiegte ihren weißen Kopf an seinen fedrigen Körper. Der Vogel schlang seinen Hals und einen Flügel um Alfalfa.

Melodie lachte über das sonderbare Verhalten der beiden Tiere, doch Teichmummel wurde bei dem Anblick schwindelig. Der Vogel war so furchtbar groß! Und diese Füße – von ihnen stammten die gewaltigen Spuren, die sie gesehen hatte. Was hatte das alles zu bedeuten? Zuerst dieser unangenehme Mann, mit seinem Gerede über seinen gestohlenen »Sprauß«, und dann führte Alfalfa sie auf direktem Weg zu dem eingesperrten Riesenvogel. Wie hatte sie wissen können, dass er hier war? Und was hatte das alles mit Begonia zu tun?

Sie setzte sich in den kühlen Schatten zwischen den Büschen, die entlang der Palastmauer wuchsen, und ließ den Kopf zwischen die Knie sinken.

Nicht weit von ihr entfernt näherte sich eine kleine

Gruppe von Leuten den Toren des Palastes. Ein hochherrschaftlich aussehender Mann in Weiß und zwei Begleiter, einer in Rot und der andere in Blau, kamen auf sie zu. Melodie gesellte sich zu Teichmummel und zusammen spähten sie durch die Blätter der Rhododendronsträucher und lauschten.

»Gut gemacht, Herzog«, sagte der kleine Mann in Rot.

»Nennt mich nicht ›Herzog‹, sondern ›Kaiser‹.«

»Streng genommen ist es dazu noch zu früh«, sagte der Mann in Blau, was ihm einen strafenden Blick einbrachte. Der Mann in Weiß schaute sich um und winkte der auseinanderströmenden Menge zu.

»Wie ärgerlich«, murmelte er. »Geht schon mal vor, ihr zwei, und sorgt dafür, dass mein Mittagessen gleich bereitsteht.«

Die beiden Männer eilten zum Palast, während der zukünftige Kaiser seinen zukünftigen Untertanen zuwinkte und ihnen ein Haifischgrinsen schenkte.

»Das ist der Kaiser?«, flüsterte Melodie. »Der kann unmöglich erst zweiundzwanzig geworden sein.«

»Er ist der neue Kanzler«, erklärte Teichmummel. »Derjenige, der die Steuergesetze gemacht hat, wegen derer dein Bräutigam ins Gefängnis gesperrt wurde. Er plant die Macht über das Reich an sich zu reißen.«

Melodies Augen funkelten vor Zorn. »Soll ich hinlaufen und ihm vor die Schienbeine treten?«

Teichmummel erhob sich. »Nein, ich brauche seine Hilfe.« Sie eilte auf den Mann zu. Noch nie zuvor war sie so verwegen gewesen, aber ihre Tochter war ja auch noch nie zuvor verschwunden.

»Mein gnädigster Herr.« Sie verneigte sich ehrerbietig, doch dann purzelten ihr die Worte nur so aus dem Mund. »Ich bitte Euch, hört mich an. Meine Tochter, sie ist verschwunden. Sie ist auf der Suche nach unserer entlaufenen Kuh und nicht zurückgekehrt. Ich habe mich auf den Weg gemacht, um sie zu suchen. Die Kuh habe ich wiedergefunden, aber nicht meine Tochter. Ich bin der Kuh gefolgt und sie hat mich hierher zu einem Strauß geführt. Es ist sehr rätselhaft. Noch seltsamer ist, dass unten in der Stadt ein Zirkusmann ist, der behauptet, jemand hätte ihm seinen Strauß gestohlen. Oje! Oje!«, schluchzte sie unter Tränen. »Irgendetwas Schreckliches geht hier vor! Wer könnte mein Mädchen entführt haben?«

Der weiß gekleidete Mann starrte sie an, als hätte sie sich vor seinen Augen in einen Strauß verwandelt.

»Eine Tochter, eine Kuh und ein Strauß?«, wiederholte er. »Wieso ein Strauß? Wieso ausgerechnet heute? Und was hat das mit mir zu tun?«, murmelte er vor sich hin. »Gibt es irgendeine Verbindung?«

»Ja«, rief Teichmummel, »ein Strauß. Und eine Kuh, und meine Tochter. Könnt Ihr mir irgendetwas über sie erzählen?« Es schien, als ob er etwas wissen könnte. Erneut keimte Hoffnung in ihr auf.

Er wischte sich ein paar imaginäre Staubkörnchen von den Fingerspitzen. »Wie kommst du nur auf diese absurde Idee?«, erwiderte er hochnäsig. »Was willst du von mir, Frau?«

Teichmummel starrte auf seine großen Füße. »Helft mir, das Rätsel zu lösen«, flüsterte sie. »Schickt einen Suchtrupp los. Erlasst eine Anordnung, die jeden, der etwas über meine Tochter weiß, aufruft sich zu melden. Solche Dinge können helfen. Bitte, gnädigster Kaiser. Eure Hilfe ist meine einzige Hoffnung.«

Doch während die verzweifelte Mutter ihr Herz ausschüttete, wurde sein Blick hart und berechnend.

»Du maßt dir viel an«, sagte er. »Aber da ich in dieser Woche das Zepter überreicht bekomme, bin ich großzügig gestimmt. Und die Umstände deines Begehrens interessieren mich. Auch mir ist an der Lösung dieses Rätsels gelegen. Würdest du mich in den Palast begleiten? Und nachdem ich meine Berater zusammengerufen habe, werden wir einen Plan ersinnen, um dich bei der Suche nach deiner Tochter zu unterstützen.«

»O!«, rief sie. »O, edelmütiger Herrscher! Gesegnet sei Eure Großherzigkeit!«

»Fürwahr«, stimmte er zu. »Möge sie gesegnet sein. Hier geht es lang.«

Leichtfüßig eilte sie ihm nach. In ihrer Erleichterung vergaß sie, dass sie Melodie und ihr Kind und die Tiere zurückließ. Vor lauter Hoffnung achtete sie nicht auf die kunstvolle Pflasterung des Weges aus poliertem Rosenquarz. Ihr entging auch die Pracht des östlichen Palasteingangs mit seinen Marmorstatuen und seidenen Wandteppichen. Sie dachte an nichts anderes als an ihre Tochter.

Was vielleicht erklären mochte, warum sie keinen

Argwohn hegte, als der Kanzler und zukünftige Kaiser sie in einen kleinen Raum führte, wo sie auf seine Rückkehr warten sollte. Erst als er die Tür von außen schloss und verriegelte, wurde ihr klar, dass sie eingesperrt worden war.

26

NEUE VERBÜNDETE UND DIE RETTUNG INHAFTIERTER PERSONEN

Die Sonne hatte ihren höchsten Punkt erreicht und ihren Weg zum Horizont angetreten, als Key im Laufschritt zum Gärtnerschuppen zurückkehrte und sich japsend ins Gras fallen ließ.

»Krabbelnder Krebs«, keuchte er, als er auf dem Rasen eine Frau mit einem kleinen Kind erblickte, sowie die Kuh Alfalfa, die mit dem Strauß kuschelte. »Alfalfa, die Kuh! Was macht sie hier? Und wer seid Ihr?«

Die Frau sah ihn neugierig an. »Mein Name ist Melodie«, erwiderte sie. »Kennst du diese Kuh? Ich kam mit der Frau hierher, der die Kuh gehört und deren Tochter verloren ging, als sie versuchte, die Kuh wiederzufinden und nach Hause zu bringen.«

»Das muss Begonia sein«, sagte Key. »Vor einer Stunde war sie noch hier.«

Melodie strahlte und ihr Kindchen lachte. »Tatsächlich?

Teichmummel wird so erleichtert sein, wenn sie das hört! Hier, nimm mein Kind auf den Arm.«

Unsicher nahm Key den Kleinen entgegen. Doch beim Anblick seines süßen Gesichtchens musste er lächeln. Das Kind hatte so fröhliche braune Augen, dass er nicht anders konnte. »Aber warum ist sie jetzt nicht mehr hier?« Er überlegte kurz. »Teichmummel, sagtet Ihr? Ich glaube, Begonia nennt sie Mummelchen.«

»Mummelchen«, wiederholte Melodie. »Das gefällt mir.«

»Ihr sagtet, Mummelchen sei in der Hauptstadt. Aber wo ist sie jetzt?«, wollte Key wissen.

Melodie machte ein besorgtes Gesicht. »Ich weiß es nicht. Vor einer halben Stunde ist sie mit dem Kanzler, der offenbar bald Kaiser sein wird, in den Palast gegangen, um mit ihm zu sprechen. Sie ist ihm gefolgt und nicht zurückgekehrt.«

»Der Kanzler soll Kaiser werden …« Key stand auf. »Und Ihr wartet hier seit einer halben Stunde? Aber Ihr habt kein junges Mädchen hier langgehen sehen?«

Melodie schüttelte bedauernd den Kopf.

Key strich sich durchs Haar. »Diese Begonia!«, rief er. »Sie hat versprochen, dass sie nicht versucht, mit dem Kaiser zu reden, bevor ich vom Kerker zurück wäre. Das erschien uns beiden der sicherste Plan zu sein. Was Jungfrauen in Nöten angeht, gehört sie zu denen, die schlecht zu fassen sind. Ich glaube, sie will sich partout nicht retten lassen.«

»Hast du einen Namen?«, meldete Melodie sich zu Wort.

»O, Verzeihung«, erwiderte er. »Ich bin Key.«

»Erfreut, dich kennenzulernen, Key.«

»Mich freut es auch.« Er machte ein nachdenkliches Gesicht. »Wenn Begonia versucht hat, mit dem Kaiser zu reden, könnte sie überall sein.« Traurig betrachtete er das vor sich hin brabbelnde Kindchen in seinen Armen. »Das heißt, sie befindet sich aller Wahrscheinlichkeit nach im Kerker.«

Melodie griff nach Keys Hand und hielt sie fest. »Bist du sicher?«

»Ziemlich sicher«, sagte er. »Ich weiß nicht, ob die Geschichten wahr sind, aber es heißt, dass Leute, die den Kaiser ohne Erlaubnis ansprechen, oft dort unten landen.«

»Dann muss Teichmummel auch da unten sein«, vermutete Melodie. »Genau wie mein Ehemann.«

»Kriechende Krabbe.« Key pfiff durch die Zähne. »Wir müssen sie da rausholen.«

Melodie lief hin und her. »Aber wie? Keiner ist jemals aus dem Kerker entkommen.«

Key nahm die Schultern zurück und streckte seine magere Brust heraus, so gut es ging. »Ihr kennt mich noch nicht, gute Frau«, erklärte er, »aber ich bin der Retter der Eingesperrten, glaube nicht an die Macht von Schlössern und bin ein Romantiker durch und durch.«

Melodie blickte skeptisch drein. »Tatsächlich?«

»Das bin ich«, versicherte Key ihr. »Es hat seinen Grund, dass bislang noch niemand aus diesem Kerker entfliehen konnte. Schließlich hatte noch niemand einen tüchtigen Helfer wie mich an seiner Seite.«

Melodie sah Key nachdenklich an. »Du bist eine seltsame Bohnenstange«, ließ sie ihn wissen. »Aber vielleicht könntest du etwas für mich tun.«

Trotz der gefahrvollen Lage, in der sie sich befanden, lächelte Key das Kind an. Er konnte nicht anders. »Ich werde etwas tun, Verehrteste. Ihr könnt auf mich zählen.«

Melodie musterte ihn kritisch. »Du bist ziemlich aufgeregt, nicht wahr?«

»Schrecklich.«

»Kennst du diese Begonia schon lange?«

»Ich bin ihr vor zwei Tagen zum ersten Mal begegnet«, gestand Key.

Melodie nickte wissend. »Am selben Tag habe ich meinen Ehemann kennengelernt.«

Key brauchte einen Moment, bis ihm klar wurde, was sie gesagt hatte. »Euren *Ehemann*? Vor zwei Tagen habt Ihr Euren *Ehemann* kennengelernt?« Er riss die Augen auf. »Ihr macht Witze!«

»Keineswegs.« Sie klopfte sich den Staub vom Kleid. »Hör zu, Key. Ich werde dich begleiten und dir beistehen, so gut ich kann. Ich glaube, ich habe eine Idee, die vielleicht hilfreich sein könnte, aber um sie auszuführen, muss ich mein Kind wieder selber tragen.«

27

WAS EINEN STORCH IN PANIK VERSETZTE

Ganz oben auf der schlanken Turmspitze des kaiserlichen Palastes ragten Fahnenstangen hoch in den Himmel empor und präsentierten die stolzen, farbenfrohen Banner der Dynastie, von der Camellion in den letzten achthundert Jahren regiert worden war. Die meisten Geschöpfe hätten es als äußerst störend empfunden, wären sie gezwungen gewesen, in der Nähe der flatternden, knatternden Flaggen zu leben, doch das Storchenpaar, das sich entschieden hatte, sein schweres Nest auf dem Turm, am Fuße der Fahnenstangen zu bauen, störte sich nicht an dem Lärm. Wenn ihre Küken schlüpften, würden sie vor den Blicken ihrer meisten Feinde geschützt sein. Nur Adler, Milane und Bussarde flogen in solcher Höhe und diese wurden von den wehenden Bannern verscheucht. Solange die Fahnen flatterten, war hier oben ein Paradies für Störche.

Wenn Mama Storch aufmerksamer gewesen wäre, hätte sie vielleicht eine menschliche Gestalt auf dem Sims des Turmes sitzen sehen – die Beine gekreuzt und die Handflächen über dem Kopf zusammengepresst, den Blick nach unten gerichtet, auf die umherströmenden, stecknadelkopfgroßen Menschen der Hauptstadt.

»Endlich macht Ihr Eure Entspannungsübungen!«, sagte eine Stimme.

Hätte Mama Storch ihren geschmeidigen Hals mit dem eleganten Schnabel nach oben gereckt, wäre ihr nicht entgangen, dass der Mann Gesellschaft von einer kleinen Frau bekam.

»Ihr könnt Euch nicht für alle Ewigkeit vor mir verstecken, Liebster«, sagte sie. »Ich habe dazugelernt und halte jetzt immer nach Vögeln Ausschau.«

Der Mann blinzelte nicht. Seine Augen sogen das wimmelnde Leben in der Tiefe auf, er beobachtete all die kleinen Farbflecke, als könnte er sie zählen und beim Namen nennen. »Ich war beschäftigt.«

»Und?« Die alte Dame sprang auf den Sims, balancierte leichtfüßig auf einem Zeh und streckte das andere Bein hoch in die Luft. Rein zufällig wirkte sie so anmutig wie ein Storch. »Wie geht es Eurem Kaiser? Wird er Eure Dynastie retten können? Wieder für Gerechtigkeit in Eurem Reich sorgen?«

Der Mann wandte den Blick von der weit unter ihnen liegenden Hauptstadt. »Hier geht es nicht um mich.«

»Ach nein?«

Der Wind flaute ab und die flatternden Fahnen hingen schlaff an den Stangen herunter. Hoch über ihnen bemerkte das scharfe Auge eines kaiserlichen Adlers eine kleine Bewegung, als die Storchenmutter ein Zweiglein in ihre ausladende Nestkonstruktion flocht.

»Hört mal«, sagte der Mann, »habt Ihr nicht ein Milchmädchen, das Ihr retten müsst? Eine Eurer Enkeltöchter?«

»Begonia? Der geht es gut.«

»Ich glaube kaum, dass sie das momentan bestätigen würde«, widersprach der alte Mann. »Als Gefangene im Palast! Hättet Ihr sie nicht in diese Geschichte hineingezogen, würde sie jetzt Kartoffeln pflanzen. Zu Hause und in Sicherheit.«

»Wahrscheinlich habt Ihr Euren großen Namen und guten Ruf erworben, indem Ihr stets in Eurem sicheren Heim geblieben seid.«

Unter lautem Gebrüll verwandelte sich die Gestalt des alten Mannes in einen roten, zornigen Drachen mit feurigen Augen, messerscharfen Reißzähnen und grausamen, gedrehten Hörnern. Einen Schweif aus Flammen und Rauch hinter sich herziehend, schoss er empor und ein äußerst verwirrter Adler entschied, Storch von der heutigen Speisekarte zu streichen. Er flog hinab in die Palastgärten und landete auf dem sicheren, behandschuhten Arm des kaiserlichen Vogelwartes, während Mama Storch zitternd in ihrem Nest hockte und den Kopf unter den Flügel schob.

Die alte Dame stand mit vor der Brust verschränkten Armen da und schaute zu. »Das ist auch eine Möglichkeit, den Palast zu verteidigen«, sagte sie. »Soll ich jetzt Angst kriegen?«

Flammen schossen aus seinen Nüstern. »Werdet Ihr jemals aufhören, mich zu belästigen?«

Die Frau wechselte die Beine und streckte das andere

in die Höhe. »Das alte Lied. Ständig jagt Ihr den Leuten Furcht ein. Das ist kein Weg, um Probleme zu lösen. Ihr betrachtet das Leben als Schlachtfeld.«

»Tu ich nicht!«, fauchte das Untier und schnaubte mit seinen gewaltigen Nasenlöchern.

»Zählt bis zwanzig«, empfahl sie. »Denkt an Meereswellen.«

Der Drache zählte. Bei jeder Zahl stiegen ihm Rauchwolken aus den Ohren. Nach einer Weile begann er in der Luft zu schrumpfen. Seine Hörner zogen sich zurück, und seine Feueraugen wurden wieder zu den wässrigen, bebrillten Augen des Kartenmeisters. Mama Storch lugte unter ihrem Flügel hervor. Irgendetwas war geschehen, aber sie hatte schon vergessen, was.

Der ehemalige Dämon, der sich in einen müden alten Mann verwandelt hatte, sprach mit der Frau. »Wolltet Ihr etwas Bestimmtes von mir?«

»Könnt Ihr nicht irgendetwas tun, um diesen armen Seelen zu helfen?«, forderte sie grimmig.

»Ich tue doch etwas«, schmollte er.

»Und was mag das sein?«

Die Störchin gab ein quäkendes Geräusch von sich. Beide schauten zum Nest. Die Storchenmutter hatte ein Ei gelegt. Trotz ihrer Streitereien mussten die alten Leutchen lächeln.

»Ich halte die Hoffnung am Leben«, erklärte der Mann.

»Wessen Hoffnung?«

»Meine eigene zumindest. Ich hoffe immer noch, die

junge Kaulquappe kann noch dazulernen.« Er seufzte. »Aber vielleicht bin ich auch ein Narr.«

Die alte Frau strahlte. »Jetzt kommen wir einen Schritt weiter!« Sie spreizte die Beine zum Spagat auf dem höchsten Turm. »Spürt Euer Kaiser diese Hoffnung? Könnte es sein, dass er doch etwas gelernt hat?«

Er setzte sich wieder in den Schneidersitz, schloss die Augen und atmete ruhig ein und aus, oder versuchte es zumindest. »Ich gestehe ein, dass ich in dieser Hinsicht ein wenig enttäuscht bin.«

»Ist es dann nicht an der Zeit, dass wir ein bisschen mehr tun? Sollten wir nicht selbst hinuntergehen?«

Er atmete tief ein. »Es mag dazu kommen.« Er atmete langsam aus. »Es ist durchaus im Bereich des Möglichen.« Er holte nochmals tief Luft und schaute auf das Ei. »Aber lasst uns noch ein bisschen abwarten, um absolut sicher zu sein.«

28

GEFLÜSTERTE GESPRÄCHE UND UNTERIRDISCHER KRAWALL

Nachmittags im Palastkerker.

Im Kerker wusste niemand, welche Tages- oder Uhrzeit es war, bis auf den Wärter vielleicht, der ungeduldig auf seine Ablösung lauerte. Zufällig hatte er an diesem Abend eine Verabredung zum Tanz mit einer jungen Dame, die er gerade kennengelernt hatte, und der nächste Wärter sollte pünktlich erscheinen, damit er nicht zu spät kam. Er hatte Rasiermesser, Spiegel und eine zweite Kerze dabei. Während er sich rasierte, freuten die Gefangenen sich über das zusätzliche Licht. Da sie nichts Besseres zu tun hatten, machten sie sich miteinander vertraut, indem sie abenteuerliche Ausbruchspläne schmiedeten.

»Ich weiß was«, sagte Tree. »Wir rufen den Wärter herbei und stellen ihm ein Bein. Wenn er am Boden liegt, greifen wir durchs Gitter, schnappen uns seine Schlüssel und verschwinden von hier!«

»Ihr neigt zu gewaltsamen Vorgehensweisen, junger Mann«, stellte der alte Kanzler fest, der endlich wieder zu sich gekommen war. »Warum versuchen wir es nicht mit Diplomatie? Es wird doch nicht jeder unter Baxas Gewalt stehen. Ich konnte diesen schrecklichen Kerl übrigens noch nie ausstehen. Warum fragen wir nicht den Wärter, ob wir mit seinen Vorgesetzten sprechen können? Wenn sie erfahren, wer wir sind, werden sie ehrverpflichtet sein, uns herauszulassen.«

»Ruhe da hinten!«, blökte der Wärter.

Sie verstummten kurz. »Nein, sie würden uns nicht rauslassen«, flüsterte Tree. »Ich glaube nicht, dass es hier unten so was wie Ehre gibt.«

»Was denkt Ihr, Herr Schnauzbart?«, fragte der kaiserliche Mundschenk den gestrigen Neuzugang ihrer wachsenden Bruderschaft. Doch der kleine Mann hockte verloren im düsteren Teil seiner Zelle und blieb stumm. Er wirkte wie in Trance, wie in einem Albtraum, der zur Realität geworden war.

»Mir ist immer ganz sonderbar, wenn ich Euch anschaue, junger Mann«, sagte der Kanzler zu dem Neuankömmling. »Als würde ich Euch kennen, jedoch ohne zu wissen woher.«

»Mir geht es genauso«, pflichtete der Mundschenk ihm bei und schüttelte den Kopf. »Er muss eins dieser Allerweltsgesichter haben, die einen an irgendwelche Verwandte oder Freunde erinnern, obwohl man ihnen nie zuvor begegnet ist.«

»Also mir kommt er nicht bekannt vor«, widersprach Tree. »Ich sehe nur ein Gesicht, das dringend gewaschen werden müsste. Sonst nichts.«

Unter gewöhnlichen Umständen hätte ein hochgestellter Staatsmann wie der Kanzler keinen Umgang mit einem Mundschenk gepflegt, der seinerseits keinen Anlass gehabt hätte, mit einem Holzfäller zu reden. Aber das Gefängnis bringt hoch und niedrig Stehende zusammen und hebt die Unterschiede zwischen ihnen auf.

»Ich hab's!«, rief Tree. »Wir sammeln das ganze Stroh zusammen, werfen unsere Kleider auf einen Haufen und versuchen alles anzustecken!«

»Gütiger Himmel«, sagte der Kanzler.

»Ach wäre ich doch wieder auf dem stinkenden Schweinehof meines Onkels!«, jammerte der Mundschenk. »Da wäre ich wenigstens in Sicherheit!«

»Nein, wir könnten es schaffen«, beharrte Tree. »Wenn wir nur an die Kerze da drüben kämen! Soll ich vielleicht meine Strümpfe an eine Stange knoten und anstecken? Damit könnte ich den Kleiderhaufen in Brand setzen und wenn er kommt und das Feuer löschen will, Paff! Und dann schlage ich ihm die Zähne ein.«

Der Kanzler schüttelte den Kopf. »Barbarisch.«

»Aber möglicherweise wirkungsvoll«, meinte der Mundschenk. »Aber vielleicht ignoriert er das Feuer. Dann hätten wir nichts gewonnen und unsere Kleider verloren.«

»Hier unten im Winter ohne Kleider! Nicht auszudenken!«, flüsterte der Kanzler entsetzt. »Nein, nein. Das ist zu gefährlich. Wir könnten im Qualm ersticken. Wenn es uns nicht gelingt, die Schlüssel an uns zu bringen, sitzen wir in der Falle und werden ein Opfer der Flammen. Ach, wäre unser wahrer Kaiser nur hier! Dann wären wir niemals in diese schreckliche Lage geraten.«

»Glaubt Ihr wirklich, er hätte Baxa aufhalten können?«, fragte der Mundschenk skeptisch.

Der alte Kanzler seufzte. »Nein. Wahrscheinlich nicht.«

Der seltsame, kleine Gefangene blickte bei dieser Feststellung auf.

»Aber ich bezweifle, dass Baxa die Machtübernahme inszeniert hätte, wenn der Kaiser nicht verschwunden wäre«, fuhr der Kanzler fort. »Baxa ist nichts weiter als ein Feigling.«

Der schweigsame Gefangene schien mit seinen Gedanken weit fort zu sein, aber seine Gefühle brodelten dicht unter der Oberfläche. *Merkwürdig*, dachte der Mundschenk.

»Ich weiß immer noch nicht, wieso der Kaiser fort ist«, sinnierte der Kanzler. »Es bricht mir das Herz, dass ich ihn nicht finden konnte. Was würde seine Mutter nur zu mir sagen? Ich mag gar nicht daran denken. Ich habe ihr versprochen, auf ihn aufzupassen.« Er wischte sich die Augen.

»Wenn der wahre Kaiser hier wäre«, jammerte der Mundschenk, »wäre ich sauber, gut gekleidet und wohlgenährt und hätte keine anderen Sorgen, als ihm die Getränke zu servieren, auf die er Lust hat.« Er lachte verbittert. »Und ihn nicht zu verärgern, damit er mich nicht fortjagt oder hinrichten lässt.«

»Klingt mies«, sagte Tree. »Da arbeite ich lieber als ehrlicher Holzfäller, als vor einer solchen Ratte zu buckeln.«

»O, er ist keine Ratte«, widersprach der Kanzler sanft. »Er

ist noch ein Junge. Nicht viel älter als unser Mundschenk hier.«

»Ein Junge, der zweiundzwanzig Jahre alt ist und bald das Zepter überreicht bekommt!«, rief Tree entrüstet. »Als ich zweiundzwanzig war, hatte ich schon jahrelang selbst für meinen Unterhalt gesorgt und mir eine Blockhütte gebaut.«

»Er wäre schon noch erwachsen geworden«, sagte der Kanzler traurig. »Aber das spielt jetzt keine Rolle mehr, denn er ist fort. Ich habe solche Angst, dass er für immer verschwunden bleibt.«

Der Neuankömmling war aus seiner Zellenecke hervorgekrochen und streckte seine zitternde Hand nach dem Kanzler aus.

»He, du!«, sprach Tree ihn an. »*Du* bist doch der, der den Kaiser entführt hat! Das hat der Wärter gesagt. Warum hast du das getan? Was hast du mit ihm angestellt?«

»Immer mit der Ruhe, Holzfäller«, beschwichtigte ihn der Kanzler. »Verurteile ihn nicht voreilig! Ich glaube nicht, dass ein Entführer etwas mit dem Verschwinden des Kaisers zu tun hatte.«

Der Mundschenk hatte Mitleid und entschied sich für ein Friedensangebot. »Neuer Bursche«, sprach er ihn an. »Ruhiger Geselle. Keiner von uns anderen hier ist dessen schuldig, was man ihm vorwirft – abgesehen von dir, Tree, weil du ja tatsächlich geheiratet hast. Wir sollten also davon ausgehen, dass du ebenfalls unschuldig bist. Aber du musst mit uns reden. Du musst uns deine Geschichte erzählen.«

»Schluss mit dem Geplapper!«, befahl der Wärter.

Sie warteten, bis er sie vergessen hatte. Dann versuchte der Kanzler noch einmal sein Glück.

»Junger Mann«, sprach er den kleinen Gefangenen an, »was auch immer Ihr getan oder nicht getan haben mögt, fasst Mut. Nichts ist so schrecklich, wie es scheint. Nun ja, meistens, jedenfalls.«

Der kleine Gefangene umklammerte die Gitterstäbe seiner Zellentür und fixierte den alten Kanzler mit erwartungsvollen, furchtsamen Augen.

»Es hat keinen Zweck«, stellte Tree fest. »Der Bursche will nicht reden. Der ist schuldig, das steht fest.«

Der Kanzler beachtete ihn nicht. »Ich lebe schon sehr lange«, sagte er. »Zu lange nach Baxas Meinung. Doch in dieser Zeit habe ich erlebt, dass sich alles irgendwann verändert. Das Gute und das Böse. Beides verändert sich. Also verliert nicht die Hoffnung. Jeder kann von vorn anfangen. Vor allem jemand, der so jung ist wie Ihr. Wir alle müssen im Verlauf unseres Lebens immer wieder neu anfangen. Dessen muss man sich nicht schämen.«

Der Mundschenk hätte schwören können, er hätte eine Träne gesehen, die dem kleinen Mann über die Wange in seinen langen Schnauzbart rann. Armer Kerl.

Schließlich sprach der stumme Gefangene. »Aber ich habe … schreckliche Dinge getan.«

»Seht ihr?«, rief der Holzfäller. »Er gibt es zu. Er ist schuldig.«

»Sei still, Tree«, wies der Mundschenk ihn zurecht. »Er will reden.« Aber was war das? Hatte er diese Stimme nicht schon einmal gehört? Doch das konnte nicht sein. Oder doch?

»Und alle hassen mich.« Der Gefangene schniefte in seinen schmierigen Ärmel.

Der Kanzler kicherte. »Wie oft ich das von jungen Burschen gehört habe! Es ist ganz normal, sich so zu fühlen. Aber es entspricht nie der Wahrheit. ›*Alle*‹ hassen Euch nicht.«

»Vielleicht doch«, vermutete Tree.

Der Mundschenk sah ihn strafend an.

»Ich meine nur, es könnte sein. Wir wissen es nicht.«

»Aber niemand«, fuhr der Gefangene fort, »schafft es, jemals aus diesem Kerker auszubrechen. Der … Der …« Er suchte vergeblich nach dem richtigen Wort. »Der, äh, derjenige, der hier das Sagen hat. Er sorgt dafür.«

Der Kanzler strich sich über den spärlichen Bart. »Es hat einen Ausbruch gegeben, vor etwa sechzig Jahren«, sagte er. »Ein berüchtigter Dieb hat es nach draußen geschafft und den Palastschatz gestohlen. Wie Ihr seht, sollte man niemals ›nie‹ sagen.«

Der Mundschenk stöhnte. Tree sackte hoffnungslos zu Boden. Doch der kleine Mann hielt die Gitterstäbe fest umklammert und beobachtete den Kanzler, wie ein Hund seinen Herrn am Esstisch beobachtet.

Wenige Sekunden später waren im Kerker äußerst ungewöhnliche Geräusche zu hören: die Stimme einer Frau und das Geschrei eines Babys. Die Gefangenen – sogar der Neuankömmling – reckten die Hälse, um zu sehen, was vor sich ging, obwohl Ohren im schummerigen Kerkerlicht weitaus nützlicher waren als Augen. Im Licht der Rasierkerze des Wärters konnten die Gefangenen, wenn sie sich anstrengten und die Augen zusammenkniffen, ein paar schemenhafte Gestalten erkennen.

Dicht gefolgt von einem wütenden Soldaten stürmte eine Frau auf den Tisch des Wärters zu. »Mach, dass du hier rauskommst!«, bellte er sie an.

»O, bitte, bitte, guter Herr!«, heulte die Frau. »Ihr müsst mich zu meinem Ehemann lassen!«

»Melodie?«, schrie Tree. »Bist du das wirklich?«

Als Antwort schrie das Baby. Sein Gekreische war so schrill, dass sich beide Wärter die Ohren zuhielten.

»O, mein armes, armes vaterloses Kind!«, jammerte Melodie unter herzzerreißendem Geschluchze. »Hier, Herr Wärter. Halten Sie meinen Kleinen.«

Ehe der Wärter wusste, wie ihm geschah, wurde er zum vorübergehenden Eigentümer eines kräftigen, rotgesichtigen, brüllenden, feuchten kleinen Menschenwesens. Er hielt es hoch in die Luft und versuchte, sich trotz des Lärms Gehör zu verschaffen.

»Was fange ich damit an?«

Melodies Stimme gab den vom Babygeschrei geplagten Trommelfellen der Wärter den Rest.

»Gebt ihm einen Kuss auf die Wange. Denn das arme Würmchen besitzt keinen Vater, der es beschützt!« Sie kniete zu Füßen des Wärters und umschlang flehentlich seine Beine.

»Wenn du dem Kind was zuleide tust«, brüllte Tree, »kriegst du's mit mir zu tun, Gitter hin oder her!«

Der Kollege des Wärters, derjenige, der Melodie nicht aus dem Kerker verscheuchen konnte, fand es leichter, seinen Kameraden auszuschimpfen, als eine schluchzende Mutter und ihr schreiendes Baby anzubrüllen.

»Leg das Ding weg, Lee. Und wirf das Pack hier raus!«

Lee, das war offensichtlich der Name des unglücklichen Wärters, starrte den anderen Wärter empört an. »Ich kann es nicht einfach hinlegen«, erklärte er. »Man legt ein Baby nicht einfach irgendwohin. Schon gar nicht auf einen Boden wie diesen.«

»Dann sorg dafür, dass es aufhört zu schreien.«

Lee drückte dem anderen Wärter das Kindchen in die Arme. »Sorg *du* dafür, dass es still ist.«

Der andere wich zurück, als ob Lee ihm einen Teller voller Pestgeschwüre vor die Nase halten würde. »Ich hab keine Ahnung von Säuglingen.«

»Und ich soll mich damit auskennen?«

»Armer kleiner Waisenjunge!«, kreischte Melodie. »Armes vaterloses Kind, und seine arme, verwitwete Mutter!« Sie heulte wie ein Dämon, der um Mitternacht die Straßen unsicher macht. »Und alles nur, weil sein Vater in den Kerker geworfen wurde. O weh! O weh!«

Und so ging das Theater weiter. Das Kind schrie, die Mutter schrie, die Wachen brüllten sich gegenseitig an. Die Gefangenen waren so fasziniert von der Vorstellung, dass ihnen um ein Haar etwas noch viel Ungewöhnlicheres entgangen wäre, das sich zur gleichen Zeit abspielte, während Melodie und ihr Kind die Wärter in den Wahnsinn trieben.

Ein dünner Junge, von Kopf bis Fuß mit dunklem Schmutz bedeckt, wodurch er im düsteren Kerker kaum zu sehen war, hatte sich hinter dem zweiten Wärter die Treppe hinuntergeschlichen. Als sich die beiden Wärter mit der widerspenstigen Frau und ihrem kleinen Kind herumärgerten, stahl sich der Junge auf Zehenspitzen zum Zellenschloss des neuen Gefangenen.

»*Key*?«, flüsterte er. »Was tust du denn hier?«

Der Junge legte den Finger an die Lippen und zog einen Ring mit glänzenden Werkzeugen und alten Schlüsseln aus der Tasche. Dem kaiserlichen Mundschenk schien es, als würde er eine Ewigkeit an dem Schloss herumfriemeln. Tausend Ewigkeiten. Der Junge lauschte. Probierte. Mit seinen langen, geduldigen Fingern tastete er an dem Kästchen herum, in dem sich der Schließmechanismus befand. Als der Mundschenk sicher war, dass er es nicht schaffen würde, sah er die Zähne des Jungen in der Dunkelheit aufblitzen. Er lächelte. Der Riegel glitt zurück und die Tür des Fremden öffnete sich ein paar Zentimeter.

Der neue Gefangene streckte den Kopf aus der Zelle. »Bist du *wegen mir* zurückgekommen?«

»Sch!«

Unverzüglich nahm der Junge sich Trees Schloss vor. Der Holzfäller starrte ihn mit offenem Mund an, doch der Junge zeigte auf die Wärter und seine Frau und bedeutete ihm, weiter Krawall zu machen. Also stieß er weitere Beleidigungen und Flüche aus, obwohl er nicht mehr mit ganzem Herzen bei der Sache war. Sein Blick klebte an den geschickten

Fingern des Jungen, die sich diesmal noch ein wenig schneller bewegten.

»Ist heute ein Mädchen in den Kerker gebracht worden?«, hauchte der Junge. »Oder eine Frau?« Der junge Mundschenk, der den Burschen seit seinem Auftauchen nicht aus den Augen gelassen hatte, schüttelte den Kopf. Der Junge machte ein enttäuschtes Gesicht, arbeitete jedoch fleißig weiter.

Jetzt war nur noch ein Schloss zu knacken, und mittlerweile erwies er sich als richtiger Experte: Ein Ruck, eine Drehung und das Schloss, das den kaiserlichen Mundschenk und den Kanzler gefangen hielt, sprang auf.

Alle Türen standen offen. Alle Gefangenen waren auf dem Sprung. Die Wärter standen immer noch da und brüllten sich und die Frau und ihr schreiendes Kind an. Was war zu tun?

Der Junge flüsterte Tree etwas ins Ohr, worauf der Holzfäller von einem Ohr zum anderen grinste und nickte.

Dann trat der Schlüsselexperte in den Lichtkegel der Kerze, wo er für alle gut sichtbar war. »Jetzt!«, rief er.

Viele Dinge passierten gleichzeitig.

Melodie sprang auf und riss dem Wärter ihr Kind aus den Händen, woraufhin der Kleine augenblicklich aufhörte zu weinen.

Die beiden Wärter bemerkten den Jungen, preschten wie zwei wütende Bullen auf ihn los. Bevor sie ihn erreichten, schwang eine Zellentür auf und knallte gegen ihre Köpfe. Eine sehr schmerzhafte Erfahrung für beide Wärter. Bevor sie wieder zur Besinnung kamen, fanden sie sich in einer abgeschlossenen Zelle wieder, während der dreiste Junge durch die Gitterstäbe langte, um ihre Gürtel und Schlüssel zu stehlen.

»Gut gemacht, junger Mann«, rief der Kanzler. »Und Ihr, Herr Tree, habt eine bemerkenswerte Auffassungsgabe bewiesen.«

»Ja, gut gemacht, Vetter Key«, sagte der Mundschenk zu dem mageren Kerlchen.

Der Junge schnappte nach Luft. Mit offenem Mund starrte er den Mundschenk an. »*Vetter Shoe*? Wieso bist du nicht zu Hause bei den Schweinen?«

»Wieso bist du nicht dort?«, erwiderte der kaiserliche Mundschenk. »Ich hätte nie erwartet, dich Schlösser knacken zu sehen wie ein Juwelendieb.«

»Ich hätte nie erwartet, dir im Palastkerker zu begegnen!«, rief Key.

»*Später*«, sagte Tree. Er zeigte auf seine Frau, die ihnen hektische Zeichen gab, ihr aus dem Kerker zu folgen. »Das Familientreffen muss warten. Lasst uns so schnell wie möglich von hier verschwinden.«

29

WEITERE ZWEIFEL UND EIN ÜBERRASCHENDES ZUSAMMENTREFFEN

Während unter der Erde Dunkelheit, Chaos und Sabotage den Kerker in Aufruhr versetzten, herrschten oben in den vergoldeten Korridoren und den reich dekorierten Gemächern des Palastes Ruhe und Frieden. Blumen blühten, Springbrunnen plätscherten und unermessliche Reichtümer und Kleinodien verbreiteten ihren strahlenden Glanz.

Ordnung, Perfektion und Frieden erfüllten jeden Raum.

Bis auf eine Ausnahme.

Der Raum, in den man Begonia eingesperrt hatte und der seit über einer Stunde Schauplatz ihres heftigen Protestes war.

Sie hatte auf die Tür eingehämmert, bis ihre Fingerknöchel bluteten.

Sie hatte geschrien, bis ihr die Stimme wegblieb.

Sie hatte Stühle aufeinandergestellt und vergeblich versucht, die verriegelten Fenster aufzureißen.

Noch nie in ihrem Leben war sie in so einem eleganten,

prunkvollen Raum gewesen. Und noch nie hatte sie sich so eingesperrt und ausgeliefert gefühlt.

Durch irgendein Katzenwunder war es Sturmwolke gelungen, an ihrer Seite zu bleiben, als die unbarmherzigen Männer sie hereingeschleift hatten. Jetzt lag sie auf Begonias müden Beinen. Die Gesellschaft des Kätzchens spendete ein winziges Quäntchen Trost.

Dieser bösartige, sogenannte Kaiser! Dieser niederträchtige Thronräuber! »Baxa der Eroberer« war nichts weiter als ein raffgieriger Tyrann. Ein brutaler Kerl in teuren Kleidern mit einer Armee, die einem mächtigen Reich seine Grausamkeiten aufzwang. Es war nicht richtig. Es war nicht gerecht. Und es war furchterregend.

Armer, törichter Schnuppi, für immer unten im Kerker gefangen. Nicht mal ein Trottel wie er hatte das verdient. Und sie – würde es ihr besser ergehen? Würde sie jemals Mummelchens Gesicht wiedersehen?

Der Gedanke an ihre Mutter gab Begonia den Rest. Diese drei Tage fort von zu Hause kamen ihr vor wie drei Jahre. In der letzten Woche hatte sie nichts anderes vorgehabt, als den Gemüsegarten zu düngen, ihre Setzlinge auszupflanzen und die frisch geschlüpften Küken im Hühnerstall zu zählen. Vor drei Tagen hatte sie nichts anderes vorgehabt, als ihre entlaufene Kuh zu finden und vor dem Mittagessen wieder zu Hause zu sein. An diesem Morgen hatte sie nichts anderes vorgehabt, als die Ungerechtigkeiten dieser Welt zu bereinigen. Und sie war so naiv gewesen zu glauben, sie könne dies durch ein Gespräch mit dem Herrscher erreichen.

Key hatte sie gebeten, beim Schuppen zu warten, bis er von seiner Erkundungstour aus dem Kerker zurück war. Er würde sich furchtbare Sorgen machen, wenn er sie dort nicht mehr vorfand. Ob das Tier wohl noch da war? Hatte sich Poka etwa seinen »Sprauß« zurückgeholt?

Zornig starrte Begonia auf die lackierte Tür, die sie gefangen hielt. Der kunstvoll gearbeitete Türknauf war ihr Feind. Nein, nicht der Knauf, sondern das Schloss.

Ich glaube nicht an die Macht von Schlössern.

Keys lächerliche Behauptung kam ihr in den Sinn. Genauso gut konnte sie die Gefahr eines Gewitters abstreiten und versuchen, die Blitze zu stoppen, die ihre Tiere in Angst und Schrecken versetzten.

Dennoch hatte dieser sonderbare Junge sie aus Pokas Tigerkäfig befreit.

Sollte sie vielleicht auch einmal ausprobieren, die Macht von Schlössern infrage zu stellen?

Sie stand auf, wobei sie Sturmwolke erschreckte. Langsam und vorsichtig schlich sie zur Tür, als würde sie sich einem machtvollen Gegner nähern. Sie spähte durch den Spalt zwischen Tür und Rahmen. Da war der Riegel. Auf Begonias Seite gab es kein Schlüsselloch, doch direkt unter dem Knauf entdeckte sie ein winziges Löchlein im Messingbeschlag. Das konnte ihr nicht viel nutzen.

Behutsam ruckelte sie am Knauf. Das Schloss regte sich nicht. Sie drehte den Knauf ein klein wenig nach links, bis er sich nicht weiter drehen ließ. Nichts. Sie strich sich das staubige Haar aus der Stirn und dachte nach. Pfui, sie brauchte dringend ein Bad! Ihr schmuddeliger violetter Schal hing ihr schlaff um die Schultern. Die Senfmüllerin hatte ihn ihr geschenkt. Was war das nur für ein Tag voller merkwürdiger Geschenke gewesen!

Geschenke.

Sie langte in ihre Schürzentasche und tastete nach der Haarnadel, die sie von der verwitweten Mutter mit dem kleinen Baby bekommen hatte, und stellte fest, dass sie ganz schön lang war.

»Ich glaube nicht an die Macht von Schlössern«, flüsterte sie vor sich hin.

Langsam schob sie die Haarnadel in das winzige Loch. Nichts geschah. Sie bewegte die Nadel hin und her und drehte sie. Immer noch nichts. Zunehmend verzweifelt rammte sie die Nadel schließlich so tief in das Schloss, wie sie konnte.

Etwas bewegte sich, und ein Klicken war zu hören. Im Inneren löste sich eine Feder. Der Riegel schnallte zurück und der Türknauf ließ sich plötzlich ganz leicht drehen.

Begonia konnte es nicht glauben. Es war unfassbar. *Danke, Key*!

Argwöhnisch spähte sie aus der Tür. Kein Mensch weit und breit. Sie war sich ziemlich sicher, den Weg nach draußen zu finden. Ein paarmal rechts abbiegen und sie würde zum Ostportal gelangen.

Auf Zehenspitzen schlich sie den Flur entlang und huschte über die dicken Teppiche. Immer schneller lief sie durch die Korridore, die in die Freiheit führten. An unzähligen

Türen kam sie vorbei. Am Ende des Gangs blieb sie stehen und blickte vorsichtig um die Ecke.

Plötzlich wurde eine Tür in ihrer Nähe heftig zugeschlagen. Sturmwolke sprang erschrocken hoch. Begonia zuckte zusammen, als sei die zugeschlagene Tür ein fauchender, angriffslustiger Panther.

Die Tür knallte ein weiteres Mal, dann schien etwas an ihrer Innenseite herunterzurutschen. Eine leise, gramerfüllte Stimme drang durch den schmalen Spalt zwischen Tür und Teppich.

»*Wo ist … meine … Tochter?*«

Die Schmetterlinge in Begonias Bauch flatterten mit regenbogenfarbenen Flügeln davon. Sie riss ihre Haarnadel aus der Tasche, misstraute dem Schloss und fiel ihrer Mutter um den Hals.

30

FREUDIGE UND WENIGER FREUDIGE WIEDERSEHEN

Der kaiserliche Mundschenk, seinen Verwandten als Shoe bekannt, führte die Flüchtenden durch das Treppenlabyrinth, das den Kerker mit den unzähligen Kammern der Dienerschaft und den Palastfluren verband. Der Kaiserpalast bestand aus zwei Teilen, aus einer prunkvollen Wohnstätte für den göttlichen Herrscher und einem Gewirr von versteckten Gängen und Kammern, wo die Diener schliefen und aßen und arbeiteten und kochten und Dinge hin- und herschleppten. Küchen, Schlafzimmer, Waschräume, Vorratskammern, Käsekammern, Gurkenkammern, Fischkammern, Wäschekammern, unzählige Schränke – alles war vorhanden, auch wenn der Kaiser niemals etwas davon zu sehen bekam.

»Sie werden nach uns suchen«, warnte Shoe. »Wir müssen uns irgendwo verstecken, wo sie uns nicht vermuten.«

Der seltsame Gefangene folgte Shoes Vetter Key wie ein kleines Hündchen. »Du bist wegen mir gekommen?«, murmelte er immer wieder. »Du bist wirklich wegen mir gekommen?«

»Woher kennst du diese Person, Vetter Key?«, fragte Shoe, der Mundschenk.

»Das ist eine lange Geschichte«, erwiderte Key.

»Was ist unser Plan?«, keuchte der beleibte Kanzler. »Anscheinend haben Baxa und seine Kumpane schon die Armee auf ihre Seite gezogen. Welche Chance bleibt uns da noch?«

»Wer ist Baxa?«, fragte Key.

»Lasst uns die Diener zusammentrommeln«, sagte Mundschenk Shoe. »Alle, die dem Kaiser treu geblieben sind. Das dürften die meisten sein. O! Ich weiß! Das Schlafgemach«, flüsterte er. »Sie werden niemals darauf kommen, uns dort zu suchen.«

Die Diener, die sie auf dem Weg dorthin trafen, schlossen sich ihnen an. Der Mundschenk spähte durch eine Tür, um sich zu vergewissern, ob im dahinterliegenden Flur die Luft rein war. Hastig zog er den Kopf zurück.

»Key«, hauchte er, »sagtest du, dass du nach einem Mädchen und einer Frau suchst?«

Begonia und ihre Mutter hatten die Flucht aus dem Palast fast geschafft, als sich eine Tür öffnete, aus der Key wie eine Kanonenkugel herausgeschossen kam.

»Fräulein Begonia!«, flüsterte er erfreut. »Kommt mit uns! Hier lang! Beeilt Euch!«

»Wen meinst du mit uns?«, fragte sie. »Und wohin gehen wir – o!«

Ehe sie sichs versah, landete sie mit ihrer Mutter in einem langen, schmalen Flur, in dem sich vornehm gekleidete

Diener drängten. Die Witwe mit dem Baby war auch dabei. Und der große Holzfäller. Und Schnuppi! Und Key, direkt daneben. Ihr wurde ganz schwindelig.

Sie taumelten in einen großen, schummerigen Raum. Ein Diener, den Key als seinen Vetter Shoe vorstellte, zog schnell ein paar Vorhänge auf, um ein bisschen Licht hereinzulassen.

Begonia, Key und Mummelchen konnten kaum glauben, was sie sahen. Die reich dekorierten Palastkorridore hatten sie nicht auf diesen Anblick vorbereitet.

Schnuppi achtete nicht auf den Prunk. Er trat direkt auf Begonia zu. »Fräulein Begonia«, sagte er und sprach tatsächlich ihren Namen aus! »Seid Ihr nach Lotus gekommen, um *mich* zu finden?«

Begonia grinste. »Unter anderem!«

»Aber warum?«

»Weil Ihr uns gebraucht habt«, ließ sie ihn wissen. »Was ist mit Euch geschehen, Schnuppi? Ihr benehmt Euch sehr merkwürdig. Haben sie Euch im Gefängnis gefoltert?«, wollte sie wissen. »Auf den Kopf geschlagen?«

Er schien ihre Worte nicht gehört zu haben. »Ihr seid gekommen, weil ich Euch brauchte«, wiederholte er. Dann streckte er ihr die Hand entgegen – ungeschickt, als hätte er es noch nie zuvor getan. Sie schüttelten sich die Hände.

»Mummelchen!«

»Melodie!«

Begonia war völlig entgeistert, als Mummelchen die Witwe wie eine alte Freundin in die Arme schloss.

»Du hast deine Tochter gefunden!«, rief Melodie.
»Und du deinen Ehemann!«, erwiderte Mummelchen.
»Moment mal«, sagte Begonia zu Key, der an ihre Seite getreten war. »Hat meine Mutter gerade ›Ehemann‹ gesagt?« Sie starrte Key an. »Diese beiden haben sich doch erst vor zwei Tagen kennengelernt!«
»Ich weiß.«
»Tatsächlich?« Begonia schüttelte den Kopf.
Sie nahm das luxuriöse kaiserliche Schlafgemach mit den Seidenkissen und Marmorspringbrunnen in Augenschein. In diesem Raum befanden sich genügend Reichtümer, um ganz Zweimühlen mitsamt sämtlichen Nachbardörfern aufzukaufen. Sturmwolke sprang auf das gigantische Bett und drehte sich so lange im Kreis, bis sie Decken und Kissen in ein gemütliches Nest verwandelt hatte, geradeso als wäre sie in diesem kaiserlichen Gemach zu Hause.
Shoe ging zur Wand und schlug einen hölzernen Schlegel auf eine Silberflöte. Bevor der glockenhelle Ton verklungen war, öffneten sich versteckte Türen und Vorhänge, als eine noch größere Gefolgschaft von Dienern in den Raum geströmt kam. Mit Kitteln bekleidete Bäcker trugen Tabletts voller Feingebäck, und Konfiseure servierten wackelnde Geleefrüchte auf großen Tellern. Die Masseurin schleppte glatte Massagesteine herbei. Ein Priester kam mit duftendem Weihrauch. Tänzer mit Seidentüchern und Tamburinen. Ein neuer Mundschenk mit zu Zöpfen geflochtenem, schwarzem Haar brachte eine Kanne mit Zitronenwasser. Zweite und dritte Mundschenkgehilfen schafften Gläser

und Eis herbei. Lakaien und Diener warteten auf Befehle. Köche schwangen Löffel und Kellen. Der kaiserliche Vogelwart erschien mit einem Falken auf der Schulter.

»Wer hat geläutet?«, rief der kaiserliche Parfümeur.

»*Kanzler*?«, rief der Koch.

»*Mundschenk*?«, rief der Priester.

»Man sagte uns, Ihr wärt tot!«, krächzte der dritte Mundschenkgehilfe, und ließ seine Eiswürfel klirren.

Etwas Merkwürdiges geschah zwischen den Dienern und Schnuppi, bemerkte Begonia. Immer wenn sie ihn anschauten, stutzen sie, runzelten die Stirn und wandten den Blick ab, einer nach dem anderen. Verwirrt schüttelte Begonia den Kopf.

Der neue Mundschenk stellte seine Kanne ab, umarmte Shoe und küsste ihn auf beide Wangen. »Ich dachte schon, Baxa hätte dich hingerichtet.« Nervös befühlte er seinen eigenen Hals.

Der erste Servierer der Nachmittagsleckereien bot Hähnchenspieße an. »Ein abscheulicher Mensch. Dagegen ist unser Kaiser ein Heiliger.« Lachen perlte durch den Raum.

Begonia nahm eine Bewegung wahr. Es war Schnuppi. Während kein anderer ihn beobachtete, ergriff er die Kanne des neuen Mundschenks und schlich damit unbeholfen in einen Nebenraum. Die eleganten Kleider, die an der Wand hingen, ließen darauf schließen, dass es sich um eine Art Schrank handeln musste. Das war's also mit dem neuen Schnuppi. Offenbar wollte er das ganze Wasser für sich allein.

In kurzen Worten erklärten die Gefangenen, was ihnen passiert war, und die Diener berichteten von Baxas Taten, seit er sie eingesperrt hatte.

»Was sollen wir jetzt tun?«, fragte eine Tänzerin.

»Alle Soldaten fressen ihm aus der Hand«, sagte der Priester.

»Und sie fressen alle meine Vorräte auf«, rief der Koch. »Ständig schreien sie nach Fleisch, Fleisch, Fleisch!«

»Von Windbeuteln wollen sie nichts wissen«, klagte der Bäcker.

»Er ist völlig verspannt«, sagte die Masseurin. »Keinerlei Flexibilität!«

»Moment mal.« Der alte Kanzler hob den grauen Kopf. »Wo ist der Mundschenk?«

»Ich stehe genau vor Euch!«, erwiderte Shoe lachend.

»Dich meine ich nicht«, sagte der Kanzler. »Ich meine den Neuen.«

Sie schauten sich um. Von dem zopftragenden Mundschenk war weit und breit nichts zu sehen. Er war fort.

»Verrat«, flüsterte der Priester.

»Ich hab ihn nie gemocht«, sagte eine Wäscherin. »Ein öliger Geselle.«

»Wo ist dieser andere Gefangene?«, fragte Shoe. »Hast du ihn nicht ›Schnuppi‹ genannt, Key?«

»Er schien ein zwielichtiger Bursche zu sein«, meinte Tree.

»Wenn er zu Baxa gegangen ist, sind wir tot!«, schrie Shoe.

Am anderen Ende des Raums fiel eine Tür ins Schloss.

»Wie treffend du dich auszudrücken vermagst, ehemaliger Mundschenk«, ertönte eine Stimme aus dem düsteren Alkoven bei der Tür. »Ich selbst hätte es nicht besser sagen können.«

Sie drehten sich herum.

Baxa, der falsche Kaiser, trat aus dem Schatten hervor, an seiner Seite der kleine Rote und der dicke Blaue. Daneben stand der neue Mundschenk und lächelte nervös. An der gegenüberliegenden Wand warteten zwei Dutzend Soldaten mit gezogenen Schwertern.

»Kesselt sie ein«, befahl Baxa mit rauer Stimme. »Werft sie alle in den Kerker.«

31

ZWEI ENTLARVTE HERRSCHER

Schreie und ein Kampf. Stühle und Nudelhölzer wurden zur Gegenwehr eingesetzt. Doch im Nu waren sie umringt und zusammengepfercht. Key stand Begonia zur Seite und hielt ihre Hand. Trees laute Flüche verstummten, sobald die Soldaten ihre Schwerter auf Melodie richteten.

»Diese Gefangenen sind zu gefährlich für den Kerker«, verkündete Baxa. »Wir können auf ein Gerichtsverfahren verzichten. Ruft den Henker herbei!« Der kleine Rote – Graf Rudo – huschte davon.

»Und wen haben wir hier?«, sagte Baxa in selbstgefälligem Tonfall und nahm seine Gefangenen in Augenschein. Er erinnerte Begonia an Minzi, wenn sie in der Scheune eine Ratte in die Enge trieb. Der Gedanke machte ihr Angst. »Da müsste noch ein weiterer Gefangener sein«, bemerkte Baxa. »Ist er noch im Kerker? Der kleine Mann mit dem Schnauzbart?«

Niemand antwortete.

»Er wird beschuldigt, den Kaiser entführt und ermordet

zu haben«, bellte Baxa. »Er verdient die gesetzliche Höchststrafe.«

Begonias Abneigung gegen Baxa hatte sich, während sie eingesperrt war, zu glutrotem Hass gesteigert, der jetzt flammend aufloderte. Schnuppi mochte zwar eine nutzlose Plage für die Menschheit sein, doch irgendwie war er zu *ihrer* Plage geworden. Baxa hatte eine Grenze überschritten.

»Ist es nicht seltsam«, sagte sie mit lauter Stimme, »dass Euch so viel daran liegt, den Mörder des Kaisers zu bestrafen …« Sie holte tief Luft und konnte kaum glauben, was sie da tat. »Wo durch den Tod des Kaisers Eure kühnsten Träume von Macht in Erfüllung gehen würden?«

Baxa schnappte nach Luft. Der blaue Dickwanst flüsterte ihm etwas ins Ohr.

»Falls er wirklich tot ist. Doch wenn es so sein sollte, wo ist dann seine Leiche?«, fuhr Begonia fort.

»*Begonia*«, flüsterte Mummelchen. »*Sei still.*«

Baxa blinzelte. »Für eine Leiche wird gesorgt.«

Der dicke Blaue stieß ihm den Ellbogen in die Rippen.

»Ich meine, es wurde dafür gesorgt, die Leiche für die baldige Beisetzung vorzubereiten.«

Er schien stolz, dass es ihm gelungen war, sich zu retten, aber Begonia und einige Soldaten schauten ihn fragend an.

»Hat einer von euch eine Leiche gesehen?«, fragte Begonia alle im Raum versammelten Leute.

»Der verschwundene Gefangene hat ihn umgebracht«, kreischte Baxa mit schriller Stimme. »Wir werden ihn aufspüren und ihn dafür bestrafen!«

Hinter ihnen meldete sich eine näselnde Stimme zu Wort.

»Es wäre eine Tat, die weit über meine Fähigkeiten hinausgehen würde, den, äh, den … zu töten.«

Begonia drehte sich um und sah eine Person aus Schnuppis Kleiderschrank treten.

»… den … wie sagt man noch gleich …«

»Den Kaiser?«, ergänzte Key.

»Ja. Genau«, bestätigte die Person. »Angesichts der Tatsache, dass ich der … äh … der, was du gerade gesagt hast, bin – oder einmal gewesen bin, oder mir eingebildet habe zu sein …«

Der Mensch war etwa so groß wie Schnuppi. Er sprach mit Schnuppis Stimme. Es musste Schnuppi sein. Aber er sah schrecklich aus. Ein goldener Reif lag schief auf seinem unfrisierten Kopf. Seine Haare und der lange Schnauzbart waren nass und Wasser rann auf seine Kleider, die offensichtlich von höchster Qualität waren, jedoch lose und unordentlich um seinen Körper schlabberten. Das Zuknöpfen einer grünen Seidenjacke war gründlich misslungen und aufgegeben worden. Er musste seine Gewänder festhalten, sonst wäre ihm die Hose auf die Füße gerutscht.

»In letzter Zeit will mir das Wort einfach nicht über die Lippen gehen«, sinnierte Schnuppi. »Ärgerlich.«

Baxas Augen quollen hervor. »Ihr!«, stotterte er zitternd. »Ihr!«

Schnuppi entdeckte den Kanzler. »Ist alles in Ordnung mit Euch, guter Herr Kanzler? Habt Ihr schlimme Verletzungen?«

Der Kanzler nahm seine Brille ab und putzte die Gläser. »Mir geht es gut und jetzt noch besser, da ich sehe, dass Ihr wieder daheim seid, mein ehrwürdiger Kaiser!«

»Ah!« Schnuppi strahlte. »Erkennt Ihr mich endlich, alter Freund?«

»Ihr seid der *Kaiser*?«, riefen Begonia und Key im Chor.

»Natürlich ist er es nicht!«, keifte Baxa.

»Eure Exzellenz!« Shoe sank auf die Knie.

Der Kanzler tat es ihm gleich und hatte etwas Mühe, sich tief genug zu verbeugen, um seine Ehrerbietung zu zeigen.

»Das ist lächerlich!«, schrie Baxa. »Wachen, ergreift den Betrüger. Wie könnte er der Kaiser sein, wenn er den Kaiser getötet hat?«

Die Soldaten zögerten.

»Vergesst nicht, von wem ihr bezahlt werdet«, mahnte Baxa.

Der Priester küsste Schnuppi die Hände. »Lieber sterbe ich mit dem wahren Kaiser, als dem falschen zu dienen.«

»Du wirst weder das eine noch das andere tun«, keifte Baxa, »denn *ich* bin der wahre Kaiser, und da kommt der Henker. Wir werden hier und jetzt einen Schlussstrich unter die Sache ziehen.«

Ein riesiger, ganz in Schwarz gekleideter Mann trat mit Graf Rudo durch die Tür. Sein Hals war dicker als sein Kopf und sein Körper schien nur aus Muskeln zu bestehen, doch was Begonia am meisten Angst einjagte, war das unheilverkündende Aufblitzen seiner Klinge, als sein langstieliges Beil von der Nachmittagssonne getroffen wurde.

»Runter mit ihren Köpfen!«, kreischte Baxa.

»Lang lebe der wahre Kaiser!«, rief der Priester tapfer.

»Aber ich bin kein wahrer, was auch immer ihr sagt«, fuhr Schnuppi fort, als ob Baxa gar nicht da wäre.

Doch Baxa war da. »Er ist nicht mal imstande, das Wort auszusprechen!«

»Zumindest bin ich kein richtiger.« Schnuppis schlecht gekleideter Arm hing nutzlos herab. »Ich weiß nicht, wie man regiert. Ich kann mich nicht einmal selbst anziehen. Wenn ich drüber nachdenke, kann ich überhaupt nichts.«

»Ha, seht ihr?«, rief Baxa. »Er gibt es zu!«

Fürst Hacheming stieß Baxa ein zweites Mal an.

»Als, äh, ihr wisst schon, habe ich nichts weiter getan, als geeiste Fruchtsäfte zu bestellen und mir den Rücken massieren zu lassen.« Wehmütig schaute er die Masseurin an, deren Augen sich röteten. »Diese Massagen waren wirklich etwas Besonderes.« Die Masseurin brach in Tränen aus und eine Tänzerin strich ihr über den Kopf.

»Habt Ihr das gehört?«, flüsterte Key Begonia zu.

Begonia schüttelte den Kopf. »Im Moment traue ich weder meinen Augen noch meinen Ohren.«

»Diese drei sind es nicht wert, unser Reich zu führen«, verkündete Schnuppi. »Aber ich bin es auch nicht. Bauernkinder mussten mich aus Gefahren retten. Warum sie das taten, ist mir schleierhaft, aber ich werde es niemals vergessen. Ich bin erbärmlich.« Er schniefte traurig. »Aber ich habe einen Plan.«

»Ich kann kaum erwarten, ihn zu hören«, höhnte Baxa.

»Die drei Verräter müssen für ihre Verbrechen zur Verantwortung gezogen werden. Wenn sie sich als schuldig erweisen, werden sie eine gerechte Strafe erhalten. Nicht im Palastkerker, denn der wird zugeschüttet.« Schnuppi blickte auf. »Mit ... Stroh, oder was würdet Ihr sagen, Kanzler?«

Der alte Mann hustete. »Ich schlage Erde vor oder Kies, Eure Hoheit. Das ist stabiler. Und dauerhafter.«

»O, ja. Sehr weise.«

»Hört euch das an!«, rief Baxa. »Er ist schwachsinnig!«

»Aber ich weiß jetzt, dass ich es bin«, räumte Schnuppi ein. »Wie ich sagte, sie sollen einen fairen Prozess bekommen, und wenn sie für schuldig befunden werden, sollen sie unter Hausarrest gestellt werden, an einem sicheren, aber zivilisierten Ort.« Er kratzte sich den nassen Kopf. »Ich weiß jedoch noch nicht, wo das sein könnte.«

»Wie wäre es hier, mitten im Palast?« Mummelchens Stimme klang ein klein wenig bissig.

»Was für ein interessanter Vorschlag, gute Frau«, erwiderte er. »Entschuldigung, wir wurden einander noch nicht vorgestellt. Seid Ihr die Mutter dieser erfindungsreichen jungen Dame?«

Sie nickte und verbeugte sich.

Baxa rieb sich die Schläfen. »Werden hier jetzt alle verrückt? Wachen! Fort mit diesem blödsinnigen Schwätzer.«

Doch Schnuppi war noch nicht fertig. »Also diese drei werden eine faire Verhandlung und eine gerechte Strafe erhalten. Danach will ich im ganzen Reich Camellion nach den klügsten und tapfersten Köpfen suchen und sie

zu meinen Beratern machen. Zusammen teilen wir uns die Aufgaben, die der … äh …« Er sah Key Hilfe suchend an.
»Der Kaiser«, ergänzte Key prompt.

»… erfüllen muss. Danke. Ja. Ich werde aus diesem Palast eine Bibliothek und ein Museum machen. Die Bücher und Kunstwerke sind zu wertvoll, um mir allein zu gehören. Die Parks und Menagerien könnten zoologische Gärten werden und alle Bürger Camellions erfreuen.« Er zog die Stirn kraus. »Ich hoffe, dass kein Kind von den Löwen gefressen wird. Gibt es eine Möglichkeit, das zu verhindern, Kanzler?«

»Ich glaube schon«, sagte der alte Herr. »Aber was wird aus der Dynastie? Eure Vorväter haben Camellion seit achthundert Jahren von diesem Palast aus regiert.«

»Meine Vorfahren mögen von mir enttäuscht werden«, gestand Schnuppi zerknirscht. »Ich denke, sie sind es bereits.«

»Was werdet Ihr tun«, unterbrach ihn Begonia, »wenn Ihr die neuen Berater gewählt habt?«

Schnuppi dachte kurz nach. »Es liegt eine Menge Arbeit vor uns. Auf meinen Reisen habe ich einige Probleme entdeckt, die gelöst werden müssen. Als Erstes brauchen wir ein besseres Rechtssystem, nicht nur Gefängnisse. Gerichtsverfahren und fairere Prozesse, um Verbrechen zu bekämpfen. Niemand soll mehr ohne Weiteres in den Kerker gesperrt werden.« Er wandte sich an Tree und Melodie. »Unsere Armeen brauchen eine bessere Bezahlung und Aufstiegsmöglichkeiten, damit die Soldaten uns die Treue halten. Unsere Straßen müssen sicherer werden und wir brauchen dringend eine Steuerreform. Eine Hochzeitssteuer? Das ist absurd!«

Tree jubelte.

Schnuppi sah den Kanzler an. »Alter Freund, bis jetzt wusste ich nie zu schätzen, was Ihr alles geleistet habt.«

Die Augen des alten Mannes leuchteten. »Es war mir eine Ehre, Eure Hoheit.«

Schnuppi hielt sich eine Hand über den Kopf, um seine Größe abzuschätzen, und fing an zu kichern. »Ihr solltet mich wohl besser ›Eure Niedrigkeit‹ nennen.«

»O, bitte!«, schrie Baxa. »Wenn ihr diesen plötzlichen Sinneswandel auch nur im Entferntesten für bare Münze nehmt, seid ihr allesamt Narren. Schluss jetzt! Ich kenne ihn seit Jahren. Ich musste das dumme Gewäsch dieses selbstsüchtigen, hochnäsigen Ekels über mich ergehen lassen und so tun, als fände ich jedes seiner törichten Worte brillant und amüsant. Das war eine schlimmere Qual als das, was ihn erwarten würde, wenn man ihn für den Rest seines Lebens im Kerker verrotten ließe.«

Begonia legte den Kopf auf die Seite. »Ihr gebt also zu, ihn zu kennen? Dann ist er tatsächlich der Kaiser?«

Baxa zeigte seine Zähne. »Schweig, unverschämtes Ding! Hört her, Soldaten. Das alte Regime ist zu Ende. Der schwache, kindische Kaiser ist tot. Das glauben die Leute, und so wird es bald sein. Ich bezahle euch jetzt. Bewahrt Stillschweigen, alle, die ihr hier im Raum seid, und ihr könnt euch morgen als reiche Männer zur Ruhe setzen. Henker, schwing dein Beil und tu deine Arbeit.«

Just in diesem Augenblick platschte ein weiches, weißes Ding in Baxas Gesicht.

Es handelte sich um einen Windbeutel mit Zitronencremefüllung.

Mitten unter den Gefangenen stand eine beleibte, zitternde Zuckerbäckerin, deren noch ausgestreckter Arm eine exzellente Wurfkraft und Zielgenauigkeit bewiesen hatte. Die Zeit hing in der Luft wie ein Wassertropfen am Brunnen des kaiserlichen Schlafgemachs. Dann stieß die versammelte Dienerschar einen wilden Schlachtruf aus. Silbertabletts, goldene Becher, Massagesteine, Nudelhölzer und Geleequitten prasselten auf die kaiserlichen Soldaten ein. Der Falke des kaiserlichen Vogelwarts kreischte auf und schlug den Soldaten seine mächtigen Schwingen ins Gesicht. Mit dem Schrei eines Wolfsrudelführers stürzte sich Tree ins Getümmel und lehrte die Soldaten mit seinen kräftigen Holzfällerarmen und -fäusten das Fürchten. Melodie kreischte, ihr Kind kreischte. Zwei Soldaten warfen sich auf das kaiserliche Bett und hielten sich die Ohren zu, worauf Sturmwolke ihnen mit den Krallen zeigte, dass sie ihre Anwesenheit nicht schätzte.

Doch selbst das knusprigste Mangotörtchen kann es auf die Dauer nicht mit einem Schwert aufnehmen. Der kleine Rote und der dicke Blaue schlängelten sich um den Tumult und näherten sich Schnuppi – einst Kaiser, und jetzt ein schlecht gekleideter Mann mit tropfnassen Haaren. Sie umkreisten ihn wie Haifische und als der Letzte der Aufständischen von einem Soldaten überwältigt worden war, packten sie ihn bei den Ellbogen.

Das war der Zeitpunkt, als das Geschehen eine seltsame Wendung nahm.

Der Boden wankte unter ihren Füßen. Stiefel trampelten, Speergriffe rumsten und Schilde klirrten. Gleichzeitig schob sich die Wandverkleidung zur Seite und die fast vergessene Eliteschwadron trat aus ihrem Versteck hervor: die Wachsoldaten des kaiserlichen Schlafgemachs.

Dem direkten Befehl des Kaisers unterstellt und darauf eingeschworen, ihn auf Leben und Tod zu beschützen, hatten sie stumm durch geschickt kaschierte Gucklöcher gespäht, bis Schnuppi von groben Händen angefasst wurde. Das Wohl der anderen interessierte sie nicht. Doch sobald ihr oberster Befehlshaber bedroht wurde, hatten sie Baxas Soldaten und Kumpane blitzschnell umzingelt.

Doch nicht einmal die kaiserliche Leibgarde konnte ahnen, welch machtvolle Hilfe im Anmarsch war.

Mit lautem Knall wurde die Eingangstür des kaiserlichen Schlafgemachs aufgestoßen. Ein zweieinhalb Meter großer Vogel kam auf kräftigen Beinen hereingestürmt und durchquerte den riesigen Raum mit wenigen schnellen Schritten. Bevor der kleine rote Rudo wusste, wie ihm geschah, traf ihn ein gewaltiger Tritt dieser grauenhaften Gliedmaßen und katapultierte ihn durch die Luft, bis er mit dem Gesicht zuerst auf einem der kaiserlichen Sofas landete. Der dicke blaue Hacheming freute sich zunächst, noch einmal davongekommen zu sein, doch dann machte sein stattlicher Bauch schmerzhafte Bekanntschaft mit der kräftigen Stirn einer entschlossenen Milchkuh. Der Kuhkopf siegte, Hacheming wurde in ein Goldfischbecken geschleudert und traute sich nicht wieder heraus.

»Leichtfuß!«, schrie der kaiserliche Vogelwart. »Komm zu Papa!«

Doch der Strauß marschierte direkt auf Schnuppi zu und schlug fauchend mit den Flügeln, um den wahren Kaiser zu beschützen.

Zwei atemlose Lakaien kamen ins Zimmer gerannt und starrten entsetzt auf das Chaos. »Wir haben versucht, sie aufzuhalten«, keuchte einer von ihnen. »Diese Bestien haben das Osttor in Stücke gehackt und getrampelt!«

Schnuppi winkte den Lakaien zu. »Es ist schon in Ordnung«, ließ er sie wissen. »Der Strauß und seine Kuh sind willkommene Gäste in meinen Privatgemächern.« Die Lakaien zogen sich zurück, ohne ihre Verwunderung zu zeigen.

Der Hauptmann der Leibgarde verneigte sich vor dem Kaiser. »Sollen wir die Gefangenen in den Kerker werfen, Eure Majestät?«

Schnuppi kratzte sich an der Nase. »Hm. Ich denke, ihr bringt sie lieber in die Küche und lasst ihnen etwas zu essen geben. Die Soldaten können danach gehen, aber haltet ihnen eine ordentliche Standpauke. Und diese drei – ich würde sagen, sperrt sie oben in ihre Schlafzimmer, bis wir entscheiden, was wir als Nächstes tun. Wie klingt das, Kanzler?«

»Äußerst großzügig und gnädig«, erwiderte der ehrbare Mann. »Vielleicht ein bisschen zu gnädig«, flüsterte er Shoe ins Ohr.

Eine Dienerin verneigte sich tief vor Schnuppi. »Soll ich

Euch ein entspannendes Bad bereiten, bevor Ihr Euch für das Abendessen vorbereitet, Eure erhabene Majestät?«

»Ein Bad!«, seufzte Schnuppi. »Dafür habe ich leider erst dann Zeit, wenn wir über diese, äh, diese Verräter entschieden haben, aber ein Bad vor dem Schlafengehen wäre himmlisch. Wenn du es mir einfüllen magst, wäre ich sehr dankbar.« Schnuppi stieg über Baxas Füße, der von der Leibwache gefesselt wurde. »Ab morgen werde ich versuchen, es selbst zu tun. Und wenn du mir noch einmal erklären könntest, was genau man mit der Seife anstellt ...«

Mummelchen legte den Arm um Begonias Taille. »Er ist wirklich hilflos, nicht wahr?«, flüsterte sie ihrer Tochter zu.

»So ziemlich«, erwiderte Begonia. »Aber auf seine eigene sonderbare Weise wächst er einem mit der Zeit ans Herz.«

32

WEITERE BESUCHER UND WIRKLICHE NAMEN

Die Verräter wurden in ihre Zimmer gesperrt und Baxas Soldaten trotteten in die Palastküche, wo man ihnen eine Fischsuppe und knuspriges Brot servierte, mit einem ordentlichen Klecks schlechten Gewissens.

Die meisten Diener nahmen ihre Pflichten wieder auf. Die kaiserliche Leibgarde schlüpfte in ihr Versteck zurück. Der Rest der Gruppe löste sich erschöpft auf. Tree und Melodie saßen eng aneinandergeschmiegt auf einem Sofa, während das Kind vor ihnen auf dem Boden herumkrabbelte. Der Kanzler hatte sich ebenfalls gesetzt. Shoe, der Mundschenk, schnarchte bereits mit der Nase in einem dicken Kissen. Teichmummel saß auf einer Couch und strich ihrer Tochter übers Haar, während Begonia Sturmwolke streichelte. Alfalfa und Leichtfuß standen knöcheltief in einem der Fischteiche. Leichtfuß ließ seinen blinzelnden Blick durch den Raum schweifen. Hingerissen himmelte Alfalfa ihren großen, gut aussehenden Vogel-Liebsten an.

»Ist das nicht ein hübscher Anblick?«

Die Sprecherin hockte auf dem ausgestreckten Arm einer Marmorstatue, die eine frühere Königin darstellte. Ihr klapperiger Bollerwagen stand dicht daneben.

»Frau Senfmüllerin!«, rief Begonia. »Wie seid Ihr hier hereingekommen?«

Das faltige Gesicht der alten Dame leuchtete vor Freude. »Mal bin ich hier, mal bin ich da, mein Kind. Wie nett, dass du dich an mich erinnerst.«

»Aber warum seid Ihr hier? Und wieso sitzt Ihr da oben?« Dann wurde die unmögliche, undenkbare Wahrheit offenkundig. »Ihr seid … eine Unsterbliche? Eine *Ahnin*?«

»Stimmt genau«, erwiderte die Frau. »Kein Märchen, wie manche behaupten.«

Mit zitternden Beinen kniete Begonia nieder.

»Fürwahr, warum seid Ihr hier?«, fragte eine andere Stimme. Sie drehten sich um und erblickten einen alten Mann mit blauer Weste und langen, grauen Bartflechten, der geistesabwesend an einer Harfe zupfte.

»Herr Kartenmeister?«, rief Begonia. »Warum seid *Ihr* hier?«

»Er nimmt den Schaden, den er verursacht hat, in Augenschein«, erklärte die Senfmüllerin.

Der Kartenmeister richtete den Finger auf die Senfmüllerin. »Es hätte gar keinen Schaden gegeben«, schrie er, »wenn Ihr Euch nicht eingemischt hättet.«

»Ohne meine Hilfe hätte diese Scharade kein gutes Ende genommen.« Die Senfmüllerin zwinkerte Begonia zu. »Wir sind alte Freunde. *Sehr* alte Freunde.«

»Kennt Ihr diese Personen?«, wollte Schnuppi von Teichmummel wissen.

Begonias Mutter schlang den Arm um ihre Tochter. »Ich dachte, sie stammen aus Zweimühlen«, antwortete sie. »Jetzt weiß ich nicht mehr, was ich glauben soll.«

Der Kartenmeister sprach Schnuppi an. »Erinnert Ihr Euch an mich?«

Schnuppi hätte fast seine Hose fallen lassen. »Sollte ich?«

Der Kartenmeister schnippte mit den Fingern und verschwand mit einer Rauchwolke. An seiner Stelle entflammte eine Feuersäule, aus der sich ein schuppiges, rotes Untier mit gekrümmten Hörnern, furchterregenden Zähnen und teuflischen Augen erhob. *»In die Knie mit dir, Sterblicher!«*, brüllte der fürchterliche Drache.

Schnuppi kreischte und versteckte sich hinter seinem Strauß, der die Erscheinung anfauchte.

»Ein Dämon!«, schrie Key und warf sich vor Begonia.

»Erinnerst du dich jetzt an mich, verräterischer Kaiser?« Die Stimme klang wie ein Todesurteil.

»Rettet mich! Scheucht ihn weg!«, schrie Schnuppi.

»Schluss damit, alter Rüpel«, beschimpfte die Senfmüllerin den Dämon. Sie sprang von ihrem Platz herunter und riss am spitzen Schwanz des Drachen. »In die Knie mit dir? Jämmerlich! Ihr seid keinen Deut besser, als er es war, wisst Ihr das? Ihr gleicht euch wie ein Ei dem anderen.«

Der Drache verschwand und an seiner Stelle erschien der Kartenmeister.

»Ist er fort?«, jammerte Schnuppi.

»Er war ein Rüpel, Ihr seid ein Rüpel. Er war ein Tyrann, Ihr seid ein Tyrann. Er hatte ein garstiges Wesen, und Ihr seid nichts besser.«

»Papperlapapp!« Der Kartenmeister zeigte anklagend auf Schnuppi. »Er ist ein Feigling mit einem Rückgrat aus Gelee. So war ich nie.«

»Tatsächlich?« Die Senfmüllerin wedelte ihm mit einem Holzlöffel vor dem Gesicht herum. »Da habe ich anderes gehört. Als Ihr am Leben wart, wurden Eure Heldentaten bei der Schlacht von Rees in den Himmel gelobt. Als Balladen vertont! Auf Porzellanschalen gemalt! Aber später in der Ahnenhalle traf ich Augenzeugen, die ein ganz anderes Lied sangen. Eines über einen gewissen Herrscher, der sich in den Vorratszelten verkrochen hat, bis die feindliche Armee das Pech hatte, ihren eigenen Munitionswagen in die Luft zu jagen.«

Das Gesicht des Kartenmeisters nahm eine leuchtend rote Farbe an. »Wer hat Euch das erzählt?«

Schnuppis schmales Gesicht lugte unter Leichtfuß' Flügel hervor.

Der Kanzler ergriff das Wort. »Ihr wollt damit sagen … Ihr seid Kaiser Gowli der Erste?«

Der Kartenmeister sagte nichts. Hinter seinem Rücken zwinkerte die Senfmüllerin mit den Augen.

»Mein … lasst mich überlegen …« Schnuppi zählte mit den Fingern. »Mein Ur-, Ur-, Ur-, Urgroßvater?

Der Kartenmeister starrte ihn durchdringend an.

Schnuppi deutete empört auf die gegenüberliegende

Wand. »Diese Gobelinstickerei zeigt, wie Ihr die Schlacht von Rees mit Glanz und Gloria gewonnen habt!«

»Geflunkert«, flüsterte die Senfmüllerin laut.

»Wollt Ihr wohl still sein?«, brüllte der Kartenmeister. »Äh. Während meines Lebens war ich Kaiser Gowli, das stimmt. Aber jetzt dürft Ihr mich Großvatergeist nennen.«

Frau Senfmüllerin strahlte. »Und ich bin der Großmuttergeist.«

»Ihr seid verheiratet?«, fragte Key.

Der Großvater verzog das Gesicht, als hätte er in eine Zitrone gebissen.

»Die Ehe ist jetzt nicht länger Teil unseres Lebens«, erwiderte die Großmutter. »Großvater und ich haben uns beim Spieleabend in der Ahnenhalle wiedergetroffen.«

Begonia stand auf. »Kann mir jemand das bitte mal erklären?«, rief sie. »Wir kennen Euch seit vielen Jahren als Kartenmeister und Senfmüllerin. Und jetzt seid Ihr ehrwürdige Ahnengeister?«

»Hör zu, meine Kleine. Ich will versuchen, es dir zu erklären«, sagte die Großmutter. »Euer Kartenmeister und eure Senfmüllerin sind noch in eurem Dorf und zeichnen ihre Karten und machen ihren Senf. Wir haben sie nur … ein wenig ausgeliehen. Ihre äußere Erscheinung. Nicht ihre Körper. Um Himmels willen. Das nicht.«

Begonia deutete auf den Großvatergeist. »Zeichnet unser Kartenmeister in Zweimühlen magische Landkarten?«

»Alle Karten sind magisch«, erklärte der Großvater. »Aber ich habe deine Karte mit einem kleinen Trick ausgestattet.«

Er hustete. »Als ich sah, dass sie dich in die Sache hineingezogen hatte«, er zeigte auf die Großmutter, »wusste ich, du würdest Hilfe brauchen, um zurück nach Hause zu finden. Sie schickt die Leute oft in die Irre.«

Leichtfuß, der Strauß, wanderte zum Großvatergeist und blökte ihn an.

»Gut gemacht, mein hübscher Bursche«, lobte er ihn und streichelte seinen Hals.

Die Großmutter sprang von ihrem Platz und kraulte Alfalfa hinter den Ohren. »Braves Mädchen! Ich wusste, dass du das Reich retten kannst.«

Großvater war sichtlich erzürnt. »Eure Kuh hat das Reich nicht gerettet! Mein Strauß hat es gerettet!«

»*Eure Kuh*?«, rief Mummelchen. »Das ist *unsere* Kuh. Sorgt dafür, dass sie diesem Vogel nicht mehr hinterherläuft!«

Die Großmutter drohte Mummelchen mit dem Finger. »Bei wahrer Liebe mische ich mich niemals ein, meine Gute. Nicht wenn sie schon begonnen hat.« Nachdenklich tippte sie auf ihr Kinn. »Ich gebe zu, dass ich schon mal die ein oder andere hilfreiche Anregung gegeben habe …«

Diener brachten Tabletts mit Obst, Gemüse, Gebäck, Leckereien, Käse und Süßigkeiten herein. Key sprang über zwei Plüschsofas, um sich den ersten Platz am Buffet zu sichern.

Schnuppi zog sich die Hose hoch. »Was sollte das, Urgroßvater?«, schrie er. »Warum habt Ihr das getan? Mich als Dämon erschrecken! Mich aus dem Palast verbannen! Die Leute, die mich am besten kennen, dazu bringen, mein Gesicht und meine Stimme nicht wiederzuerkennen! Meinen Mund verdrehen, damit ich niemandem meinen Titel, meinen Namen oder Wohnort mitteilen kann! Warum wart Ihr so hässlich zu mir?«

Der Großvatergeist zupfte an den Harfensaiten. »Weißt du das denn nicht, mein Sohn?«

»Um das Reich zu retten«, erläuterte der Großmuttergeist.

»Wovor?«, rief Schnuppi.

Der Großvater funkelte ihn grimmig an.

»Schon gut«, stammelte Schnuppi. »Ich musste einige Lektionen lernen. Aber im Reich lief alles gut, bevor Ihr mich rausgeworfen habt!«

Großvater stieß ihm den Zeigefinger vor die Brust. »Deiner Meinung nach! Du wärst die größte Heulsuse gewesen, die je auf dem Thron von Camellion gesessen hat! Kein Mut, keine Güte, kein Mitgefühl. Der selbstsüchtigste, verwöhnteste, hochnäsigste …«

»Aber Ihr hättet mich töten können!«, heulte Schnuppi.

Ein weiteres Mal verwandelte der Großvater sich in einen brüllenden, roten Dämon. »*Aber ich habe dich nicht getötet, oder?*«

»Aber wenn du es doch getan hättest?«, forderte Schnuppi ihn heraus.

Rauch strömte aus den Ohren des Dämons. »Ich habe den Strauß geschickt, um dich zu beschützen, du Dummkopf!«

»Strauße sind die dümmsten Wesen auf zwei Beinen!«, mischte Begonia sich ein.

»Darüber kann man streiten«, sagte Großmutter trocken.

»Ich habe dümmere Wesen auf zwei Beinen gekannt. Einige von ihnen haben mir den Hof gemacht. Aber du hast recht, mein Lieber. Absolut recht. Es war ein waghalsiger, tollkühner Plan. Deshalb habe ich alles in Ordnung gebracht, indem ich Alfalfa als Retterin geschickt habe.«

»Eine *Kuh*?«, rief Mummelchen. »Ihr habt unsere Milchkuh geschickt, um das Reich zu retten?«

»Ich verstehe nicht, warum so ein Theater gemacht wird«, sagte Großmutter. Sie nahm ein Selleriestück vom Tablett und biss hinein. »Wie hätte ich sonst Begonia dazu bringen können, den Kaiser zu retten, wenn Alfalfa und Leichtfuß sich nicht ineinander verliebt hätten?«

»Aber Alfalfa hatte Leichtfuß doch noch nie zuvor gesehen!« Begonia merkte selbst, wie töricht ihre Worte klangen.

Großmutter lächelte. »Zu meiner Zeit, hatten wir eine Vorliebe für arrangierte Ehen. Ein simpler Liebeszauber – mehr war nicht nötig.« Sie blinzelte Tree und Melodie zu, die auf dem Sofa kuschelten und nicht mitbekamen, was um sie herum geschah. »Doch manchmal muss man sich einfach nur begegnen. Und dann weiß man es einfach.«

»Kokolores!« Mummelchen hielt Begonia die Ohren zu. »Redet meiner Tochter keinen Blödsinn ein. Und schämt Euch! Begonia ist ein junges Mädchen und gehört nach Hause zu ihrer Mutter.«

»Seht Ihr?« Großmutter nahm einen weiteren Bissen Sellerie. »Hätte ich Euch um Erlaubnis gebeten, hättet Ihr Nein gesagt. Deshalb musste ich die Kuh schicken.«

»Ihr habt sie entführt!«, rief Mummelchen.

»Ausgeliehen«, korrigierte Großmutter.

»Wisst Ihr denn nicht, wie eine Mutter sich um ihr Kind sorgt?«

»Ich hatte immer die Absicht, sie Euch zurückzugeben.«

Key leckte sich einen Klecks Soße vom Finger. »Entschuldigung«, meldete er sich zu Wort. »Wer von Euch hat mich geschickt, um zu helfen?«

Großmutter und Großvater sahen sich kurz an, dann schüttelten sie den Kopf.

»Du, junger Mann«, erklärte Großvater, »hast nicht zu unseren Plänen gehört.«

Key machte ein enttäuschtes Gesicht.

»Du warst ein Bonus«, erklärte Begonia beherzt. Key grinste von einem Ohr zum anderen und nahm die hängenden Schultern zurück. Seine stolze, aufrechte Haltung erinnerte ein wenig an Leichtfuß. *Hoppla*, dachte Begonia.

Teichmummel erhob sich müde. »Komm, Begonia. Wir suchen uns einen Platz zum Schlafen. Morgen früh gehen wir nach Haus.« Sie nickte Großmutter zu. »Ihr habt also nicht vor, Alfalfa von ihrer sonderbaren Zuneigung zu dem Straußenvogel zu befreien?«

»Wahre Liebe.« Großmutter breitete die Arme aus. »Mir sind die Hände gebunden.«

»Dann seid Ihr eine Kuhdiebin«, murmelte Mummelchen.

»Ich habe sie nur ausgeliehen«, trällerte Großmutter.

Schnuppi setzte sich neben Sturmwolke aufs Bett und streckte vorsichtig die Hand aus, um sie zu streicheln. Ihr

Schwanz zuckte und sie schaute weg, erlaubte ihm jedoch, über ihr weiches, graues Fell zu streichen.

»Ich schenke Euch eine Kuh mit einem Kalb, gute Frau«, versprach er Mummelchen. »Dann müsst Ihr wieder zu Besuch kommen, um Sprössling zurück zu seiner Mutter zu bringen.« Er sah Begonia schüchtern an. »Hättest du vielleicht Lust, dir die Menagerie anzuschauen, wenn ihr zurückkehrt?«

Begonia knickste. »Sehr gern.« Sie zögerte kurz. »Gibt es da auch Panther?«

Schnuppi lächelte. Dadurch veränderte sich sein Erscheinungsbild so gravierend, dass Begonia einen Schritt zurückwich.

»Schnuppi, ich glaube, Ihr werdet lernen, ein guter Kaiser zu sein«, versicherte sie ihm.

Er biss sich auf die Lippe. »Das hoffe ich«, erwiderte er leise. »Aber ich fürchte mich.«

»Habt keine Angst. Ihr schafft das schon«, beruhigte sie ihn grinsend. »Ihr seid ganz anders als der selbstsüchtige Bengel, der Ihr wart, als ich Euch kennengelernt habe.«

»Aber was ist, wenn ich wieder zu diesem Menschen werde, sobald ich das Zepter überreicht bekomme?«

Eine Idee formte sich in ihrem Kopf. »Sorgt dafür, dass Key immer in Eurer Nähe ist«, schlug sie vor. Key schaute vom Buffet auf. Aus seinem Mund hingen ein paar Nudeln, die wie Tintenfischarme herumwackelten. »Er wird Euch an den Menschen erinnern, der Ihr sein wollt. Und außerdem gibt es eine freie Stelle in Eurer Mundschenk-

Truppe.« Ihr Blick fiel auf Shoe, den kaiserlichen Mundschenk, der mit dem Gesicht ins Kissen gedrückt vor sich hin schnarchte.

Dann wandte sie sich wieder dem einstigen und zukünftigen Kaiser zu. »Schnuppi«, sagte sie, »Eure kaiserliche Hoheit, meine ich. Ihr sagtet, dass Ihr Euren wahren Namen nicht nennen durftet. Ist Schnuppi Euer richtiger Name?«

Schnuppi schaute zur Seite. »In gewisser Weise. Aber nicht wirklich.«

»Sein Name«, verkündete Großvater feierlich, »lautet Kaiser Gowli, der Siebte.«

»O«, sagte Begonia langsam. »Ich verstehe.«

»Meine Mutter nannte mich Schnuppi, als ich klein war«, erklärte Kaiser Gowli, der Siebte.

»Wieso?«, fragte Key.

Der Kaiser starrte auf seine Schuhspitzen. »Es ist die Abkürzung von ›Strahlender Stern himmlischer Vollkommenheit‹. Daraus wurde dann Sternschnuppe oder Schnuppi.«

Begonia beschloss, nett zu sein. »Das klingt sehr liebevoll«, sagte sie und nahm sich ein Kirschtörtchen. »Und es erklärt sehr viel.«

Und in diesem Augenblick erschien Poka auf der Bildfläche.

33

EINE KOMISCHE VORSTELLUNG UND DER ABSCHIED VOM KURIOSITÄTEN-KARNEVAL

Ein Hilfsmundschenk führte ihn ins kaiserliche Schlafgemach. »Herr Poka von Pokas Kuriositäten-Karneval bittet um eine Audienz beim Kaiser«, keuchte er.

»Mein Sprauß!«

»Was wollt Ihr denn hier!«, rief Begonia.

Poka ging direkt auf Leichtfuß zu. »Ich danke Euch, noble Freunde, dass ihr meinen wunderschönen Vogel gefunden habt! Unser Karneval ist nicht vollständig ohne ihn.«

»Verlogener Dieb!«, schrie Begonia. »Der Strauß gehört Schnuppi!«

Bei Begonias Anblick erschrak Poka, erlangte jedoch schnell wieder die Fassung. »Natürlich gehört er ihm, meine Liebe.« »Das hier ist meine Nichte«, erklärte er den anderen Anwesenden. »Sie ist ein bisschen … verwirrt. Labil. Aber ich habe mich um das arme Ding gekümmert, seit sie als kleines Kind ihre Eltern verloren hat.«

»Lügner!«, brüllte Key. »Wir hatten ihn nie zuvor gesehen. Er hat uns beide entführt.«

Poka schaute sich nach jemandem um, der aussah, als hätte er was zu sagen. Er entschied sich für den Kartenmeister.

»Verehrter Herr«, sagte er. »Mein Zirkus ist nach Lotus gezogen, um auf dem Geburtstag des früheren Kaisers aufzutreten, möge er in Frieden bei seinen Ahnen ruhen. Ich bin gekommen, weil ich dem erhabenen neuen Kanzler eine besondere Zirkusvorstellung anlässlich seiner bevorstehenden Zepterübernahme-Zeremonie anbieten möchte.«

Schnuppi verschränkte die Arme vor der Brust und dachte gerade noch rechtzeitig daran, dass er mindestens eine Hand brauchte, um seine rutschende Hose festzuhalten. Sein spöttisches Grinsen erinnerte Begonia an den Schnuppi, dem sie zum ersten Mal im Wald begegnet war. »Es gibt eine Planänderung«, informierte er Poka. »Bei den heutigen Festivitäten wird keine Zirkusvorstellung gewünscht.«

Da erkannte Poka ihn wieder. Er kreischte auf und ging hinter dem Kartenmeister in Deckung.

»Ehrwürdiger Ältester«, rief er, »rettet mich vor diesem gefährlichen Menschen! Er war es, der meinen Sprauß gestohlen hat. Er war es, der den Kaiser entführt und umgebracht hat!«

»Was Ihr nicht sagt!« Die Augen der Großmutter blitzten. »Hier. Probiert meinen Senf.« Ohne Vorwarnung schob sie Poka einen großen Löffel voll in den Mund.

»*Mmpf!*«, murmelte Poka, doch dann explodierten die

scharfen Gewürze auf seiner Zunge und er sprang verzweifelt von einem Bein aufs andere. »Ho! Ha! Aua! Wa-wawasser!«

Alfalfa stieß ihn an, und er landete mit seinem knallroten Hosenboden in einem Goldfischbecken. Japsend und keuchend tauchte er seinen Kopf, mitsamt Zylinder, ins Wasser.

»Aus dem Becken haben eben die Tiere getrunken«, flüsterte Key und Begonia fing an zu kichern.

Taumelnd kam Poka wieder auf die Beine. Wasser lief ihm übers Gesicht, über seine gestreifte Weste und seine Beine hinunter bis in die glänzenden Stiefel. Zornig starrte er die lachenden Kinder an.

»Seid versichert«, sagte er finster, »dass ich den neuen Kaiser davon in Kenntnis setzen werde, auf welch infame Weise ich von euch allen hier beleidigt wurde.«

Schnuppi strahlte. »Ich bin sicher, dass der Kaiser – O! Ich habe es gesagt! – eure Beleidigungen rächen wird!«

»Alle Achtung. Du hast ›Kaiser‹ gesagt. Idiot!«, höhnte Poka. »Mein Sprauß und ich werden gehen.« Mit einer Geschwindigkeit, die Begonia ihm nicht zugetraut hätte, zog Poka eine Lederleine aus der Tasche, schlang sie Leichtfuß um den Hals und zog ihn durch das halbe Zimmer.

»Hände weg von ihm!«, rief Schnuppi und rannte los. *»Das – ist – mein – VOGEL!«* Bei jedem Wort sprang er von einem gut gefederten Sofa aufs Nächste durch den Raum und – Begonia hätte es nicht geglaubt, wenn sie es nicht mit eigenen Augen gesehen hätte – landete, Krawumm, auf dem Rücken des fliehenden Poka und legte ihn flach.

»Das ist wahrer Kampfgeist!«, triumphierte der Großvater. »Das ist ein Kaiser, der seine Truppen in die Schlacht führen kann!«

Großmutter drückte ihm einen Kuss auf die Wange. »Wenn Ihr das sagt!«

Poka befreite sich aus dem Gewirr aus Beinen und heruntergerutschten Hosen, das ihn gefangen hielt, und rappelte sich hoch. »Habt Ihr gesehen, wie dieser gewalttätige Mensch mich ohne Grund angegriffen hat?«

Großvater rückte die runde Brille des Kartenmeisters auf seiner Nase zurecht. »Nun gut. Es scheint, als hättet Ihr Anspruch auf eine gerechte Entschädigung.«

»Das meine ich auch.« Poka versuchte vergebens, seinen platt gedrückten Hut zu retten.

»Dieser Mensch«, Großmutter deutete auf Schnuppi, der sich mühevoll erhob, wobei er den Kampf gegen die rutschende Hose endgültig verlor, »scheint zu glauben, dass der Vogel ihm gehört.«

»Er ist ein gewalttätiger Irrer«, sagte Poka. »Er gehört in den Kerker.« Er schaute sich suchend im Zimmer um. »Wenn keiner von euch Vernunft annimmt, werde ich mich persönlich an den Kaiser wenden.«

»O, das würde ich an Eurer Stelle lieber sein lassen«, riet Begonia und konnte sich das Lachen kaum verkneifen.

Poka wandte sich erneut an Großmutter und Großvater. »Ich bitte Euch, ehrwürdige Älteste. Mein Kuriositäten-Karneval ist nicht komplett ohne seinen Sprauß. Das Volk von Camellion braucht einen Zirkus, der ihm Freude und

Vergnügen schenkt. Und was ist vergnüglicher als diese riesigen Vögel? Ich frage Euch!«

Er streckte die Arme zur Seite und tat, als wären sie Straußenflügel, streckte sein Hinterteil heraus und watschelte kopfnickend umher – eine erstaunlich perfekte Nachahmung von Leichtfuß' Straußengang.

Der ganze Raum fing an zu lachen. Poka, der geborene Unterhaltungskünstler, übertrieb seine Darstellung noch ein wenig mehr.

Großvater sah Großmutter an. »Sollen wir?«

»Wir sollten nicht.« Sie zwinkerte Begonia zu. »Aber ich werde es nicht verraten, wenn Ihr es tut.«

»Herr Poka, habt Ihr Familie?«, fragte Großvater.

»Nein, ich bin vollkommen alleinstehend«, erwiderte Poka.

»Bis auf Eure *Nichte,* meint Ihr wohl«, spottete Begonia.

»In diesem Fall, sind wir mit Euch einer Meinung«, rief Großvater Poka zu. »Euer Zirkus braucht unbedingt einen ›Sprauß‹.«

Darauf schnippten beide Ahnengeister mit den Fingern und der Besitzer von Pokas Kuriositäten-Karneval war verschwunden. Wo er gestanden hatte, erhob sich eine rote Rauchwolke, aus der ein großer, gut aussehender männlicher Straußenvogel hervortrat und nickend umherwatschelte, wie Poka es zuvor getan hatte.

Bis Leichtfuß ihn entdeckte. Ein Rivale beim Kampf um Alfalfas Gunst! Er hob warnend die Flügel, stieß seinen Schlachtruf aus und stürmte auf den neuen »Sprauß« zu, bis dieser aus dem Zimmer floh.

34

EINE LETZTE REISE UND EIN HERZLICHER ABSCHIED

»Mummelchen?«, sagte Begonia.

»Ja, mein Schatz?«

»Ich möchte dich um einen Gefallen bitten.«

»Raus mit der Sprache.«

Sie gingen die Straße entlang. Teichmummel führte eine zweijährige Milchkuh, die sie Kleeblatt nennen wollte, und Begonia führte ihr Kalb, das derzeit auf den Namen Mais hörte. Mais trug das Messingglöckchen, das der fliegende Händler Begonia geschenkt hatte. Es klingelte fröhlich in der frischen Morgenluft. Sturmwolke hatte wieder ihren Platz auf Begonias Schulter eingenommen und thronte dort wie eine Königin, die auf ihrem Elefanten einhergeritten kommt.

»Und?«, drängte Mummelchen.

»Ich würde gern die Namen für die Schafe aussuchen.« Begonia biss sich auf die Lippe und wartete beklommen auf die Antwort.

»Aha?«

Sie drehten sich nach Key um, der viele Schritte hinter ihnen zwei verspielte junge Schafe die Straße entlangführte, ein schwarzes und ein weißes. Ihre Stricke verwickelten sich, weil sie ständig hin und her tollten.

Teichmummel sah Begonia an. »Wie willst du sie nennen?«
Ihre Tochter grinste. »Salz und Pfeffer.«

»Du liebe Güte.« Teichmummel lächelte. »Gewürze statt Pflanzen. Daran muss ich mich erst gewöhnen.«

Begonia biss in eine saftige Birne aus dem Korb, den man ihnen in der Palastküche gepackt hatte.

»Obwohl ...«, sinnierte Mummelchen. »Pfeffer ist auch eine Pflanze ...«

»Ich kann's nicht erwarten, Lilly zu erzählen, was alles passiert ist«, sagte Begonia. »Sie wird es nicht glauben.«

»Du wirst in ihren Augen eine Berühmtheit sein, nachdem du das Reich gerettet hast.« Mummelchen zwinkerte Begonia zu und nahm sich eine Zuckerschnecke aus dem Picknickkorb. »Ich bin froh, dass Großvater ihr eine Nachricht geschickt hat, damit sie weiß, dass wir auf dem Heimweg sind.« Sie kaute und schluckte. »Sie und Oma Flummox haben sich sicher schreckliche Sorgen gemacht, als wir nicht zurückgekehrt sind.«

»Hattest du Angst, als ich in der ersten Nacht nicht nach Hause gekommen bin?«, fragte Begonia.

Ihre Mutter zog sie an sich und küsste sie auf den Scheitel. Dem Himmel sei Dank hatte sie am Abend zuvor im Palast gebadet und endlich ihr Haar gewaschen!

Ihre Gruppe war am Morgen im Palast freundlich

verabschiedet worden. Der Kanzler, der Mundschenk Shoe und alle Palastdiener hatten sich um sie versammelt, um ihnen Lebewohl zu sagen und sie zu bitten, bald wiederzukommen. Doch niemand wünschte sich dies so sehr wie Kaiser Gowli der Siebte.

Tree, Melodie und das Kindchen begleiteten sie, bis sie ihren kleinen Hof erreicht hatten. Tree trug das Kind den ganzen Weg. Er sang laute, ungestüme und etwas freche Holzfällerlieder, die den kleinen Jungen zum Lachen brachten, bis ihm die Tränen die Wangen herabliefen. Begonia hätte nicht gewusst, wer glücklicher war, Melodie oder Tree.

»Ich glaube, Tree wird ein guter Vater sein, meinst du nicht auch?«, sagte sie.

Mummelchen lächelte. »Ich wünsche ihnen alles Glück der Welt. Was meinst du, wollen wir ihnen eine Steppdecke als Hochzeitsgeschenk nähen, wenn wir zu Hause sind?«

»O ja! Wir können sie ihnen schenken, wenn wir Key und Sprössling zurück nach Lotus bringen.« Sie warf das Birnengehäuse einem erwartungsvollen Eichhörnchen zu. »O! Wir nehmen Lilly mit und zeigen ihr den Palast. Das wird ihr gefallen. Ich flechte ihr dafür besondere Zöpfe.«

Mummelchen lächelte. »Weißt du was, Begonia? Ich glaube, der Kaiser wird euch vermissen. Du und Key, ihr seid wahrscheinlich seine ersten wahren Freunde.«

»Ich vermisse ihn auch«, gab Begonia zu. »Doch ich habe das Gefühl, der Kaiser könnte in Zukunft größeres Interesse an den kleineren Gemeinden von Camellion zeigen. Ich wette, er wird mehr umherreisen, um zu sehen, wie alles läuft.«

»Meinst du, er kommt auf seinem Strauß herbeigeritten, um für Gerechtigkeit und Ehrlichkeit zu sorgen?«

Begonia grinste. »So was in der Art.«

»Erzähl mir etwas über deinen anderen neuen Freund, den jungen Herrn Key.«

Sie schauten sich nach ihm um. Seine Arme waren zu einem X verschränkt, da Salz und Pfeffer in verschiedene Richtungen zogen, um Klee zu fressen. Auch er hatte im Palast ein Bad genossen und ein Festessen aus Fleischbällchen und Nudelsuppe, gefolgt von einer erholsamen Übernachtung in einem der kaiserlichen Gästezimmer. Sein Kopfkissen hatte die Nacht jedoch nicht heil überstanden. Noch immer sah er mit all den Federn im Haar aus wie eine Seemöwe in der Mauser.

»Ich glaube«, dachte Begonia laut, »dass Key wie scharfer Senf ist. Man braucht lange, um sich an ihn zu gewöhnen.« Mummelchen stieß Begonia den Ellbogen in die Rippen. »Ich liebe scharfen Senf.«

»Er kann von Nutzen sein.« Begonia lachte. »Armer Poka.« Begonia beobachtete, wie Key sich mit den Schafen abmühte. »Key will vielleicht nie wieder von uns weg«, warnte sie ihre Mutter. »Ich glaube, er beneidet mich ein bisschen um meine Familie.« Sie schlang den Arm um ihre Mutter. »Ich bin froh, dass er Shoe getroffen hat. Jetzt hat er eine Familie, die ihn schätzt. Aber ich bin mir nicht sicher, ob Key jemals so aussehen wird, wie man es von einem kaiserlichen Mundschenk erwartet.«

»Das könnte schwierig werden«, bestätigte Mummelchen.

»Im Moment scheint es, als würde ihm eine Eule aus dem Kopf wachsen. Wie auch immer, er darf so lange bei uns bleiben, wie er möchte. Ich habe diesem Jungen eine Menge zu verdanken.«

»Ich glaube, was er sich am meisten wünscht, sind selbst gekochte Mahlzeiten. Besonders Fleischbällchen.«

Sie kamen zu der Kreuzung, wo Begonia Melodie und ihrem Kind begegnet war. Sie zeigte ihrer Mutter den Busch mit den lilafarbenen Blüten, in dem sie Key zum ersten Mal gesehen hatte. In diesem Augenblick trabten Salz und Pfeffer voran und ihre Leinen gerieten zwischen die Beine der Milchkuh Kleeblatt. Mummelchen kehrte um und half Key, die Stricke der Tiere zu entwirren, während Begonia langsam weiterging.

Plötzlich war sie nicht mehr allein. Neben ihr ratterte ein Senfkarren über das Pflaster, der vorher noch nicht da gewesen war. Begonia grinste. »Hallo, Großmutter.«

»Hallo, mein Liebchen.« Das Senfmüllerinnen-Gesicht des Großmuttergeistes legte sich in freundliche Falten.

Eine Weile wanderten sie schweigend nebeneinander her. Begonia wartete darauf, dass Großmutter etwas sagen würde, doch sie blieb stumm. Begonia fragte sich, ob sie ein Gespräch anfangen sollte, doch was sagte man zu einem uralten Geist, einer ehrwürdigen Urahnin, die in den Tempeln im ganzen Reich verehrt wurde? Ahnen waren ganz anders, als sie immer gedacht hatte, fand sie.

»Nur zu, Liebchen«, sagte der Großmuttergeist. »Stell mir die Frage, auf die du eine Antwort haben möchtest.«

Begonia sah überrascht auf. »Welche Frage?«

Großmutter schaute Begonia tief in die Augen. *O. Diese Frage.* Die Frage, über die sie letzte Nacht im Palastschlafzimmer nachgedacht hatte, als Mummelchen längst eingeschlafen war.

Begonia starrte auf ihre Füße. »Es scheint, als wüsstet Ihr längst, wie sie lautet«, sagte sie. »Also hat es wenig Sinn, dass ich sie Euch stelle, oder?«

»Sei kein Angsthase«, schimpfte Großmutter. »Frag schon. Deswegen bin ich hier. Du kannst immer, immer fragen. Vergiss das nicht, mein Kind. Dein ganzes Leben lang, mit wem auch immer du zusammen bist, wie auch immer die Frage lautet. Stelle sie.«

»Ich versuch's.« Begonia zögerte kurz. »Warum hat jeder etwas anderes in Alfalfas schwarzem Fleck auf der Stirn gesehen? Lag das daran, dass Ihr sie verzaubert habt?«

Die Augen des Großmuttergeistes funkelten. »Damit habe ich mir einen kleinen Scherz erlaubt«, gestand sie. »Ja, es war ein Zauber, der es bewirkt hat.« Sie tippte Begonia zweimal auf die Stirn. »Aber das war nicht deine Frage, mein Kind.«

Nein, das war nicht ihre eigentliche Frage. Doch jetzt, im hellen Licht des Tages, schien Begonias wirkliche Frage so belanglos, so töricht, dass sie sich schämte. »Ich weiß nicht einmal, wie ich anfangen soll.«

»Fang einfach mittendrin an«, riet Großmutter, »und dreh dich ein Weilchen im Kreis. So mache ich es immer. Das, was dir am Herzen liegt, wird dann schon irgendwie herauskommen.«

»Na schön.« Sie holte tief Luft. »Es ist nur … bei uns zu Hause musste ich immer alles machen. Na ja, fast alles. Meine Schwester Lilly brauchte gar nichts tun. So gut wie nichts, jedenfalls.« Sie blickte auf, um zu sehen, ob Großmutter sich über ihre Worte ärgerte. Es stimmte! Nun ja, es stimmte zum größten Teil. »Der Grund, aus dem ich losgeschickt wurde, um Alfalfa zu suchen, ist derselbe Grund, aus dem ich alles andere zu Hause mache. Weil ich es kann. Weil ich es tue. Weil man sich auf mich verlassen kann.«

»Das sind wunderbare Eigenschaften, mein Kind.«

Begonia zog die Stirn kraus. »Da bin ich nicht so sicher. Ich finde, wenn man ein braves Mädchen ist, wird man immer gebeten, alles Mögliche für andere zu tun. Und Leute, die nichts tun, werden belohnt, weil man weniger von ihnen erwartet. Sie dürfen mit Mummelchen Anziehpuppen ausschneiden, während die zuverlässige Begonia alle Pflichten erledigt.« Sie musterte Großmutter von der Seite. »Na ja, fast alle.«

Die alten Augen der Senfmüllerin beobachteten sie genau. »Ich warte immer noch auf die Frage.«

Begonia seufzte.

»Ist das auch der Grund, aus dem Ihr mich ausgewählt habt?«, fragte sie. »Habt ihr Alfalfa hinter dem Strauß des Kaisers hergeschickt, weil die zuverlässige Begonia nach ihr suchen würde? Werde immer ich diese Person sein müssen?« Tränen traten ihr in die Augen und sie wischte sie wütend mit dem Ärmel weg. »Immer die Pflichtbewusste, die in die verschüttete Milch gestoßen wird, die den Kuhmist wegschaufelt, die sich verläuft und die von Panthern gejagt wird, während andere die Sachen kriegen, die ich mir wünsche?« Sie schniefte unglücklich. »Anziehpuppen und Haarschleifen und Vorlesestunden am Kamin?«

So. Sie hatte alles gesagt. Jetzt blieb ihr nur noch Scham und ein Gefühl der Peinlichkeit. »Ich will eigentlich gar keine Anziehpuppen und Haarschleifen. Ich will nur … Ach, Ihr wisst schon, was ich meine.«

Sie schaute sich um, um zu sehen, ob die Gefahr bestand, von Mummelchen oder Key gehört zu werden, aber sie waren weit hinter ihnen.

Zögernd schaute sie Großmutter in die Augen. Statt Verurteilung oder Tadel entdeckte sie dort nichts als Güte – als würde sie jeden selbstsüchtigen, unbedeutenden, törichten Gedanken in Begonias Kopf erkennen und sie dennoch lieb haben.

»Ich weiß tatsächlich, was du meinst«, sagte Großmutter. »Manche Dinge sind einfach ungerecht. Daran kann man nichts ändern.«

Das wusste sie nur zu gut. Begonia wischte sich ein weiteres Mal die Augen. Die Ungerechtigkeit des Lebens hatte sich ihr schon vor vielen Jahren offenbart.

»Eines musst du wissen, mein Kind: Die Dinge, die du jetzt tust, in diesem wundervollen Zeitraum deines Lebens, sind nicht umsonst gewesen. All deine zuverlässigen, verantwortungsbewussten Entscheidungen formen ein Gehirn, ein Herz und ein Paar Hände, mit denen du alles in den Griff bekommen wirst, was dir das Leben beschert.« Großmutter umschloss Begonias Wangen mit ihren weichen, faltigen Händen. »Es ist ein solches Glück für die Welt, auf deinen Verstand, dein Herz und deine Hände zählen zu können.«

Großmutters Gesicht verschwamm vor Begonias Augen, die sich mit Tränen gefüllt hatten. Großmutter nahm die Ecke des violetten Schals, den sie ihr geschenkt hatte, und tupfte ihre Augenwinkel damit ab.

»Aber du musst auch eines wissen: Die freudvollen Dinge im Leben, die Anziehpuppen und Haarschleifen und vor allem die Lesestunden am Kamin sind auch Dinge, für die du dich entscheiden kannst. Du könntest sie öfter wählen, mein Liebchen, und würdest die wichtigen Dinge dennoch fertig bekommen.«

Ohne nachzudenken schlang Begonia die Arme um den Hals der Großmutter. Erst als sie ihre warme Umarmung spürte, fiel ihr wieder ein, dass sie eine ehrwürdige Urahnin war. Soweit sie wusste, konnte dies möglicherweise eine Art Gotteslästerung sein. Doch wenn es so war, schien es Großmutter nicht zu stören.

Sie gingen ein Stück weiter die Straße entlang. »Ich glaube, du wirst feststellen«, fuhr Großmutter fort, »dass Lilly während deiner Abwesenheit einige neue Dinge über sich selbst herausgefunden hat. Erstens, wie sehr sie dich vermisst hat. Und zweitens hat sie gelernt, dass sie viel mehr tun kann, als sie dachte.« Sie lächelte. »Ich sollte dich warnen. »Sie hat sehr strikte Vorstellungen von der Hühnerhaltung entwickelt. Und sie hat ein paar von deinen Setzlingen ausgepflanzt.«

»Wie bitte?«

Großmutter zog die Schultern hoch. »Was soll man machen? Einige ihrer Ansichten sind ziemlich vernünftig, musst du wissen. Du solltest auf sie hören.«

Begonia zog die Nase kraus. Dann lachte sie. Hinter ihnen sah sie, dass Mummelchen und Key sie bald einholen würden.

»Sie können mich jetzt nicht sehen, Liebchen«, erklärte Großmutter. »Dieser kleine Schwatz gehört nur uns beiden. Aber jetzt muss ich gehen. Deine Mutter hat dich so vermisst und ich sollte ihr nicht zu viel Zeit mit dir stehlen.«

»Das ist kein Stehlen«, entgegnete Begonia augenzwinkernd. »Das nennt man Ausleihen.«

Großmutters zahllose Lachfalten ließen sie aussehen wie ein verschrumpelter Apfel. »Was bist du nur für ein wunderbares Mädchen.«

»Geht nicht fort«, bat Begonia. »Bitte!«

Großmutter gab Begonia einen Kuss auf die Wange. »Ich bin immer in der Nähe. Und dieses Senftöpfchen, das du finden wirst, wird lange reichen. Gut für deine Gesundheit. Gut für alle möglichen Dinge. Man kann den Senf notfalls sogar als Klebstoff verwenden.«

Begonia sah ihre Mutter und den verrückten Key näher kommen und lächelte. Endlich hatte sie ihr Mummelchen wieder.

Und Key? Key war ein guter Freund geworden.

Aber Großmutter … würde sie sie jemals wiedersehen? Sie wünschte, sie könnte ihr etwas zurückschenken.

Sie wickelte den violetten Schal von ihrem Hals. »Möchtet Ihr den wiederhaben?«

»Behalte ihn«, sagte die Urahnin, während sie sich langsam in Luft auflöste, »als Erinnerung an mich.«

EPILOG

Eine Woche später, morgens in den Palastgärten.

Leichtfuß, der Strauß, spazierte über den Rasen. Drüben auf der Weide ließ Alfalfa ein charmantes Muhen ertönen. Sie kümmerte sich gerade um ihr Kalb und würde ihn bald besuchen kommen. In der Nähe stolzierte ein Pfau vor einer gelangweilten Pfauenhenne herum und spreizte sein Rad, doch der Strauß achtete nicht auf ihn. In dem kleinen Flüsschen, das durch die Gärten plätscherte, schwammen Entenpaare umher, Pelikane planschten im flachen Wasser und machten Jagd auf Fische. Am Himmel schrie ein Adler und kam herabgeschossen, um ein Stück Fleisch aus der behandschuhten Hand des kaiserlichen Vogelwarts zu schnappen.

Leichtfuß interessierte sich nicht für ornithologische Kunststücke. Er patroullierte an einer langen Fensterfront entlang. Hinter der Glasscheibe stand sein Menschenküken über Landkarten und Papiere gebeugt, zusammen mit einem alten Mann mit dünnen Gliedmaßen und rundem Bauch. Bei genauer Betrachtung erinnerte sein Körperbau ein wenig an einen Strauß. Leichtfuß hatte beschlossen, dieses ältere Menschenwesen zu akzeptieren. Sein Menschenküken schien ihn zu mögen, also warum sollte er ihn nicht auch mögen?

Auf der anderen Seite des Rasens, bei dem Tor in der Mauer, war ein Geräusch zu hören. Leichtfuß stakste hinüber, um zu sehen, woher es kam. Man konnte nie sicher sein, ob eine versteckte Bedrohung auf sein Menschenküken lauerte. Ein Schakal! Eine Kobra! Der Straußenvogel hatte beschlossen, ständig auf der Hut zu sein.

Es war ein klingelndes Geräusch. Leichtfuß legte den Kopf auf die Seite. Kobras klingelten nicht, da war er sich ziemlich sicher.

Der kaiserliche Vogelwart hatte das Klingeln ebenfalls vernommen und war zum Tor gekommen, um nachzuschauen, was los war. Er öffnete es und ein Mann trat hindurch, der ein Stück Schnur in der Hand hielt.

Der Mann trug einen glitzernden Ohrring. Seine kahle Schädelkuppe erinnerte Leichtfuß an ein Straußenei.

»Guten Morgen«, begrüßte der Mann den kaiserlichen Vogelwart. »Ich bin ein fliegender Händler aus dem Dorf Zweimühlen. Ein ansässiger Bauer hat einen Vogel gefangen und ihn zu mir gebracht. Er meinte, ich wüsste sicher, wem ich ihn verkaufen soll.«

»Vogel?«, fragte der Vogelwart. »Was denn für ein Vogel?«

Der eierköpfige Mann zog an seiner Schnur. »Nun komm schon.«

Ein männlicher Straußenvogel, offensichtlich um einiges älter als Leichtfuß, trippelte zögernd durchs Tor und blinzelte im hellen Sonnenlicht. An seinem Hals hing kleines Glöckchen.

Beim Anblick des großen Vogels kreischte der Adler des Vogelwarts auf. Leichtfuß sträubte seine sämtlichen Federn. Ein Rivale! Eine Bedrohung! Für seine Kuh? Für sein Menschenküken? *Wir mögen diesen bösen Strauß nicht leiden!*

Doch der Vogelwart stieß einen anerkennenden Pfiff aus. »Was für ein hübscher Kerl!«

»Glaubt Ihr, dass der Kaiser ihn kaufen möchte?«, fragte der fliegende Händler.

»Da bin ich mir ganz sicher«, erwiderte der Vogelwart. »Er ist ganz vernarrt in Straußenvögel.« Er zog ein paar Münzen aus der Tasche. »Ich zahle Euch fünfzehn Goldtaler für ihn.«

»Verkauft!«, stimmte der Händler zu. »Er gehört Euch.«

»Ich frage mich allerdings, wie ein entlaufener Strauß auf den Straßen Camellions herumstreunen kann«, sagte der kaiserliche Vogelwart. »Nur der Kaiser hält Straußenvögel.«

»Ich habe überlegt, ihn an diesen Wanderzirkus zu verkaufen. Kuriositäten-Karneval, nannte er sich, glaube ich«, erzählte der fliegende Händler. »Aber er hat sich anscheinend aufgelöst. Ist Euch schon jemals ein Strauß entlaufen?«

»Nur für kurze Zeit. Er ist jetzt wieder hier. Nicht wahr, Leichtfuß? Komm her und begrüße deinen neuen Freund. Sei nicht schüchtern.«

Doch Leichtfuß ließ sich nicht so leicht an der Nase herumführen. Er blähte den Hals auf und drohte dem bösen Strauß mit grimmigem Gebrüll.

»Sei nicht so gereizt«, schimpfte der Vogelwart. »Komm schon, neuer Bursche. Warte nur, bis mein Herr dich sieht.«

Der Mann mit dem glänzenden Eierkopf verneigte sich und zog seines Weges. Der Vogelwart führte den neuen Vogel auf das Gelände und schloss die Tür hinter dem Händler. Mit dem argwöhnischen Leichtfuß im Gefolge, brachte er den neuen Strauß ins Vogelhaus und bot ihm Wasser und Futter an.

Doch der Neuzugang interessierte sich mehr für den Palast als für sein Frühstück. Er watschelte zu dem Fenster, hinter dem Leichtfuß' Menschenküken Papiere studierte und ein orangefarbenes Kätzchen streichelte. Der seltsame Vogel nickte mit dem Kopf und pickte mit dem Schnabel gegen die Glasscheibe.

Das war zu viel für Leichtfuß. Er spreizte die Flügel und stürmte auf den bösen Vogel los. Der Neuankömmling brachte sich im Vogelhaus in Sicherheit und versteckte sich ängstlich hinter seinem Herrn.

»Komm schon, Leichtfuß, sei nicht eifersüchtig«, beschwichtigte der Vogelwart. »Hier ist jede Menge Platz. Ihr müsst lernen, euch zu vertragen. Es gibt keinen Grund, warum es nicht zwei kaiserliche Straußenvögel geben kann.«

DANKSAGUNG

Als ich begann für junge Leser zu schreiben, glaubte ich, mein Traum sei erfüllt, sobald ich ein Buch mit meinem Namen auf dem Rücken in den Händen halten würde. Ich hatte keine Ahnung, dass der wahre Lohn meiner Arbeit darin bestehen würde, Schulkindern zu vermitteln, was Lesen und Schreiben für mich bedeuten. Es ist eine Freude, wenn ich Schülern zeigen kann, dass jeder eine Idee ersinnen, zu Papier bringen und eine Weile darin schwelgen kann, ohne sich von Grammatikregeln tyrannisieren zu lassen. Mitzuerleben, wie Schüler, für die Schreiben ein Gräuel ist, die Kraft entdecken, die entsteht, wenn niemand dir sagen darf, dass deine Geschichte schlecht ist, reicht mir als Grund, weiter in die Tasten zu hauen.

Margaret Lazenby, Karen Duff und Sara Apke haben mich als Erste ermuntert, Schülern meine Arbeit vorzustellen, und dafür werde ich ihnen ewig dankbar sein. Sara bat mich, nicht nur einen Vortrag zu erarbeiten, sondern eine Schreibwerkstatt für ihre Schüler anzubieten. Bei einem Besuch in ihrer Schule entstand die Idee für dieses Buch.

Meine Schriftstellerkolleginnen, Larissa Theule und

Catherine Linka, hielten mich bei unseren wöchentlichen Treffen während der chaotischen Entstehungsphase dieses Buches bei Verstand und in der Spur. Indem mich Catherine ermutigte, einen gewagten Vortrag über das Überwinden schriftstellerischer Sackgassen zu halten, stattete sie mich mit dem passenden Handwerkszeug aus, um dieses Manuskript durch seinen Panther-Wald zu steuern. Meine Agentin, Alyssa Henkyn, verdient eine Gute-Laune-Medaille für die Unterstützung jeder noch so verrückten Idee, die ich ihr präsentiert habe, genau wie meine Lektorin, Katherine Jacobs, die mich fröhlich auf meiner Straußenjagd begleitet hat. Besonderen Dank auch an Noa Wheeler und an Elizabeth H. Clark.

Carrie Salisbury und Ginger Johnson sorgten dafür, dass ich immer ausreichend Nahrung für Körper und Geist hatte. Meine scharfsinnigen frühen Leserinnen Deborah Kovacs, Ammi-Joan Paquette, Nancy Werlin und mein umwerfender Sohn Daniel lachten an den richtigen Stellen. Genau wie mein Phil. Wie Melodie wusste ich vom ersten Tag an, dass er der richtige Holzfäller für mich ist und ein wundervoller Papa sein würde. Kein Liebeszauber erforderlich.

Berry, Julie:
Eine verliebte Kuh, eine magische Karte und ein Strauß in geheimer Mission
ISBN 978 3 522 18482 3

Aus dem amerikanischen Englisch von Inge Wehrmann

Einbandgestaltung: Max Meinzold
Innentypografie: Arnold & Domnick, Leipzig
Reproduktion: Medienfabrik GmbH, Stuttgart
Druck und Bindung: GGP Media GmbH, Pößneck

FSC www.fsc.org MIX Papier aus verantwortungsvollen Quellen FSC® C014496